白桦林文丛

一蓑烟雨

张兴华◎著

黑龙江人民出版社

图书在版编目(CIP)数据

一蓑烟雨 / 张兴华著. — 哈尔滨 : 黑龙江人民出版社, 2018.8(2021.3重印)
(白桦林文丛)
ISBN 978-7-207-11482-2

Ⅰ. ①一… Ⅱ. ①张… Ⅲ. ①散文集—中国—当代 Ⅳ. ①I267

中国版本图书馆 CIP 数据核字(2018)第 191399 号

责任编辑:魏杰恒
封面设计:鲲 鹏

白桦林文丛
一蓑烟雨
张兴华 著

出版发行 黑龙江人民出版社
地　　址 哈尔滨市南岗区宣庆小区 1 号楼
邮　　编 150008
网　　址 www.longpress.com
电子邮箱 hljrmcbs@yeah.net
印　　刷 三河市华东印刷有限公司
开　　本 880×1230 1/32
印　　张 8.5
字　　数 200 千字
版　　次 2018 年 8 月第 1 版 2021 年 3 月第 2 次印刷
书　　号 ISBN 978-7-207-11482-2
定　　价 40.00 元

为龙江电网放歌

许传辉

今天,《白桦林文丛》第一辑正式出版发行了！这是公司认真贯彻习近平总书记在文艺工作座谈会上的重要讲话精神和《中共中央关于繁荣发展社会主义文艺的意见》,坚持“为电网放歌、为职工抒写”的创作导向,更好推进电力文学创作活动开展,为繁荣电力文学创作再鼓一把劲、再加一把力而收获的丰硕成果!

一

2016 年,黑龙江省电力作家协会成立,为广大文学创作爱好者建立起学习交流的平台。黑龙江电力作家们对生活工作的这片热土,有发自肺腑的感情;对每一根导线、每一基铁塔的歌颂都源于真诚。大家的作品涉及电网建设、发展、管理、服务等各个领域,对生产经营一线的平凡职工进行了热情讴歌。

我们欣喜地看到,《白桦林文丛》第一辑包含以下著作:黑龙江电力作家文学作品综合集《白桦林》、作家散文集《一蓑烟雨》和诗人诗集《忘忧居琐事》。《白桦林》:在黑龙江省电力作家协会会刊《龙电文苑》中优选部分电力作家作品辑录成书,包括散文、诗歌、小说、剧本、报告文学和文艺评论等;《一蓑烟雨》:作家张兴华同志散文精选集;《忘忧居琐事》:诗人高万红同志诗歌精选集。

文学属于精神能源,改造的是人的思想,塑造的是人的灵魂。一部好的文学作品总是能通向人的内心深处,传达着美好的希望和梦想,默默地改变着人的精神,引领着时代的风气。从这个角度出发,我们对黑龙江电力作家们的执着探索、辛勤笔耕表示由衷的敬意!

多年来,黑龙江电力文学创作,散文和诗歌园地生机盎然,但相对于全国电力系统来说,小说创作是公认的弱项。而现在,我们的微型小说和短篇小说出现了较好的创作势头,中篇小说也斩获颇丰。特别值得一提的是,长篇小说创作喜获丰收!截至目前,已经正式出版了7部长篇小说,按出版成书时间排列,分别是:张兴华的《五虎定乾坤》和《海问》,王玉玺的《幼稚》,马瑞仁的《雪岭情缘》和《风起云涌》,高万红的《雪落忽汗河》,赵延昌的《远山的梦》。

成绩可喜,硕果累累!

二

我们需要什么样的电网文学,我想可以用三个词来概括,就是“价值引领、心灵共鸣、思想融入。”

价值引领,要让文学作品成为社会认同公司核心价值观的窗口。我们要思考社会各界是通过什么样的途径来了解我们,用什么样的眼光来看待我们所奋斗的事业。毋庸置疑,最直接的感觉是来自对待供电服务的亲身感受,供电质量的高低、服务承诺的兑现程度、窗口人员的工作态度,这些工作都影响着公司在每一名电力客户心目中的位置。各级媒体对公司的新闻宣传,各种网络媒体的公众舆论也起着举足轻重的作用。那么,我们的文学艺术作品主要不是传播事实和信息，而是展示公司核心价值观，增强社会对公司的认同度，这就是说文学艺术作品是其他传播手段所无法比拟的。

一部能够深入人心的优秀文学作品、一部感同身受的热播电视剧、一首脍炙人口的流行歌曲都在潜移默化中悄然影响着社会的情感。我们通过电影《铁人王进喜》了解了中国石油工人的拼搏精神，通过电视剧《任长霞》知道了基层干警的苦辣与艰辛。所以，我们在构思作品的时候一定要换位思考，既要站在公司的角度传递价值理念，又要站在读者的角度思考接受的可能。通过我们的努力，社会对公司核心价值观的认同度就会不断提升。

心灵共鸣，要让文学作品成为职工开启激情的能量。目前，公司取得现在的成绩是真真切切地不容易，为我们文学创作提供了很好的土壤和题材。我们面对的是取之不竭的创作源泉，电网题材已经成为当代文学创作的富矿，等待我们的职工作家去发现、去挖掘、去提炼。这是对每一个心怀壮志的作家最慷慨、最丰盛的馈赠，我们每一个职工作家都有条件创造出好的作品，成为这时代的参与者、推进者。

思想融入，要让文学作品成为讲好国网故事的载体。电力文学创作既是一个长期积淀的过程，又是一个不断创新的过程。一部好的作品，不仅要有优美的文笔、深刻的内涵、充实的内容和厚重的底蕴，更要有鲜明的时代特征、能够引人入胜的故事情节和强烈的身心带入感，这样作品才会有可读性。要加强作品的吸引力，增强作品与读者思想的互动性，这样职工文学作品才会有更加顽强的生命力，会让更多的人去主动研读、仔细品味。

三

根据《国家电网公司关于深入推进职工文化建设的指导意

见》要求，我们提出大力繁荣职工文艺创作和职工文化生活的倡议。

加强组织领导和长效机制建设，强化“繁荣之本”。黑龙江省电力工会是联系广大职工作家和文学爱好者的桥梁和纽带，各级工会要充分认识到深入推进职工文学创作的重要性，切实做到思想上重视、组织上到位、经费上保障，发挥好工会的组织协调作用。

我们要逐步建立电力优秀文学作品扶持机制，为凝聚文学力量，深入推进职工文化建设创造必要条件。要尊重文学创作规律，要用符合文学创作规律的思路去研究文学工作，才能更好地释放文学艺术的生产力。要在文学创作主题引导、计划实施、采风实践、作品研讨、成果推广各个环节多点发力，形成闭环管理。要发挥黑龙江省电力作家协会等文学团体的作用，切实加强对基层作协的帮助指导，坚持重心下移，面向基层，广泛吸纳基层作家参与文学活动。

加强文学阵地建设，营造“繁荣之境”。要加强职工文学阵地建设，搭建更多样的文学平台让职工作家去展示，创立更广阔的文学创作空间让职工作家去尽情发挥，打造更人性化的创作环境解决职工作家的后顾之忧。

一方面要组织电力作家创作出好作品，另一方面还要引导广大职工养成“爱读书、读好书”的良好习惯。“十三五”期间，我们还要实现职工文化阵地省、市、县公司全覆盖，实现实体书屋班组全覆盖，各单位要充分利用好这些平台，为电力职工提供立体化阅读体验和全方位文化服务，不断提升电力文学的传播力；通过打造“国网”品牌，不断提升电力文学的影响力，不断提升电力文学的吸引力。这样就会形成作者创作好作品、各种平台广泛传播、广大职工踊跃阅读、优秀作家和作品受到关注、作家团队不断扩大、好作品不断涌现的良性循环。

加强职工文学人才队伍建设，活跃“繁荣之源”。要把文学人才队伍建设摆在更加突出的重要位置，要努力打造一批具有影响力的电网题材领军作家，建设一支能够发出声音、掌握话语权的文艺人才队伍。要强调“德艺双馨”，引导广大作家和文学工作者成为党的文艺方针政策的践行者，成为时代风尚的先行者，使我们的职工作家能够坚定地站在公司的角度为电网和职工抒写和放歌，能够用强有力的理论指导创作实践，能够将思想和行动统一到公司的整体战略部署上来。

要加强人才梯队建设，对已经得到社会认可的电力作家要积极扶持，提供好的创作条件，激发创作热情；对广大文学爱好者要制定人才培养计划，开展主题丰富的创作活动提高创作能力和水平。畅通培训交流渠道，推荐优秀人才参加各类培训和交流活动。多措并举，营造出文学创作人才辈出的生动局面。

我们期待，在公司上下的重视下，在电力作家和文学爱好者的积极努力下，一批有思想、有生活、有温度的作品将陆续出炉，这些作品将成为公司宝贵的精神财富，在公司职工文化建设中焕发生机和活力。

有公司党委的亲切关怀、各单位的有力组织，广大电力作家和文学爱好者的辛勤耕耘，黑龙江电力文学创作一定能够营造出“百家争鸣、百花齐放”的良好局面，助力“两个繁荣”不断推进，为全面建成“一强三优”现代公司、创建“两个一流”提供强大的精神动力和文化支撑！

2018 年 7 月 6 日

（作者为国网黑龙江省电力有限公司副总经理、党委委员、工会主席）

目 录

第一辑 边塞雄风

第二辑 旖旎丽水

第三辑　左岸沙龙

第四辑　沪上流连

第五辑　域外摭芳

附　　录

第一辑

Diyiji

边塞雄风

纵马辉腾锡勒

这就是让我心驰神往的辉腾锡勒大草原吗？看，天空是那样蔚蓝，“江天一色无纤尘”；白云是那样散淡，“云想衣裳花想容”。听，马头琴倾诉着悠远绵长的《牧歌》，忽而舒缓伸展，如溪流漫过茵茵绿草；忽而高亢激越，如雄鹰搏击浩浩苍穹。

在辽远壮美的蓝天白云的簇拥中，在星星点点的碧透“海子”的指引下，广袤无垠的大草原仿佛天工织就的翠绿的巨毯，而安然散步于草原上的羊群、牛群、马群、驼群——它们就是这里的主人！

因了参观亚洲最大风力发电厂的缘故，我有幸来到莽莽阴山北麓的辉腾锡勒大草原。用现在的行政区划来讲，蒙古语意为“寒冷的高原”的辉腾锡勒位于内蒙古自治区乌兰察布市察哈尔右翼中旗中南部。多么生硬、拗口！我更愿意这样说，是特意来探望昔日驰骋于察哈尔故地的金戈铁马的勇士们。

“敕勒川，阴山下，天似穹庐，笼盖四野。天苍苍，野茫茫，风吹草低见牛羊。”这是千古以来不朽的《敕勒歌》永恒的吟唱。“金杯里斟满了醇香的奶酒，朋友们欢聚一堂尽情干一杯；丰盛的宴席上烤全羊鲜美，亲人们欢聚一堂尽情干一杯；琴声悠扬歌声清脆，贵宾们欢聚一堂尽情干一杯！”这是好客的蒙古族大哥酣畅淋漓的热情邀约！“洁白哈达献上来，吉祥如意乐开怀。一碗奶茶敬亲人,尊贵客人留下来!”这是泼辣的察哈尔姑娘纯洁质朴的率真表白。

“我们辉腾锡勒草原的植被覆盖率高达95%,草原上天然湖泊星罗棋布,素有‘99个泉子’的美称!‘99个泉子’就像母亲的乳汁滋养着辉腾锡勒的生灵万物。有了这些泉水,我们这里‘天旱湖水不减不降,天涝湖水不增不溢’,草场天下第一!”我们的导游、名字叫作赛吉拉胡的蒙古族小伙子从黄骠马上回过身,自豪地介绍道。

蒙古族同胞的热情款待,让酒足饭饱的我陡然心生豪气。出离金色的蒙古包,骑上一匹矫健的枣红色蒙古马,紧加一鞭,与赛吉拉胡并辔疾驰。

“大草原上的黄花沟生态公园、窝阔台点将台、风电园,都是独一无二的特色旅游景点。”赛吉拉胡津津乐道。

我是电力人,风电见得多了,即使在内蒙古高原上对我来说也并不稀奇。倒是听到“窝阔台”三字,不由心中一动。是啊,在冷兵器时代,蒙古大汗铁木真率领蒙古铁骑东征西讨,占领了东起太平洋、西至多瑙河的几乎整个亚欧大陆,西方人惊呼这些蒙古人“劫掠了地球”!铁木真号称“成吉思汗”,也就是“海王”的意思——哈哈,古希腊的波塞冬再世!窝阔台是成吉思汗的儿子、第二代蒙古大汗。作为成吉思汗的继任者,窝阔台和他的几个弟兄术赤、察合台、拖雷,带领一批更加卓越的第三代可汗——蒙哥、忽必烈、旭烈兀、拔都等豪雄壮士,将成吉思汗的事业发扬光大。他们带领蒙古大军涤荡波斯、阿拉伯世界、俄罗斯、东欧诸国、南亚土邦,建立了迄今为止世界上最大的国家。若无大海帮忙,弹丸倭国也早已成为蒙古铁骑的阶下囚!

驻马“窝阔台点将台”,向昔日的勇士们致敬,感慨万端!赛吉拉胡告诉我,辉腾锡勒属于当年的察哈尔盟。“察哈尔”意谓

“大汗宫殿的侍卫”，是成吉思汗四子拖雷的属民。在蒙古诸部落中，察哈尔盟身份极其特殊，其主体由成吉思汗的“怯薛军”肇始，是蒙古大汗的护卫亲军。“怯薛军”是蒙古民族的精华，他们攻无不取、战无不胜，每个察哈尔勇士的心里都洋溢着豪迈的“英雄情结”。由此，察哈尔也成为阿拉善、巴彦淖尔、伊克昭、乌兰察布、锡林郭勒、昭乌达、哲里木、呼伦贝尔等蒙古诸盟中的佼佼者。

“其兴也浡焉，其亡也忽焉”！可叹的是，骁勇的蒙古人也没有逃脱黄炎培先生谈论的历朝历代“兴亡周期律”，他们只懂得攻城略地，不知晓治理国家，经历短暂的辉煌之后，几乎是一夜之间“呼喇喇似大厦倾”！

其后的数百年里，土崩瓦解、四分五裂、内讧互斗、失败倾颓、流离失所……成为察哈尔的主旋律。这里似乎脱离了世界的视线，几乎销声匿迹。

直到 1933 年 5 月，以著名爱国将领冯玉祥将军为总司令的“察哈尔民众抗日同盟军”成立，10 万同盟军勇士随即向占据察哈尔、热河的日本侵略军展开迅猛攻势。7 月 12 日，“察哈尔民众抗日同盟军”在吉鸿昌将军的指挥下攻占军事重镇多伦，将日寇全部驱逐出察哈尔！此役，使“察哈尔民众抗日同盟军”成为自“九一八事变”以来第一支从日本侵略军手中收复华夏失地的中国军队，痛快淋漓地一雪徒拥数十万人枪的东北军因执行“不抵抗”命令而不战自溃丢失东北大好河山之耻！“察哈尔民众抗日同盟军”为这片浸润了英雄的热血的辽阔草原增添了一道璀璨的风景线。

察哈尔在近现代的真正“中兴”应该是著名的晋察冀边区。抗日战争时期，八路军第一一五师副师长聂荣臻将军在这里创立了敌后革命根据地的典范，并为后来的中国人民解放军“五大主力”之一的华北野战军提供了稳固的战略后方。鉴于晋察冀边区与陕甘宁边区齐名，毛泽东同志无比兴奋地奖掖道："古有鲁智深，今有聂荣臻！"解放战争后期，中共中央从延安迁移到西柏坡，直接进驻了晋察冀根据地，这里成为中国革命的新的指挥中心。

"察哈尔不仅只是出产畜牧业物品，我们的工艺品也是一绝。"见我陷入沉思，赛吉拉胡勒住了马缰，忽然冒出这么一句。

他又神秘而自豪地告诉我，察哈尔制作的蒙古马鞍、马镫精美无比，不仅畅销祖国各地，还出口到蒙古国、土库曼斯坦、吉尔吉斯斯坦、哈萨克斯坦、乌兹别克斯坦、塔吉克斯坦等国，值得一提的是，在俄罗斯境内的以蒙古人为主的自治共和国——布里亚特、图瓦、阿尔泰、卡尔梅克、鞑靼，来自察哈尔的马鞍和马镫就是无价的珍宝！

"在伟大的中国共产党领导下，如今的察哈尔右翼前、中、后旗及全盟各族人民，正在为建设家乡、创造美好的生活努力奋斗。"赛吉拉胡表情俏皮地打了一句"官腔"，一声高亢的呼哨，纵马驰骋起来。

"鸿雁，向南方，飞过芦苇荡。天苍茫，雁何往？心中是北方家乡！"在他的一骑风尘之后，送来了豪放苍凉的歌声。

凝视着他的背影，我猛然想起前一段热播的电视连续剧《东归英雄传》，讲述了蒙元帝国败亡后游牧于伏尔加河流域的蒙古土尔扈特人，在年轻英勇的可汗渥巴锡领导下东归中华故土的故事。土尔扈特部众艰苦卓绝、浴血奋战，历时近半年，行程上万里，战胜沙俄军队、哥萨克匪帮等方方面面的围追堵截，战胜诸多难以想象的困难，终于实现东归壮举！渥巴锡来到察哈尔、热河，在木兰围场被乾隆皇帝隆重册封为"卓里克图汗"。土尔扈特部众被恩赐了新的水草丰美的草原游牧，受到清廷的特别优抚。土尔扈特浩然东归，谱写了一曲爱国主义壮歌！

这首脍炙人口的《鸿雁》，就是《东归英雄传》的主题曲啊！

在这歌声里，布满了家乡对于每个人心底最柔软最美好的缱绻。

彩霞满天，夕阳映红了大草原。我一抖丝缰，双脚猛扣马腹，骏马一声长啸，向着火红的太阳奔驰而去。

“鸿雁，向苍天，天空有多遥远？酒喝干，再斟满，今夜不醉不还！”

（2003 年 9 月）

丹心映红“布达拉”

提起布达拉宫，您一定会立即联想到遥远的雪域高原。而此刻，我正驻足于塞外避暑胜地——承德。

和煦的微风送来青草的芳香，沐浴着透过碧桃丛林漫洒的晨曦，我在热河侧畔徜徉。从我国最大的皇家古典园林避暑山庄一路向北，在唤作“狮子沟”的陡峭山坡上，依山势傍巉岩，逐层递升，坐落着一处气势磅礴、宏伟壮观的建筑群。奇特的是，这个建筑群的名字竟然与拉萨的布达拉宫一模一样！不仅名字一模一样，但见，巨大的红台远远矗立在山巅，五色斑斓喇嘛塔熠熠生辉，金黄色的琉璃牌坊神秘莫测……这典型的藏式喇嘛庙格局，也与拉萨的布达拉宫如出一辙！

普陀宗乘之庙，是这片藏式建筑群的正式名称。“普陀宗乘”，为藏语“布达拉”的汉译，意谓“观世音菩萨的道场普陀山”。由于普陀宗乘之庙是仿照西藏布达拉宫修建的，故此，“小布达拉宫”的美誉从清代乾隆年间流传至今。

避暑山庄，加上普陀宗乘之庙（小布达拉宫）、须弥福寿之庙（班禅行宫）、普宁寺（大佛寺）、普乐寺、安远庙、溥仁寺、殊像寺、广缘寺等“外八庙”，是承德数百年来的骄傲。而占地二十多万平方米的“小布达拉宫”，在“外八庙”中规模最为宏大。为庆祝乾隆皇帝“耳顺”华诞和其母皇太后“杖朝”大寿，显示幅员辽阔的大清帝国鼎盛时期的彪炳声威，方便接受四夷八藩万邦纷纷来朝，“小布达拉宫”在清朝的夏都承德横空出世。

走过五孔石桥，步入藏式山门，忽闻梵呗声声，低沉浓郁的《大明咒》扑面而来：“唵嘛呢叭咪吽……”庄敬端方，如颂如歌；低回婉转，如泣如诉。静静聆听须臾，暑热湿气顿消；心灵为之震颤，暴戾邪风四散；浮躁之情倏忽远遁，一缕静气油然而生。

眼前骤然明亮灿烂，一座金黄琉璃瓦覆顶的碑亭迎面默默翼然。亭内并排矗立着三座石碑，用汉、满、蒙、藏四种文字分别铭刻着《普陀宗乘之庙碑记》《土尔扈特全部归顺记》《优恤土尔扈特部众记》。正中的《普陀宗乘之庙碑记》，叙述了建庙背景及经过；东边的《土尔扈特全部归顺记》和西边的《优恤土尔扈特部众记》，分别记述了厄鲁特（漠西）蒙古土尔扈特部回归祖国的艰辛历程及清廷册封抚恤土尔扈特部的珍贵史实。最为抢眼的是，其中的汉字碑文是乾隆皇帝的亲笔御书。

通过《普陀宗乘之庙碑记》，我了解到，佛教虽早已盛行于赤县神州，但与汉族不同的是，我国边疆各少数民族多信奉藏传佛教。拉萨的布达拉宫是藏传佛教当然的中心。一直以来，藏传佛教将布达拉宫作为观世音菩萨的道场。据说，观世音菩萨的道场分为三处：一处在印度，一处在西藏，一处在南海（浙江普陀山）。乾隆皇帝固执地认为，观世音菩萨发轫于印度，然后先到西藏，再到中土，所以，在建设观世音菩萨道场时应当“仿西藏，非仿南海”。于是，普陀宗乘之庙就在汉族传统建筑的基础上融合了藏族的建筑特点，成为汉藏建筑有机结合的典范，其在建筑艺术方面的成就自然超越了西藏的布达拉宫。

普陀宗乘之庙屈居为“小布达拉宫”，只是从其构建时间计算，较之拉萨的布达拉宫着实为“晚”而已。然而，“雏凤清于老凤声”，举目环顾，“小布达拉宫”内大小建筑六十余处，楼阁殿堂，参差错落；布局精巧，灵活多变；依山面水，借势衬托；于星罗棋布之中，却不失庄严肃穆——大有青出于蓝而胜于蓝的况味！

通过《土尔扈特全部归顺记》和《优恤土尔扈特部众记》，我更是拜读了一部波澜壮阔的爱国主义史诗！蒙元帝国败亡后，蒙古诸部北遁西奔、四分五裂。居住在我国西北边疆的厄鲁特（卫拉特）蒙古，分为土尔扈特、准噶尔、和硕特、杜尔伯特四部。因土尔扈特、准噶尔两部首领矛盾尖锐，为避免手足相残，土尔扈特部于明朝末年远牧到了伏尔加河流域。作为远方游子，土尔扈特部一直没有中断同祖国的联系，经常遣使回国朝贡。清廷也曾派使者图理琛等到土尔扈特部慰问，受到盛情款待。土尔扈特部还同厄鲁特蒙古其他三部保持密切联系，故土与亲情时刻相连。

当时，伏尔加河流域水草丰美、地广人稀，确实给土尔扈特人带来了生机。后来，掳掠成性的沙俄侵入这个地区，占据了土尔扈特汗国的大片牧场。沙俄不仅横征暴敛，还向土尔扈特大肆征兵，并让土尔扈特士兵在同奥斯曼土耳其帝国的战争中充当炮灰，导致成千上万的土尔扈特青壮年丧生。“生存还是死亡，这是个问题！”继续忍受沙俄奴役，最终将会灭族亡种；带领全族奋起反抗，东归祖国才是人间康庄大道！

在年轻英武的可汗渥巴锡率领下，土尔扈特部毅然浩浩荡荡东归。他们历时逾半年、行程上万里，战胜沙俄军队、哥萨克匪帮等方方面面的围追堵截，战胜诸多难以想象的困难，终于与前来迎接的清军会师伊犁！

登上通高四十多米、高峻雄伟的“小布达拉宫”主体建筑大红台，但见，红台中央便是重檐攒尖鎏金铜瓦顶的“万法归一”殿，殿顶用千余斤头等金叶装饰，真看谓金碧辉煌！乾隆皇帝就是在"万法归一"殿接见的东归英雄渥巴锡。

乾隆皇帝亲切接见前来拜谒的渥巴锡，用蒙语热烈欢迎土尔扈特回归！他当即册封渥巴锡为"卓里克图汗"，赏银五千两；贵族们分别被封为亲王、郡王、台吉、贝勒、贝子，均有厚重赏赐。乾隆皇帝还召集大臣、蒙古王公数百人举行盛大欢迎宴会，并与渥巴锡一起去木兰围场狩猎。土尔扈特部众被恩赐了新的水草丰美的大草原游牧，乾隆皇帝还雪中送炭，下令向土尔扈特人众赠送大量生活物资，使饥寒交迫的土尔扈特人重新获得生机与活力。乾隆笑道："妙相合瞻干利资诸福，繁釐同祝万欢洽群藩。"土尔扈特的东归壮举，谱写了一曲爱国主义壮歌！

如今，在新疆巴音郭楞蒙古族自治州，有一片被群山环抱的大草原，草原有一个秀美的名字——巴音布鲁克；在内蒙古阿拉善盟额济纳旗，沿着弱水河两岸有戈壁包裹着的牧场，在古居延海附近生长着一片古老的胡杨林，每到深秋，金色胡杨成为大漠美景。土尔扈特的后人们幸福地生活在这两方热土上。

当年渥巴锡率部东归时，有一小部分土尔扈特人被阻隔在伏尔加河西岸。他们被今天的俄罗斯人称为卡尔梅克人。

母亲是蒙古后裔的穷裁缝尼古拉·瓦西里耶维奇·乌里扬诺夫，与一个卡尔梅克蒙古台吉的女儿结了婚，他们有一个伟大的孙子——列宁！"十月革命"期间，有位卡尔梅克蒙古人到列宁住处拜会，列宁用奶茶招待他。他奇怪地问："您怎么会喝这种饮料？"列宁笑道："我奶奶是卡尔梅克蒙古人，所以我们家都有喝奶茶的习俗。"在苏联卫国战争中，卡尔梅克人纷纷参加红军，立下了赫赫战功。

卡尔梅克人和新疆、内蒙古的土尔扈特人交流日益频繁。

寂静的山林仿佛座座丰碑，清冽的武烈河水汩汩流淌，在火红的夕阳映衬下，益发恢弘壮美的红彤彤的“小布达拉宫”啊，你留给我们无尽的遐思……

（2005 年 9 月）

天下鲜卑出嘎仙

驱车离开加格达奇,在大兴安岭的茫茫林海中迤逦徐行。穿过鄂伦春自治旗阿里河镇,再往西奔驰大约25公里,但见,奇松密林深处,陡峭的花岗岩石山壁立眼前。在距地面20多米高处,灌木掩映的略呈三角形的硕大洞口吸引了我的目光。

旅伴告诉我,这就是赫赫有名的嘎仙洞,是曾在中国历史上大书一笔的鲜卑人的发祥地。兴致盎然!徒步进洞,里面冷气森森,竟然一眼望不到洞顶;石洞幽深无比,投石进去听不到落地的声音!一切浑然天成。说这里可藏千军万马,一点也不夸张。

论起鲜卑,马上联想到气势恢宏、波谲云诡的《天龙八部》,脑海里浮现出那个令人啼笑皆非的人物——慕容复。此人出身显赫的鲜卑皇族世家,满腹经纶、英伟倜傥,更有家传“以彼之道,还施彼身”独门功夫,一时天下称颂“北乔峰、南慕容”。可惜,慕容复和他老爸一样,怀揣“复兴大燕”的春秋大梦,不仅辜负了曼妙可人的王语嫣的满腔深情,而且一味飞蛾扑火、螳臂当车,终成逆历史潮流而动的跳梁小丑!在纪念辛亥革命100周年之际,不禁想起孙中山先生的名言:“天下大势,浩浩汤汤。顺之者昌,逆之者亡。”

金庸老先生比梁羽生和古龙的高明之处,就在于能够精研历史并融会贯通,将历史真实与艺术真实巧妙结合,从而构筑了别具一格的文学艺术宝库——“飞雪连天射白鹿，笑书神侠倚碧鸳。”这两句诗的每一个字，都是一部武侠小说的书名首字，分别是：《飞狐外传》《雪山飞狐》《连城诀》《天龙八部》《射雕英雄传》《白马啸西风》《鹿鼎记》《笑傲江湖》《书剑恩仇录》《神雕侠侣》《侠客行》《倚天屠龙记》《碧血剑》《鸳鸯刀》。

就说这“大燕”吧，还真有那么一段史实。颓靡的东晋司马氏皇族，全然丧失了乃祖三国司马懿、司马师、司马昭和西晋司马炎的雄风，偏安江南，我国北方和西南由匈奴、鲜卑、羯、氐、羌各族逐鹿，纷纷建立了诸多小国，史称“五胡乱华”或“五胡十六国”。其中，鲜卑人慕容皝建立的前燕、其子慕容垂建立的后燕，以及慕容德（慕容垂弟）建立的南燕，加上短命的西燕和北燕，这“五燕”就是慕容复津津乐道的“大燕”。

慕容垂的外甥拓跋珪极其崇拜魏武帝曹操，借战乱之机独树一帜，在山西大同自称魏王。经过不断征伐，建立了北魏政权，是为道武帝。再后，拓跋珪的孙子、北魏太武帝拓跋焘率部攻灭北凉，“五胡十六国”时代终结，“诸燕”也就灰飞烟灭了。慕容鲜卑在“诸燕”灭亡后，以散居的形式融合到汉族和拓跋鲜卑之中。

作为中国历史上第一个入主中原的北方少数民族政权领袖，拓跋焘与南朝对峙，开创了“南北朝”时代，自然扬扬得意，也想仿照曹孟德来个“东临碣石，以观沧海”，于是，派中书侍郎李敞衣锦还乡，回到族群故地大鲜卑山嘎仙洞祭祖，感谢祖先神灵庇佑，让鲜卑拓跋氏创下宏伟大业。李敞率众长途跋涉从中原来到嘎仙洞，将 201 字的祭祖祝文刊刻于石壁之上，“归以谢施，推以配天”，期冀“子子孙孙，福禄永延”。

这大鲜卑山就是当今的大兴安岭，是鲜卑人最初的聚居地。据考证，鲜卑与乌桓，是东胡族的两个分支。早在三国时期，曹操经过苦战消灭了乌桓。鲜卑则不断南迁，发展壮大。有史料记载，鲜卑“兵利马疾，过于匈奴”。前面提到的慕容氏、拓跋氏，加上宇文氏、秃发氏等部，都在中原建立了政权。现在公认的说法是，拓跋鲜卑建立的北魏，在中国历史上贡献最大。

驰名中外的北魏孝文帝改革，将“胡”汉融为一体，促进了中华民族的大融合。《魏书·序纪》干脆这样讲，拓跋氏为轩辕黄帝后裔，而“黄帝以土德王，北俗谓土为拓，谓后为跋，故以为氏”。景仰璀璨的华夏文化的孝文帝拓跋宏迁都洛阳，下诏改拓跋氏为元氏，以继华夏正统自居。自此，他的名字就叫元宏了。

鲜卑人袭汉制、学汉礼、说汉话，与汉人通婚……而汉人，在孝文帝改革以前，其服装无论男女都是上衣下裙，无论农耕与征战，宽袍大袖都十分不便。虽然有战国时代赵武灵王的“胡服骑射”，也只是在河北、山西昙花一现，未能成习。孝文帝改革后，汉族男子也像鲜卑人一样穿上了裤子——这不能不说是一个飞跃。在当今文明社会中，似乎只有苏格兰男人还在怀旧的时候偶尔穿穿格子裙吧？

到了大一统的隋唐时期，拓跋鲜卑完全被汉化。有趣的是，隋、唐两个统一王朝的创立者杨、李两家，都是鲜卑化的汉人——隋文帝杨坚之妻是独孤皇后，唐国公李渊的母亲也是独孤氏（杨坚应该是李渊的姨父，李渊和隋炀帝杨广本是一对表兄弟），其妻窦皇后的母亲是宇文氏，唐太宗李世民之妻是长孙皇后，而他们的先祖又多是鲜卑诸王朝北魏、北齐、北周的高官显贵。与大唐功臣秦琼同为唐太宗门神的猛将尉迟恭、李世民的大舅哥长孙无忌，都是杰出的汉化了的鲜卑人。“曾经沧海难为水，除却巫山不是云”，成就了唐代诗人元稹；“问世间情为何物，直教人生死相许”，让金末元初文学家元好问流芳百世。

虽然作为独立民族，鲜卑已经不复存在，但其繁衍演变的两支后人契丹和蒙兀室韦（蒙古），在五代乃至两宋时期，继续在赤县神州扮演着重要角色。契丹人勇武强悍,颇具鲜卑遗风,您在《天龙八部》中早已一睹萧峰的风采了吧?契丹人建立的大辽雄踞北方,闻名遐迩,以至于在俄语中至今还以“契丹”来称呼中国。慑于契丹的兵威,屡遭劫掠的北宋与大金只好联合夹击,几经鏖战,这才消灭了大辽王朝。国破家亡的契丹人的主体部分迅速被大金(女真族)和大宋(汉族)同化,湮没于北方民族之林。剩余的契丹人则分化成更小的两支,一支在大辽皇族耶律大石的带领下向西一路狂奔至中亚细亚建立西辽王朝,从此只能屈居于辽阔的大草原一隅,以后逐渐与当地人通婚融合,成为中亚诸“斯坦”的一分子。另外一支人数极少,以达斡尔部落形式退居大兴安岭。就是这族群寥落的达斡尔,竟然在中国近代史上大书特书了一笔。清初之际,沙俄匪酋瓦西里·波雅科夫带领哥萨克骑兵入侵我国黑龙江流域,闯入精奇里江(今结雅河)达斡尔族居住区,立即遭到英勇无畏的达斡尔部族的坚决回击,迫使哥萨克匪徒狼狈逃窜。继而,另一沙俄匪首领哈巴罗夫率领大军再次入侵我国黑龙江流域。当他们突进到桂古达尔达斡尔族联防城时,疯狂威胁当地居民向俄罗斯沙皇缴纳“毛皮贡赋”。达斡尔部族首领义正词严地回答道:“我们向中国的顺治皇帝进贡,哪有给你们的贡品?要我们交贡,除非我们战斗到最后一个人!”一场激战,达斡尔人以牺牲数百人的代价,再次驱逐了沙俄侵略者。1684年,达斡尔全族参加了反抗沙俄侵略的著名的“雅克萨之役”。我们熟知的电影《傲蕾·一兰》就是一部记录达斡尔部落与俄寇浴血奋战的英雄史诗。我们再来说说蒙古人。众所周知,成吉思汗及其子孙建立了横跨亚欧的世界上最大的蒙古帝国,但这些“巴图鲁”们只会冲锋陷阵,不懂治国方略,来也匆匆,去也匆匆,终至帝国四分五裂。现在,我们只有在当今蒙古人的那达慕大会上,才能依稀窥视到当年鲜卑人的影子了。

叱咤风云的鲜卑人彻底消失了吗？且听我慢慢道来。“高高的兴安岭一片大森林，森林里住着勇敢的鄂伦春。一呀一匹猎马一呀一杆枪，獐狍野鹿满山满岭打呀打不尽。”记得这首歌吗？据考证，如今的鄂伦春人正是当初没有离开大兴安岭的鲜卑人的一支。“草原上的花朵，为什么红艳艳？翻身的锡伯人民，为什么笑开颜？雨露滋润大地，太阳光芒万丈，伟大的毛泽东思想把咱们心窝照亮……”记得这首歌吗？据史载，大清王朝看中了锡伯人的勇武剽悍，硬性将其分为两大群落，令他们分别在黑龙江和新疆两地戍边。锡伯人是鲜卑人的另一直系后裔。祈愿古代鲜卑人的活化石——我们的鄂伦春和锡伯兄弟，在中华民族大家庭中愈加幸福安康！

“天下鲜卑出嘎仙！”出离嘎仙洞，面对大兴安岭，我默念道。

（2009 年 10 月）

成吉思汗在此崩摧

“不要忘了给我买西夏公主的服装哦……”大概是受了金庸《天龙八部》的熏染，在我飞赴银川前，女儿忽闪着明亮的大眼睛认真地叮嘱道。

领受“任务”的我，会议之余，不知疲倦地跑遍了被称为“凤凰城”的银川九街十八巷，但见，这里的人们说的是汉语，服装早已国际化，除了在商场偶尔可见当地回民的服饰，却怎么也找不到“西夏公主”的影子。

“到古代西夏王陵那里碰碰运气吧。”同伴提醒道。对呀！去凭吊一下历史书上记载的威震大宋胆魄的元昊吧，去感受一下扶桑巨擘井上靖《敦煌》里面的飞扬跋扈的元昊吧，去追寻一下神龙见首不见尾的元昊及其后人吧……

空旷、静谧、神奇！那以彤云翻卷闻名遐迩的宁夏长空，此刻是如此辽远迷人；那以奔腾咆哮闻名遐迩的黄河巨龙，此刻是如此安详神秘；那以暴风狂沙闻名遐迩的腾格里沙漠，此刻是如此平和乖巧。伫立黄河侧畔，猛然，脑海里涌入不朽的珠玑——忽而，仿佛大唐隐者王维在咏叹：“大漠孤烟直，长河落日圆。”忽而，恍若旷世伟人毛泽东在高歌：“天高云淡，望断南飞雁。”这里的夏季真是太美啦，宁夏真不愧“塞上江南”的美名！

然而，哪里有所谓的西夏王陵？却分明只见到几座硕大无朋的近乎风化的昏黄土丘！哪里去寻觅《天龙八部》中憨厚虚竹念念不忘的娇娜“梦姑”？却分明只见到来自喜马拉雅山的人面鸟身的雕像“迦陵频伽”！历史书上分明告诉我，游牧于青海东南的羌族的支脉党项人，在唐末助剿黄巢起义军有功，首领被朝廷赐为李姓，以表皇族身份。到了北宋，太宗赵光义赐元昊的祖父李继迁姓赵，依然为皇族“国姓”，真是礼遇有加！公元1038年，对重文轻武的赵宋王朝鄙视不已的元昊率领全族脱离北宋建立“大夏”国，自己当了皇帝。尚武剽悍的西夏将赵宋王朝可折腾得够呛，我们从《杨家将演义》、井上靖的《敦煌》中，都能看到西夏勇武残暴的武士。《丑陋的中国人》作者、历史学家柏杨固执地认为元昊家族其实姓“拓跋”，理由是元昊自称其祖先出自当年鲜卑的拓跋部，却又将西夏和先前的豪雄鲜卑人拉上了些许关系。如此说来，那么，这个本来就不怎么招人待见的元昊岂不成了“三姓家奴”吕奉先？果然，特意赶来出席我们的新闻宣传会议的宁夏回族自治区党委常委、宣传部长，气势恢宏的《宁夏赋》的作者李东东女士言道：“这个元昊因夺占了其子宁令哥妻，不久就被宁令哥残忍袭杀！”一代枭雄到底同吕布一样死于非命。历史何其相似，也曾夺占儿媳的唐玄宗李隆基，不仅与杨贵妃悲壮地演绎了《长恨歌》，而且在创造了空前绝后的“开元盛世”后，悲哀无奈地断送了李家大唐江山！

“一去紫台连朔漠，独留青冢向黄昏。”哪里只是简单吟咏毅然出塞远嫁匈奴呼韩邪单于的大汉明妃王昭君啊，这分明是千古不破的至理名言！杜甫被历代名家公推为“诗圣”——当之无愧！

说到大唐，不禁想起“诗仙”李白《梦游天姥吟留别》中的诗句：“列缺霹雳，丘峦崩摧。洞天石扇，訇然中开。”由此“崩摧”，引出一位高山大海一般的人物。蒙古大汗孛儿只斤·铁木真铁骑西践，成为被西方人惊呼不已的“劫掠地球”的成吉思汗（大海之王)。可是,所向披靡的蒙古大军就是打不过已经走了下坡路的党项人,十几年也攻不下银川(当时称兴庆)。不可一世的成吉思汗恼羞成怒,亲自督战,誓夺西夏。记得那句古老的欧洲谶语吗:“上帝想要谁灭亡,一定先让他疯狂。”暴怒不已、乱了方寸而依然冲锋陷阵的成吉思汗在阵前中了西夏军队的毒箭,生命危在旦夕。西夏人是善于制毒的,北部的腾格里大沙漠就蕴藏着丰富的资源——沙蒿、白刺、霸王花、麻黄和狼毒。我猜测,谙熟历史的金庸一定是受到了启发,于是,在神秘莫测的《天龙八部》里面,就有了那瞬间撂倒丐帮群雄的西夏“一品堂”剧毒!

闯过多少狂风巨浪,却在西夏这小河沟里翻了船的成吉思汗为壮志未酬而痛惜,弥留之际断然放出狠话:“荡平西夏,片甲不留!”而后,这位东方的波塞冬、蒙古大草原上的金雕,就如“丘峦”一般无奈地“崩摧”了。哦!蒙古人信奉的万能的长生天也不能保佑成吉思汗获得“长生”!遵从成吉思汗的遗嘱,蒙古大军秘不发丧,发扬“化悲痛为力量”精神,继续夜以继日疯狂攻城。此时,孤立无援的西夏内有瘟疫流行,外有蒙古大军长期围困,早已弹尽粮绝,从君臣到百姓都心灰意冷。在成吉思汗死后三天,不知道姓李姓赵还是姓拓跋的家伙、西夏末代国王率党项众军民打开城门投降。迫不及待的蒙古铁骑蜂拥而入,血腥屠城到了弯刀卷刃的程度,西夏全族倏忽灰飞烟灭!

被历久难得的胜利冲昏头脑的狂躁的蒙古“巴图鲁”们,不仅捣毁了雄伟壮观的西夏王陵,而且纵火焚烧了王陵、王宫内的所有史料!您一定在某种场合见过西夏文字吧,本来,那是从蒙昧走向文明的党项人借鉴汉字创造的民族文化奇葩,而今,由于蒙古“巴图鲁”们的“壮举”,只能让人慨叹了:远看,那真是整齐划一的方块繁体汉字;近看,却于笔画繁多的奇特组合之中眉头紧锁,“一个也不认识”!西夏人一个不留,西夏文字自然成了“死书”！

于是，若干年后的今天，我只能在这里看到一堆西夏荒冢！

我的宝贝女儿，爸爸到哪里去寻找那西夏公主的艳丽衫裙！

征伐就是如此残酷无情。“诗鬼”李贺壮志惊九州：“男儿何不带吴钩，收取关山五十州？请君暂上凌烟阁，若个书生万户侯？”“诗仙”李白豪迈一声吼：“君不能学哥舒，横行青海夜带刀，西屠石堡取紫袍。”“诗圣”杜甫孤苦泪双流：“信知生男恶，反是生女好。生女犹得嫁比邻，生男埋没随百草。君不见，青海头，古来白骨无人收。新鬼烦冤旧鬼哭，天阴雨湿声啾啾。”当年“气吞山河如虎”的不知道姓李姓赵还是姓拓跋的元昊，一定不会料到强大无比的西夏会遭遇灭顶之灾。就是跃马扬刀、纵横驰骋于亚欧大陆，带领其英勇的儿孙和将领们建立起世界上疆域最大帝国的成吉思汗，也没有料到蒙古帝国转瞬间就大厦倾覆、分崩离析，留下的也就是“只识弯弓射大雕”！凝望巍巍贺兰山，吟诵着岳飞的《满江红》，“驾长车，踏破贺兰山阙”，唏嘘不已！

大河奔流，生生不息。如今，由古代阿拉伯人、波斯人、突厥人等与汉族人长期通婚形成的新的民族——回民，成了这片神奇的土地上的主人。作为中华民族大家庭的一员，他们勤劳善良、酷爱和平，把这古来征战之地，建设成了美丽的“塞上江南”米粮川。如今，西夏故地早已安宁，人民安居乐业，“宁夏”由此得名。

我可爱的女儿啊，爸爸还是给你带来一套回族姑娘的服装吧，那美丽的衫裙就像成群的宁夏滩羊一样洁白无瑕，那漂亮的坎肩儿就像无垠的万里晴空一样湛蓝如洗。穿上它，你的心灵也会时刻充盈着真、美、善……

（2004 年 9 月）

黄河在咆哮

“乱石穿空，惊涛拍岸，卷起千堆雪。”驻足于壁立千仞的晋陕大峡谷，用苏东坡《念奴娇·赤壁怀古》中的词句来形容眼前的黄河壶口大瀑布，实属恰如其分！看吧，滚滚黄河的浩大洪流，在波澜壮阔的巨大落差之中汹涌冲腾、生机勃勃、蔚为壮观！

“君不见，黄河之水天上来，奔流到海不复回。”遥想大唐盛世之时，“诗仙”李白在这里对华夏大好河山发出由衷的礼赞！“黄河之滨集合着一群中华民族优秀的子孙，人类解放救国的责任全靠我们自己来担承。”回眸民族危亡之际，力挽狂澜的中国共产党人在这里最先发出全民族共抵外侮、团结抗战的愤怒吼声！

“风在吼，马在叫，黄河在咆哮。”在这里，由中国工农红军改编的八路军庄严誓师、凛然东征！在总司令朱德、副总司令彭德怀率领下，八路军一一五师（师长林彪、副师长聂荣臻），一二〇师（师长贺龙、副师长萧克），一二九师（师长刘伯承、副师长徐向前），数万威武正义之师浩浩荡荡渡过黄河，奔赴华北抗日前线，为灾难深重的中华民族带来曙光、带来希望！

“保卫黄河！保卫华北！保卫全中国！”八路军一一五师首战平型关，就以一个神奇而漂亮的伏击战，打破了自“九一八事变”以来狂妄恣肆的日本侵略军“不可战胜”的神话！“平型关大捷”极大地提振了全国人民的民族自尊心，增强了中国人民“抗战必胜”的坚定信念。获此消息，在积聚多年的失败情绪下焦灼不安的蒋介石兴奋不已，立即通电全国加以慰勉，并号召接连溃败、军心涣散的国民党军队向八路军一一五师学习。要知道，此时，我国的东北地区已经全境沦陷很久了，伪“满洲国”在关外可耻地苟且着。刚刚遭逢“七七事变”的华北也将步其后尘，这才叫作“雪上加霜”！紧接着，一一五师在黄土岭歼灭大量日军，击毙其精锐独立混成第二旅团长阿部规秀中将！日本朝野为之震撼，日媒这样报道：“皇军自创始以来，在以往众多的战役、事变中，中将级将领的战死未曾有先例。”日本侵略军华北派遣军司令官多田骏大将无奈地哀叹：“‘名将之花’凋谢在太行山上。”日本侵略军的噩梦在继续，日军第一一四师团长沼田德重中将，在率部由山东聊城向东撤退途中，被八路军一一五师击成重伤，送往济南时不治毙命！中国共产党领导的军队在抗日战争中总共击毙五名日军中将，一一五师独揽两名。几乎与此同时，八路军一二九师以“神头岭伏击战”痛歼大批日军有生力量，巧妙配合了一一五师在晋西地区的大面积穿插迂回运动战，有力地钳制了日军向黄河西岸和南岸的狂攻。嗣后，一二九师夜袭阳明堡日军机场，击毁击伤敌机二十四架！这一伟大胜利，让国民党友军在“忻口会战”中减轻了巨大的空中压力，在中国抗日战争中产生了巨大的影响。一直被日军的“空中优势”困扰得焦头烂额的蒋介石欣喜若狂，立即拿出大笔现金奖励获得“阳明堡大捷”的一二九师。八路军一二〇师在雁门关、白洋淀歼灭大批日军，随后积极投入“反扫荡”洪流。乘风破浪，风起云涌，在抗日战争中迅速发展壮大的八路军，集合全军之力进行的著名的“百团大战”，一举歼灭日伪军四万五千余人，慌得日本统治者一再告诫侵华日军将领，要“把八路军当成主要敌手”。

“铁岭绝岩，林木丛生。暴雨狂风，荒原水畔战马鸣。围火齐团结，普照满天红。同志们，锐志哪怕松江晚浪生！起来哟，果敢冲锋！逐日冠，复东北，天破晓，光华万丈涌。”在白山黑水之间，杨靖宇、赵尚志、冯仲云、周保中、魏拯民、李延禄、汪雅臣、李兆麟、陈翰章、王明贵、赵一曼等盖世豪雄领导的东北抗日联军，克服诸多难以想象的困难，成功牵制数十万日伪军主力。中国共产党领导的军队在抗日战争中总共击毙五名日军中将，东北抗日联军占了三名——日军第十一师团长渡久雄中将，被东北抗日联军击毙于黑龙江密山；日军第一师团长服部晓太郎中将，被东北抗日联军击毙于黑龙江孙吴；日军陆军航空兵白城子机场飞行教导团团长森玉德光中将，被东北抗日联军击毙于黑龙江大兴安岭！东北抗日联军在几乎是绝境之中艰苦鏖战，为中国军民赢得抗日战争的最后胜利做出了不可磨灭的贡献！

“光荣北伐武昌城下，血染着我们的姓名。孤军奋斗罗霄山上，继承了先烈的殊勋。千百次抗争，风雪饥寒；千万里转战，穷山野营。获得丰富的斗争经验，锻炼艰苦的牺牲精神。为了社会幸福，为了民族生存，一贯坚持我们的斗争！八省健儿汇成一道抗日的铁流！东进，东进！我们是铁的新四军！”在长江中下游地区，叶挺、项英、刘少奇、陈毅等骁勇之士率领新四军，奋力抗击着日、伪、顽多方邪恶势力，在经历了“皖南事变”的毁灭性打击后，巍然屹立不倒，日益发展壮大。毛泽东主席宣布重建新四军军部，浴火重生的新四军英勇顽强地战斗在崇山峻岭之间，当之无愧地赢得“铁的新四军”的美誉。

“孤岛奋战，艰苦卓绝。二十三年，红旗不倒！”在天涯海角、珠江沿岸、南岭群山……铁血勇士曾生、尹林平、冯白驹、林锵云、梁嘉、林美南、梁鸿钧、罗范群、周楠等领导的华南人民抗日游击队,远离中央、孤悬敌后,在日伪军夹击的艰苦环境中浴血抗倭。他们营救民主志士,保护海外援华通道,威胁敌占大城市和南海防线,为夺取抗战胜利和配合盟军反攻作战建立了卓越功勋。

“黄河之水天上来,排山倒海,汹涌澎湃,奔腾叫啸,使人肝胆破裂! 它是中国的大动脉,在它的周身,奔流着民族的热血。”在中国共产党的感召下,在缺少枪支弹药、缺吃少穿,却英勇无畏地同日本侵略军血战到底的八路军、新四军、东北抗日联军、华南人民抗日游击队的感召下,中华民族同仇敌忾、空前团结! 国民党军队中的大批爱国将领在接连丧失国土的屈辱中奋起抵抗,“修我矛戈,与子同仇”,带领铁血勇士们打出了不少可歌可泣的漂亮仗——淞沪会战、血战台儿庄、长沙保卫战、滇缅之战……值得大书一笔的是,在山高林密的大别山区,国民革命军第二十一集团军的炮火击中了日军高级将领的座机“九江”号,当场击毙日本侵略军华中派遣军司令官、日本陆军第十一军司令官冢田攻大将——这是抗日战争期间中国军队击毙的日本侵略军军阶最高的将领(日军将官分为少将、中将和大将,没有上将,大将是最高军衔)。

“黄河之水汹涌澎湃,把日寇驱逐于国土之东!”旷日持久、壮怀激烈的抗日战争,是一部荡气回肠的英雄史诗! 作为“东方主战场”,中国军民为世界反法西斯战争取得辉煌胜利贡献了巨大的力量! “假如没有中国,假如中国被打垮了,你想得有多少个师团的日本兵,可以调到其他方面来作战? 他们可以马上打下澳洲,打下印度……”时任美国总统罗斯福发出上述感叹。在这场“保卫黄河”的伟大革命战争中,多少华夏英烈献出了自己的宝贵生命。“生命诚可贵,爱情价更高。若为自由故,二者皆可抛。”这是中华民族的宝贵气节,是我们的民族之魂!

“大漠孤烟直,长河落日圆。”此刻,在宁静祥和、心旷神怡地欣赏黄河沿岸美妙景色的时候,让我们向为中华民族的独立、自由与解放而战斗的英烈们致敬!

（2015 年 8 月）

南锣鼓巷·僧格林沁·诗意栖居

“伟大的北京我们为你歌唱，你是各族人民的心脏……”朋友，如果我问你：来到北京，你最钟情于哪里？故宫、天安门广场、景山、北海、颐和园、圆明园、天坛、琉璃厂、恭王府、陶然亭、牛街、香山、八大处、“鸟巢”、“水立方”、十三陵、八达岭、居庸关、司马台……你一定会脱口而出一长串名胜古迹。

在这里，我要告诉你北京新的地标：著名的美国《时代》周刊，煞费苦心地精选了亚洲 25 个你注定要去的地方，中国被选中 6 个，其中就有北京的南锣鼓巷。

庭院深深深几许

“曲径通幽处，禅房花木深。”这条长度为 787 米、宽 8 米的南北走向的胡同，浓缩了自元大都以来 740 多年的京城历史——南锣鼓巷，就默默地星罗棋布于北京东城的鼓楼和地安门之间。以南锣鼓巷为中轴线，整齐地构筑了“棋盘式”的传统四合院民居区。这里是“中国唯一完整地保存着最富有老北京风情的街巷”，其四周胡同里的府邸、宅院五彩斑斓、深邃凝重。近年来，诸多酒吧如雨后春笋般现身南锣鼓巷，使其成为当今北京最时髦的酒吧街。南锣鼓巷已经取代三里屯和后海，成为北京古老弥新的时尚地标。

在南锣鼓巷东西两侧，各有8条胡同整齐地排列着，仿佛硕大的“蜈蚣”铺排开来。由此，它也被称为“蜈蚣巷”。西面的8条胡同是福祥胡同、蓑衣胡同、雨儿胡同、帽儿胡同、景阳胡同、沙井胡同、黑芝麻胡同、前鼓楼苑胡同；东边的8条胡同是炒豆胡同、板厂胡同、东棉花胡同、北兵马司胡同、秦老胡同、前圆恩寺胡同、后圆恩寺胡同、菊儿胡同。嘿！不仅古色古香，而且充满怀旧韵味！

南锣鼓巷的每一条胡同、每一座宅院，都蕴藏着动人的典故。元明清乃至民国时期的南锣鼓巷，就是当代北京的“朝阳”。在这里，曾经居住过诸多达官显贵、社会名流，从明代将领到清王公，从北洋总统到民国政要，从文学巨擘到绘画大师——末代皇帝溥仪的皇后婉容原居帽儿胡同，清末兵部尚书、直隶总督荣禄曾住在菊儿胡同，吉林将军凤山的故居在东棉花胡同，丹青泰斗齐白石曾经寓居雨儿胡同，著名作家茅盾将最后的岁月留在了后圆恩寺胡同……更有洪承畴、靳云鹏、文煜、顾孟余、蒋介石，都在这里留下了不可磨灭的印迹。寻访名人故居，与这些在中国历史上刻画了深深痕迹的卓尔不群的灵魂对话，审视他们那跌宕起伏、耐人寻味的人生轨迹，从中得到某种启迪，真是一件令人惬意的事情。

汗青明镜辨妍媸

“穿石桥，走小路，门前一棵白果树。”走进南锣鼓巷南口东面的第一条胡同，就来到了炒豆胡同，这里坐落着著名的“僧王府”——晚清科尔沁郡王、博多勒噶台亲王、“湍多巴图鲁”僧格林沁的府邸。

如果你看过影片《火烧圆明园》，对英武无畏的僧格林沁就不会感到陌生。僧格林沁是科尔沁草原的骄子，清初著名的庄妃是其本家。僧格林沁率领清军在 1859 年大沽海战中大败英法联军,留下一段佳话。

当时,被第二次鸦片战争的惨败吓破了胆的咸丰皇帝,面对内忧外患、千疮百孔的中华江山,发出虚弱而无奈的叹息,完全没有了他那些英雄果敢的祖先努尔哈赤、皇太极、多尔衮们的雄姿。满朝文武只知道保护自己的私利,哪里还有为皇帝分忧的心情?僧格林沁挺身而出、力排众议,坚决反对议和投降。咸丰皇帝大喜过望,授权僧格林沁带领军队抗击英法联军。面对强敌,身经百战的僧格林沁从容镇定,颇有大将风度。他靠前指挥,让著名的天津大沽口战役闻名遐迩。在战场上,他身先士卒、督军力战,带领勇士们击毁英舰 3 艘,致英军死伤 464 人,大英帝国海军司令官贺布少将也身受重伤!英法联军军舰惨败逃走。

僧格林沁是当之无愧的民族英雄!他率领中国军队取得了鸦片战争以来的首次重大胜利,连革命导师马克思都对此事给予高度赞誉。作为一个爱国将领,僧格林沁为维护祖国独立和尊严立下了卓越功勋,也为日渐衰败的清朝廷注入了一针强心剂,让灰心丧气的咸丰皇帝看到了一线希望的曙光。为表其功,咸丰皇帝将清太祖努尔哈赤使用过的宝刀赐予僧格林沁。《清史稿》称赞道:“僧格林沁忠勇朴诚,出于天性,名震寰宇,朝廷倚为长城。”

科尔沁草原的骄子僧格林沁名垂青史,也延续了先祖成吉思汗的光荣。而抗战时期的某些蒙古王公,则为草原的纯洁大大抹黑。1936 年 1 月,德穆楚克栋鲁普(德王)公开降日。同年 5 月,他悍然建立伪“蒙疆政府”,成为第二个伪“满洲国”。德王存反叛之心久矣!在伪“满洲国”内,蒙东诸盟投敌的反动王公都得到了高官厚禄,齐墨特色木丕勒(齐王)当上了伪“蒙政大臣”,凌升当上了伪“兴安北省”的“省长”,额勒春、业喜海顺、札葛尔分别当上了“兴安东省”“兴安南省”“兴安西省”的“省长”。掌印锡林郭勒的德王同这些蒙奸毗邻,怎能不垂涎三尺!投敌得有见面礼,德王竟打起了祖宗的主意。

在鄂尔多斯有个伊金霍洛旗,是成吉思汗遗体归葬处。1939年,为防止已占领归绥(今呼和浩特)的日寇和蒙奸劫陵,民国政府被迫将陵墓迁往甘肃榆中兴隆山,1949年再迁青海湟中塔尔寺。直到解放后的1954年春,"成陵"才由中国共产党人迁回伊金霍洛。至此,成吉思汗方得安寝。九泉之下,伟大的成吉思汗及其出色的后人僧格林沁一定在诅咒他们的败类子孙!

正是:壮士渴饮刀头血,汗青明镜辨妍媸!

余　　韵

"旧时王谢堂前燕,飞入寻常百姓家。"在别具一格的胡同坊间的一番惬意行走,我粗略地估算了一下,在南锣鼓巷,面积不大却各具特色的店面已经超过百家——北京布鞋、京剧脸谱、兔爷儿、吹糖人、剪纸、风车、木陀螺、京绣、京扇……老北京工艺品琳琅满目、京韵十足;酒吧、咖啡店、奶酪铺、冰激凌店、台湾小吃店、港式甜品店、湘菜馆、川菜馆、意大利比萨面馆、书茶社、青瓷店、手工银具店、文玩字画店……丰富多彩、尽显摩登!

这里又是张扬个性的天堂。你看,那店堂内到处写满"文革"标语的"兴穆手工",那只接待单眼皮顾客、将双眼皮顾客拒之门外的"单眼皮"酒吧,那有着古灵精怪的名字的"肚脐眼"T恤店,那爿由华裔英国皇家院士开设的英伦风情的"老伍"酒吧,那在整个北京城面积最小的"12平米"酒吧……每位店主都苦心孤诣,其独特的创意让你流连忘返。徜徉在这里,要的就是一种心境、一种氛围,谁还在乎店里到底卖什么东西?徜徉在这里,一种"诗意栖居""乐享人生"的快感油然而生。

值得一提的是,2014年2月25日,习近平总书记欣然莅临南锣鼓巷的雨儿胡同，随便走进两个四合院，与那里的老街坊们亲切地拉起家常。2014 年 2 月 27 日，国民党荣誉主席连战及夫人也走访了南锣鼓巷，这里和谐安乐，如沐春风。

这其中的深远意义，“你懂的”……

（2014 年 3 月）

跑马天津卫

如果用人杰地灵来形容天津，那是丝毫也不夸张的。且不提“狗不理”包子、“桂发祥”大麻花、“耳朵眼儿”炸糕和“桂顺斋”汤圆是如何闻名遐迩，更有那到了 12 月份依然盛开的鲜花，加上无数可圈可点的古迹，其诱人之处恰如“千里莺啼绿映红”！借国家教委职教司召开全国中专语文教材合稿会的机会，我领略了向往已久的津门风采。

天塔 · 补天图 · 蝶式桥

天津人称自己的城市为“天津卫”。这“卫”到底是什么意思呢？原来，“卫”是我国明代朝廷在要害地区设置的军队编制，一些重要的海防地带，大都冠以“卫”的称号，如天津卫、威海卫等。以后，这“卫”就渐渐演变为地名了。现在，地图上是见不到“卫”字了，但在当地人民的心目中，一句地地道道的“天津卫”，会一下子拉近人们的距离。

埃菲尔铁塔是巴黎的象征，如今的天津人也有自己的骄傲。在微波荡漾的碧水中矗立着亚洲最高的电视塔——天津电视塔，它超过了日本东京电视塔的高度。在塔基部位，镌刻着李瑞环亲笔题写的“天塔”两个朱红大字，正午的阳光使遒劲的行楷光芒四射。抬头仰望，直到头上的黑呢礼帽掉落地上之时，方可依稀看见塔顶的轮廓。索性花上20元钱,乘电梯升到天塔的顶楼。举目四眺,有人指点道:“那东方白茫茫的一片大水,就是渤海湾了。”看到了!嗬!那有着漂亮的拜占庭式圆顶的,不正是新落成不久的天津火车站吗!

这天津火车站的候车大厅,是惊人的艺术杰作之一。大厅内的天花板呈穹隆形,整个一幅巨大的《女娲补天图》!这本是我国远古的神话传说,但画面上的天女却毫无华人色彩,典型的意大利文艺复兴时期的风格。假如你见过安格尔的《泉》、席里柯的《门多萨之筏》的话,就会惊叹于津门画界的思维敏捷和大胆创新了。他们用油画的形式表现女娲采五色石补天的情景,画面气韵流动,达到了中西合璧的艺术效果。天津是北方大港,其现代都市情调可见一斑。

最能体现天津现代都市情调的,莫过于巨大的蝶式立交桥了。驱车驶入中环路,奔驰大约20分钟,就见一座超级立交桥雄浑地展现在你的眼前。这座立交桥外观像一只展开双翅的巨大蝴蝶,夜幕降临之时,华灯齐放,即使泰晤士河上的伦敦塔桥、伊斯坦布尔的博斯普鲁斯大桥以及美国西海岸的一些著名大桥,在它的面前,也只能是古老有余而摩登不足了。

张园·饮冰室·大悲院

天津的古迹同样令人流连忘返。张园,是个对于全国乃至世界都不陌生的公寓群。民国初年,直奉大战之后,冯玉祥囚禁了贿选大总统曹锟,和张作霖一道从这里请出了皖系军阀头子段祺瑞担任北洋政府的“执政”。清朝的末代皇帝溥仪被赶出紫禁城,一时也居住在张园。吴佩孚、张学良等名噪一时的人物,都经常光顾这里。解放后,这块日本“租界”回到了中国人民手中,挂上了天津日报社的牌子。我以为,应把张园当成古迹加以保护,这个想法博得了几位同时来天津开会的教育界前辈的共识。

梁启超是戊戌变法的核心人物，他的很多政治活动、著名文章，都是在天津完成的。天津有当年八国联军入侵后开辟的“租界”，在这各式各样的小洋楼中，有一幢红色的小楼，那就是梁启超的故居——饮冰室。提起梁启超，一般都认为他在清末和康有为共同发起的“百日维新”有进步意义，而在民国建立后变成保皇派，政治上走向了反动。事实上，1916年，他曾策动他的学生蔡锷组织护国军讨袁，为打乱袁世凯复辟的阵脚立下了不朽功勋。他提倡的“诗界革命”“小说界革命”，在中国文学史上也是相当辉煌的一页。梁启超先生自号“饮冰室主人”，其作品也收在《饮冰室合集》里。有幸瞻谒他的故居，真是大大的造化。

“长亭外，古道边，芳草碧连天。”看过影片《城南旧事》的人，一定还记得这首民国时代家喻户晓的学堂乐歌的。这首歌的作者李叔同，就曾在天津大悲院出家。李叔同是一位在文学、绘画、书法、音乐等领域均具造诣的清净学者，出家大悲院时，法号弘一法师。著名的漫画家丰子恺就是他的高足。至于现在依然活跃于画坛的华君武，更是秉承弘一法师的衣钵。也许可以夸大地说，没有李叔同，就没有中国漫画，大家现在也就无缘看到十分受人喜爱的《讽刺与幽默》了。出离大悲院，我深深地感受到天津浓厚的文化氛围。

鬼市·美食城·文化街

最赋予天津以独特生命力的，还是津门生动鲜活的民俗。离开正市大街，走进寻常巷陌，“鬼市”便如同海市蜃楼般吸引着你亢奋的神经。它类似于农村的集市，因在解放前都是人们在天将破晓时聚集在一起，交易一些自家的存货，黎明即散，见不得官，实际为躲避税收，故称“鬼市”。现在的“鬼市”已经和我们哈尔滨道外的跳蚤市场一样了。在这里,既能见到小巧玲珑的鼻烟壶,也可以买到一尺见方的毛主席像章,各式旧货琳琅满目、美不胜收。识货的人可以廉价从小贩手中买来珍贵的缅甸木雕,小贩们还为挣了几十块钱而沾沾自喜,殊不知,这木雕有的是价值连城的!

天津美食城规模之宏大当属全国魁首。这是一座正方形的城堡式商业小城,从著名的劝业场抄近路,只要几分钟就到。我先坐到茶几前,观看那老师傅从硕大的龙嘴大茶壶内往外倾倒沸水,浇成高粱米面配以小枣、花生仁、青红丝、栗子等物的茶汤,一碗入腹,真是唇齿芬芳,三月不知肉味!双手叉腰,在“狗不理”包子铺门前留个影,而后悠然踱进店内——三鲜馅、八珍馅、伊府馅……我的天,肚子在提出抗议啦!“果仁张”的蜜饯、正宗锅巴、津门云吞、冰糖麻花、香辣担担面,整个美食城热气腾腾、香气扑鼻。中国的饮食,构成了一种特殊的文化,南在广州,北推天津。难怪海外公举中国菜为全球第一佳肴,位居法兰西大菜之上呢!到天津不来美食城,如同到北京没吃烤鸭、到四川没吃麻婆豆腐、到西安没吃羊肉泡馍一样,是莫大的遗憾。

出食品街沿和平路到“东北角”,便是天津又一繁华去处——文化街。文房四宝、琴棋书画,样样俱全。这里古色古香,处处是彬彬有礼的顾客,处处是温文尔雅的卖主。一位从内蒙古大草原来的老教师酷爱石刻艺术,指着方方石料,对我如数家珍:“这是鸡血石,那是田黄石、玄武石、花岗石……”说着,伸手掏出二十几元,买下一本《石刻大全》。我偏爱古代兵器,对众多耀眼的刀枪剑戟产生了浓厚兴趣。摊主见我似文弱书生,显然怀疑冒充“武人”,笑笑便招呼起其他顾客来。我抽出一把“宝刀”,顺手玩了个“缠头裹脑”,他这才打消了疑虑,向我滔滔不绝地推荐他的货。结果,我买下了一条沉甸甸的铜制九节鞭。

天津的好去处还有很多，大沽炮台、水上公园、独乐寺、“租界”建筑群、劝业场、宁园……数不胜数。如有机会的话，你不妨也抖擞精神，“兵”进山海关，跑马天津卫！

（1991 年 12 月）

“三燕故都”探幽

伫立巍峨的凤凰山顶，举目远眺：碧空如洗、云蒸霞蔚，层峦叠嶂、瑞霭千条！此刻，匍匐于我脚下的“朝阳洞”，幽深静谧，骄傲地向世人透露着这样的信息——朝阳，这座雄踞冀、辽、蒙三省（区）边界的千年古城，其名字就来源于此。

这里是“世界上第一朵花绽放的地方，世界上第一只鸟飞起的地方”；这里是拥有一千七百多年建城历史的“三燕故都”，是“丹凤朝阳”的地方；这里是风起云涌、大浪淘沙、人才辈出的地方！

为什么用三个排比句如此描述？请随我来——

鸡 血 石

友人赠送的两块鸡血石，把我引向了辽远而神奇的时空。当远古的世界还是一片洪荒的时候，我们勤劳睿智的祖先已经不仅在这里繁衍生息，而且创造了璀璨多姿的文明。这里的“红山文化”是距今五千多年的一种先进的农耕文化，它西起内蒙古克什克腾旗，东达辽西走廊的锦西，北至乌尔吉林伦河流域，南抵辽宁朝阳一带——这样一个广袤区域内的新石器时代文化遗存，因为首次发现于内蒙古赤峰（当时的名字是“昭乌达盟”）的红山而得名。

我去过赤峰，当时就住在昭乌达大街的一家宾馆。那里的人们首先处处洋溢着关于“红山文化”的自豪感，然后才是娓娓道来的蒙古风情。毕竟，蒙古民族是在成吉思汗之后才兴旺发达于大漠草原的，而“红山文化”比起这明显是后起之秀的蒙古文明，着实可以用“源远流长”来形容了。“赤峰”不就是“红山”的文言文称谓嘛！由此生发感慨，当年以避暑山庄所在地承德为中心而专门设立的“热河省”，地处塞外，界于河北、辽宁和内蒙古之间，与黑龙江、吉林、辽宁一起被称为“东四省”，其内涵还是比较科学而丰盈的。朝阳在清末乃至民国时期就是归热河省管辖的。如今，昔日“热河省”的辖区由辽宁、河北、内蒙古瓜分，我觉得真有些风马牛不相及，这破坏了以地缘因素来划分行政区的规则，也让三省(区)的人民感觉特别不亲切、不方便。

位于朝阳市喀左县兴隆庄乡大凌河西侧山梁上的东山嘴祭祀遗址，就属于“红山文化”范畴，同毗邻的巴林左旗一样，鸡血石也是这里的特产，统称“巴林石”。它同鸽子洞古人类遗址、牛河梁“红山文化”遗址、朝阳鸟化石国家地质公园一道，将灿烂的“红山文化”加以再现，让人震撼不已。“红山文化”将中华文明史提前了一千多年，“中华文明的新曙光”在这里绽放出夺目的光芒！令人兴奋的是，东山嘴祭祀遗址已被列为辽宁省重点文物保护地，其成果编入了《中国历史》教科书。

熟悉书画的人都知道，鸡血石是“印石三宝”之一，因其鲜红的色彩、稀有的产量和纯净的质地，深得广大爱好者的垂青。我当然是如获至宝，请身为篆刻大师的友人将这两块罕见的巴林“梅花血”镌成阴文和阳文两方个人名章，不时欣赏把玩，并以此作为珍贵的纪念。

慕 容 街

金庸小说《天龙八部》中有个性格极其复杂的人物——慕容复。此人出身江南显赫的鲜卑皇族世家，更有其家传的“以彼之道，还施彼身”独门功夫，一时被天下称颂为“北乔峰、南慕容”。可惜，慕容复和他老爸一样，怀揣“复兴大燕”的春秋大梦，不仅辜负了曼妙可人的王语嫣，而且一意孤行、螳臂当车，终成逆历史潮流而动的跳梁小丑！

在这里，我要告诉您的是，《天龙八部》中“姑苏慕容”家族的故乡就在这塞外的“龙城”朝阳。

“慕二仪之德，继三光之容”，这是慕容家族的自诩。话说南北朝时期，荒淫颓靡的东晋司马氏皇族，全然丧失了乃祖司马懿、司马昭、司马炎的雄风，苟且偷生、偏安江南。此时，在我国的北方和西南地区，由匈奴、鲜卑、羯、氐、羌各族豪雄逐鹿，建立了诸多割据政权，史称“五胡乱华”或“五胡十六国”。其中，鲜卑人慕容皝建立的前燕、其子慕容垂建立的后燕，以及慕容德（慕容垂弟）建立的南燕，加上短命的西燕和北燕，国号都是“燕”。这“乱华”的“五燕”，就是慕容复所津津乐道的“大燕”。

后燕慕容垂的外甥拓跋珪崇拜三国时期的魏武帝曹操，借战乱之机独树一帜，在山西大同自称魏王。经过不断征伐，拓跋珪建立了北魏政权，是为道武帝。再后，拓跋珪的孙子、北魏太武帝拓跋焘率部攻灭北凉政权，“五胡十六国”时代终结，“诸燕”也就灰飞烟灭了。此后，慕容鲜卑在“诸燕”灭亡后，以散居的形式融合到汉族和拓跋鲜卑之中。

前燕和后燕煊赫一时，北燕则既短命又乏善可陈，唯一让人思绪万端的，就是北魏冯太后。冯太后出身于北燕皇族，祖籍就是塞外“龙城”朝阳。这个巾帼英雄胸怀远大理想，她的一系列举措直接影响了她名垂青史的孙子孝文帝拓跋宏。北魏“孝文帝改革”家喻户晓，在拓跋宏的大力倡导下拓跋鲜卑此后改姓“元”。胡汉进一步融合，重组崭新华夏。元稹、元好问——这些名字您不感到陌生吧？

朝阳作为“三燕故都”（前燕、后燕、北燕），不仅是慕容家族曾经辉煌之地，也是燕文化重要的组成部分。于是，金庸大师欣然题写了“慕容街”街名，另撰写一副对联：“龙城朝阳，三燕故都；传奇慕容，华夏一脉。”

这朝阳慕容街原名“双塔古街”，背水临山的古建筑群似珍珠一般衔接起来，将这里变成了“城市的眼睛”。慕容街将燕都城墙遗址、南北双塔、佑顺寺、关帝庙等井然有序地连成一线，既方便了游客观瞻凭吊，又汇聚了深厚的文化底蕴。如今的慕容街已经成为集展览、交流、销售为一体的朝阳文化旅游中心。

大量的“红山文化”，以及后世的“辽金文化”出土文物、古今书画，又把慕容街的内涵自然而然地引向纵深，吸引国内外专家学者及各地收藏爱好者纷至沓来。伴随着诸多民间收藏家和文化名流的加盟，慕容街更是增添了不少文化品位。

赵 尚 志

“朔风怒吼，大雪飞扬，征马踟蹰，冷气侵人夜难眠。火烤胸前暖，风吹背后寒。壮士们！精诚奋斗横扫嫩江原。伟志兮，何能消灭。团结起，赴国难，破难关，夺回我河山！”这首脍炙人口的《露营之歌》，把我拉回那个战火纷飞的年代。

在东北，赵尚志烈士的英雄事迹家喻户晓。我们都知道，赵尚志是中国共产党领导下的东北抗日联军的杰出将领，他是当之无愧的抗日民族英雄。在白山黑水之间，赵尚志率领东北抗日联军将士们同日寇浴血奋战，将一腔热血抛洒在小兴安岭；我们都知道,赵尚志烈士墓(衣冠冢)高高矗立于黑龙江宝泉岭北山的不远处,清澈的梧桐河水汩汩流淌,阵阵松涛倾诉着英雄的事迹;我们都知道,赵尚志生前与日本侵略军多次激战的珠河县,新中国成立后被命名为尚志县(现为尚志市);黑龙江省会哈尔滨的一条主要街道“新城大街”,更因纪念抗日民族英雄赵尚志而更名为尚志大街。

我们不知道的是,抗日民族英雄赵尚志竟然与杨靖宇、赵一曼一样不是黑龙江省人,而是出生于当时的热河省(现已分属河北、辽宁、内蒙古)朝阳县喇嘛甸村！如今,这里的地名是辽宁省朝阳市朝阳县尚志乡尚志村。赵尚志烈士陵园就坐落在尚志村,“赵尚志烈士陵园”七个大字由中央军委原副主席张万年题写。新近发现的赵尚志烈士的头颅就安葬于此,正可谓“青山有幸埋忠骨”！

夕阳红胜火,彩霞舞翩跹。“三燕故都”似乎依然在向我们宣示着无穷的神秘！

(2012 年 9 月)

“东方小巴黎” “东方莫斯科”

哈尔滨：天鹅项下的珍珠

展开中华人民共和国版图，在祖国东北边陲，黑龙江省仿佛一只展翅翱翔的天鹅。在天鹅颀长美丽的项下，哈尔滨宛若一颗璀璨的珍珠。“松花江水波连波，浪花里飞出欢乐的歌……”松花江恰似一条舞动的彩练，为“珍珠城”增添了妩媚和神奇。“东方小巴黎”“东方莫斯科”“音乐城”“冰城”“丁香之城”……人们用诸多的美誉称颂着北国名都——哈尔滨。

曼妙多姿的欧陆风情

公元1097年以前，满族的先民女真人就在这里构筑了“阿勒锦”渔村，女真语“阿勒锦”是“荣誉”的意思。到元代，蒙古人转音为“哈儿滨”。到了清代，“哈尔滨”的称呼定型。而哈尔滨成为真正意义上的北方都市，与俄罗斯修筑中东铁路密不可分。19世纪末20世纪初，从满洲里经哈尔滨到绥芬河的中东铁路干线，将哈尔滨提升到东北北部（北满）经济中心、文化中心和交通枢纽的重要地位。

从此，大批俄罗斯人、犹太人、乌克兰人、波兰人、法兰西人……源源不断涌入哈尔滨。俄国“十月革命”，更是将数不胜数的白俄（抗拒红色苏维埃的帝俄贵族或平民）推入哈尔滨。在20

世纪20年代到40年代末，哈尔滨居住着来自中国各省和世界各地的人们。50年代的中苏“蜜月”，又让哈尔滨街头到处飘曳着“布拉吉”（俄式连衣裙），商场里销售着“格瓦斯”（俄式饮料），工厂里轰鸣着“马神机”（俄制机器），田野里奔忙着“康拜因”（联合收割机）。改革开放带来滚滚春潮，20世纪80年代末中苏关系“解冻”，新一代俄罗斯人又来到他们热爱的哈尔滨，在这个城市呈现出星罗棋布的态势。各族人民长期和谐相处，形成了兼收并蓄、开拓进取的“哈尔滨性格”。从这个意义上说，哈尔滨是一座真正的国际性城市。

中西民族与文化的激烈碰撞，让哈尔滨以其多元奇特和曼妙多姿吸引着无数游客的视线，被誉为“东方小巴黎”和“东方莫斯科”，诚不为过。笔者在大学时代的导师曾有这样的论述：“它的厚重荒蛮的历史，它在百年间的迅速崛起，它的人居的广泛流民性，它的文化的世界性，它的饮食与欧美相碰撞的多样性，它的紫丁香的抒情性，它的建筑与音乐的超前性，它的肤色的全面性，它的语种的丰富性，还有俄罗斯的复活节冬浴以及今天强身健体的冬泳，在世界上是少有的。”

芬芳唇齿的俄式大餐

在中国，若想品尝纯正的西餐，还是到哈尔滨来吧。在西餐之中，法国大菜和俄式大餐是东欧和西欧的两大极品。也许是哈尔滨受俄罗斯影响更多一些的缘故吧，相比之下，这里的人们更喜欢俄罗斯的食品。

俄罗斯的餐饮可谓历史悠久，并且，由于经历了漫长的帝俄时代和七十多年的苏联时期，俄式大餐已经兼收并蓄了许多民族的佳肴美馔。在北国冰城哈尔滨，幸运的我们既能吃到伊尔库茨克的奶油山鸡脯，也能品尝到符拉迪沃斯托克（海参崴）的奶汁鲍鱼；既能大嚼高加索的里脊扒，也能对纯正俄罗斯风味的烤乳猪情有独钟。品一品香喷喷的莫斯科罐闷牛尾，呷一口乌克兰蕃茄土豆红菜“苏波”汤，尝尝金灿灿的炸板虾，往口中放两只法国蛋，就着咸口的“沙伊克”，将锅盖一般的大黑“列巴”掰一块，浸泡到用俄罗斯腹地喀山茶炊煮沸并加糖的浓酽的红茶里，再来一节历史悠久口感独特的“里道斯”红肠……这时，别忘了喝点酒来助兴。我的建议是，吞一口俄国的伏特加，这时，你会在恍然间体会到遥远的伏尔加河带来的醇郁芳香的享受。接着，再品味一下格鲁吉亚的红葡萄酒吧，这来自斯大林、谢瓦尔德纳泽和萨卡什维利故乡的佳酿，世界公认的评价是：同法兰西的波尔多红葡萄酒一样纯正绵长！而后，伴随着经典影片《静静的顿河》的主题曲，在弥漫着浓郁的哥萨克氤氲的旋律中翩翩起舞，快乐在不知不觉中充溢了我们的每一个细胞……

搜寻我的记忆储备，到友谊宫、马迭尔、华梅、欧罗巴、波特曼、龙门大厦、贵宾楼，都可品尝到上等的西餐。在亚洲最有特色的步行街中央大街上，马迭尔、华梅两大西餐厅的外卖窗口总是排起长龙，这里制作的各式面包让中外游客满载而归。

异国情调的建筑艺术

在俄罗斯和法兰西文化的共同浸润下，加上对中华文化的一脉相承，哈尔滨的建筑呈现出浓郁的异国情调。

徜徉于哈尔滨街头，俄罗斯风格的建筑比比皆是。1899 年建成的圣·尼古拉教堂，坐落在哈尔滨市中心，俗称“喇嘛台”，当年是哈尔滨作为“东方莫斯科”的象征性建筑。迎着朝阳，浑厚的钟声响起时，那几个五彩缤纷的“洋葱头”屋顶是那么庄严、神秘。在这里，多少虔诚的基督徒得到过心灵的慰藉！令人痛惜的是，圣·尼古拉教堂在“文革”中被红卫兵摧毁！不过，在原址，依然有模型和老照片,可让我们缅怀它往昔的风采。距松花江不远的圣·索菲亚教堂,也是一座俄罗斯风格的建筑。那在中央部位高耸的“洋葱头”穹顶,同红绿相间的古老砖墙彼此衬托,把巴尔干半岛的拜占庭风韵淋漓尽致地展现出来。如今,以圣·索菲亚教堂为中心,开辟建设了哈尔滨建筑艺术广场,这里同上海的“东方明珠”、北京的天安门一样,成为哈尔滨的“城市名片”。圣·索菲亚教堂已经成为哈尔滨的标志性建筑了,在中国“熄灯一小时”活动中,中央电视台报道哈尔滨时就选择了它。此外,位于哈尔滨士课街的圣·阿列克谢耶夫教堂、东大直街的圣母守护教堂、哈尔滨游乐园内的圣母升天教堂,都是俄罗斯东正教堂的经典之作。

与圣·尼古拉教堂旧址毗邻的黑龙江省博物馆,当年叫作莫斯科商场,充盈着法兰西建筑风格;东北烈士纪念馆、黑龙江美术馆、中国银行哈尔滨分行等,是文艺复兴风格的建筑;中央大街上的教育书店(当年的松浦洋行)是巴洛克风格的建筑。众多的教堂,加上遍布哈尔滨大街小巷的俄罗斯、法兰西风格的建筑,将哈尔滨装点得分外洋气。如果您时间仓促的话,那就选择中央大街(中国最有特色的步行街)和果戈里大街(以《钦差大臣》和《死魂灵》的作者、乌克兰著名作家果戈理名字命名)好啦,那里是哈尔滨欧式建筑的博览会。

尽管哈尔滨如此洋气,而它的普通话程度又居全国之冠,远远超越了离北京较近的沈阳与长春——基于此,哈尔滨成为中国新闻、文艺人才的摇篮。由于哈尔滨是全国最早解放的城市,并靠近当时的苏联的缘故,毛泽东主席在1949年选都时,曾有将哈尔滨定为中华人民共和国首都的设想。为了召开全国政协会议,甚至将很多民主人士从南方经大连运送到了哈尔滨。于是,哈尔滨又多了一个俄罗斯风格的雅号“哈尔滨格勒”。

音乐冰雪的交响音画

在不太遥远的当年，哈尔滨人就有口福品尝五大洲的精美食品，有眼福欣赏到在欧美上演的各种戏剧和当时最先进的无声电影，有耳福聆听只有在维也纳才能听到的交响乐。多年来的积淀，将哈尔滨打造成一座名副其实的音乐城。

张暴默演唱的一首《鼓浪屿之波》，让世人了解了“台海明珠”鹭岛厦门；郑绪岚演唱的《太阳岛上》，更令“天鹅项下的珍珠”哈尔滨闻名遐迩。哈尔滨的夏天风光旖旎，沐浴在松花江美丽涟漪中的太阳岛蜚声海内外。从 1961 年发轫至今，哈尔滨每年都举办“哈尔滨之夏”音乐会。在中国，有三个以城市命名的音乐会，那就是“上海之春”国际音乐节、广州“羊城音乐花会”和“哈尔滨之夏”音乐会。夏季的哈尔滨洋溢在一片音乐的海洋里。数十年来，无数音乐人才从哈尔滨起飞，乘着歌声的翅膀翱翔于祖国各地乃至五洲四海！

冬季的哈尔滨银装素裹，分外妖娆。每当夜幕降临，分别在松花江南北两岸的“冰雪大世界”和兆麟公园举办的大型冰雕艺术展览，霓虹彩幻，气势恢宏，千姿百态，玲珑剔透，吸引着八方游客，把人们带入一个充满遐思的童话世界。哈尔滨的冰雪艺术在全球最为高超，连在世界上大名鼎鼎的加拿大魁北克、日本北海道、丹麦的奥胡斯都经常派来友谊的使者，与哈尔滨同行进行冰雪艺术交流。近年来，每一个冬天在太阳岛上还举办“雪博会”，洁白精美的雪雕将太阳岛装点得如同巨大的伊甸园。今冬“雪博会”的主题是《法兰西风情》，《拿破仑在奥斯特利茨》《圣女贞德》《思想者》《凯旋门》……波澜壮阔，气势恢宏。值得一提的是，在冰冷刺骨的松花江中冬泳，在哈尔滨不仅是比赛项目，更是一种强身健体的时尚。

瑰丽多姿的哈尔滨，盛夏的音乐与隆冬的冰雪创作了雄浑天成的交响音画。

2009 年，世界大学生冬季运动会将在哈尔滨举行。届时，这里又将汇成欢乐的海洋。这不，世界大冬会的吉祥物“冬冬”（雪花的象征）正向您频频招手，欢迎您来哈尔滨做客呢！

（2008 年 2 月）

晋祠“三绝”

“人说山西好风光，地肥水美五谷香……”三晋同行兴奋地向我推荐：到太原不谒晋祠，如同去北京不登长城、去杭州不游西湖、去上海不逛外滩、去拉萨不览布达拉宫一样，总会有些遗憾郁结于心的。于是，欣欣然，出太原市区向西南驱车 25 公里，晋祠赫然浮现眼前。

“喜看稻菽千重浪，遍地英雄下夕烟。”开国领袖毛泽东主席的诗句，恰好构成我对晋祠的第一观感。绿油油一望无际的稻田，让我恍若来到了长江中下游平原。这里阡陌如画、稻谷飘香，分明一派江南水乡的旖旎风光啊！谁说山西人只爱吃面食？谁说山西只有老陈醋？友人告诉我，古往今来，是晋祠的优质大米养育了太原人民，山西的汾河平原早已成为地地道道的鱼米之乡。谁说江南才有大面积的园林？承德的避暑山庄、太原的晋祠，哪一个都比苏州的任何一座园林来得宏伟壮阔、仪态万方！

晋祠最初的名字是“唐叔虞祠”，坐落于悬瓮山下的“晋水之源”。这座广袤无垠、古朴大气的园林式祠堂始建于南北朝的北魏时期，供奉的是西周王朝开国君主周武王姬发的次子叔虞。相传，西周第二代君主成王姬诵与幼弟姬虞（叔虞）出外巡游，由于两人是一奶同胞（其母邑姜是齐国开国君主姜太公之女，因此西周王朝是姬姜天下），故此亲密无间。周成王顺手摘下一片桐叶，略作修剪成玉圭状后递给叔虞，戏称要给叔虞封地。随行的近臣们马上起哄，以“天子无戏言”为由讨封，成王则顺水推舟地册封叔虞采邑“唐”地。这就是周成王“剪叶封桐”的典故。因此处有河流名为晋水，叔虞的唐国就改名为晋国，中国历史上著名的晋国由此发轫。后来，晋国在晋文公重耳统治时期成为“春秋五霸”之一。再后，庞大的晋国被韩、赵、魏瓜分，史称“三家分晋”，这一片广阔沃土又被称为“三晋”。由于晋国肇始之王是叔虞，“唐叔虞祠”如今的名字已经是“晋王祠”了，简称“晋祠”。我们都知道，现在山西的简称“晋”，就是由此而来。

“浮舟弄水萧鼓鸣，微波龙鳞莎草绿。”大唐“诗仙”李白的诗句，恰好构成我对晋祠的第二观感。晋祠一带之所以盛产优质稻米，仅凭土质膏腴是远远不够的，这里温润清澈的灌溉之水才真正起到了点石成金的作用。

拾级而上悬瓮山，但见清泉汩汩奔流不息。将手探进泉水，只觉一股热流奔涌而来。这便是著名的难老泉了。《山海经》中有“悬瓮之山，晋水出焉”的言辞，告诉我们难老泉就是晋水的源头。由此可见，难老泉真可谓“源远流长”了！晋水有三个源泉，善利泉、鱼沼泉和难老泉。难老泉为这三泉的主泉，晋水之源从这里流出，千百年来，水温恒定在 17 摄氏度——造化是如此绝妙！

“柳氏坐瓮，饮马抽鞭”，是晋祠难老泉的美丽传说。言说晋祠附近村落的贤惠民女柳春英，施恩于一位白发老人。此人乃一仙翁，赠柳春英马鞭一条，回家放进瓮里，提鞭瓮即水满。柳春英大喜，遍告乡亲，请其来家挑水。抽鞭不再回瓮，则清泉涓涓流出，片时汪洋恣肆、潺潺不息！“难老泉”由此得名。难老泉水成为晋水之源，灌溉了晋祠万亩良田。村民们在柳春英水瓮处盖起

“水母楼”，尊她为“水母娘娘”。从古至今，每逢农历六月十五，在晋祠都会举行盛大庙会，隆重祭祀柳春英这位水母娘娘。

昔日晋水今何在？专家学者各执一词、莫衷一是，存在颇多争论。因太原古称晋阳，按山南水北之说，城市自然是在晋水之滨喽！山西人才不屑于去考证什么劳什子晋水到底在哪里呢，他们更愿意将错就错，亲切地认定古代的晋水就是穿太原而过的母亲河——汾河。如此一来，历史与传说浑然一体，更加生动、传神、和谐、可爱！我也宁愿相信此说。

“隋槐周柏矜高古，宋殿唐碑竞炜煌。”现当代文坛泰斗郭沫若先生的诗句，恰好构成我对晋祠的第三观感。周柏隋(唐)槐、唐碑宋殿是晋祠的奇观。周柏是北周时代种植的柏树，隋(唐)槐是隋唐时期种植的槐树，它们都是晋祠中的千年葳蕤古木。唐碑是唐太宗李世民《晋祠之铭并序》碑，宋殿指的是圣母殿，以宋代彩塑而闻名于世。

周柏名为“齐年古柏”，距今已有2000多年的历史，其树干粗壮、斑驳、古朴，需七八个人才能合围。据说，游人只消在这株古柏下站一站，即可健康快乐、长生不老。隋(唐)槐，枝繁叶茂、树绿荫浓。据说，大唐王朝之所以兴旺昌盛，就是受了它的庇佑。在晋祠，以周柏、隋(唐)槐为代表的20余株千年古木，苍翠繁茂、蓊蓊郁郁，向我们倾诉着晋祠经历的悠悠岁月。周边的丁香、海棠、玉兰、牡丹、芍药……争奇斗艳、姹紫嫣红，向我们宣示着晋祠璀璨的光芒。嘿嘿，周柏隋(唐)槐侧畔，都留下了我的足迹。

《晋祠之铭并序》碑，由唐太宗李世民亲撰并手书。李渊本是隋末太原留守、封唐国公。趁天下大乱之机，李氏父子起兵讨隋。起兵前，李渊带世民到晋祠祈祷。大唐建国后，为报唐叔虞之佑，李世民立碑存正。唐太宗特喜王羲之父子的行书，以《兰亭序》作为自己的陪葬,《晋祠之铭并序》就是他摹仿王字之作。《晋祠之铭并序》可与《兰亭序》媲美,后人将二者称为天下行书的“双璧”。

圣母殿是北宋时期皇帝敕造,特意为叔虞之母邑姜修建的恢宏殿堂。殿堂金碧辉煌,殿内供奉着 43 尊彩塑,主像为圣母邑姜,其余 42 尊是宦官、女官和侍女。只见圣母凤冠蟒袍、威仪四射,仪态万方地端坐于凤头椅上。两旁的侍女手里都拿着侍奉之品,显示出皇家仪仗的卓尔不群。彩塑矗立至今已有千年,姿态传神,塑工雅致,为中国雕塑史上的上乘之作。我不禁由衷赞叹华夏睿智的祖先,感谢他们为后代留下了诸多艺术瑰宝!

古老而神秘的晋祠,吸引了古今多少文人墨客流连忘返。大唐“诗仙”李白游晋祠时写就长诗《忆旧游寄谯郡元参军》,用了大量笔墨赞美晋祠:“时时出向城西曲,晋祠流水如碧玉。浮舟弄水萧鼓鸣,微波龙鳞莎草绿。”北宋大诗人梅尧臣在《和永叔晋祠诗》中写道:“并州古来称近胡,山雄气壮民足储。山根晋水发源处,平若皎监潜决疏。”鲜卑后人元好问在《过晋阳故城书事》中纵情歌唱:“惠远祠前晋溪水,翠叶银花清见底。水上西山如挂屏,郁郁苍苍三十里。中原北门形势雄,想见城阙云烟中。望川亭上阅今古,但有麦浪摇春风。”明末清初思想家傅山(青主)隐居晋祠时,留有《晋祠杂诗》:“雾柳霾花老眼憎,云陶稳睡拔鸡鸣。晋祠三日无吟兴,只忆观澜智勇生。”清人宁淳德则留下这样一副绝妙的楹联:“水秀山明无墨无笔图画,鸟语花笑有声有色文章。”中国文化的集大成者郭沫若先生游晋祠时诗兴大发,挥笔写下了《七律·游晋祠》:“圣终原来是邑姜,分封桐叶溯源长。隋槐周柏矜高古,宋殿唐碑竞炜煌。悬瓮山泉流玉磬,飞梁荇沼布葱珩。倾城四十宫娥像,笑语嘤嘤立满堂。”历代文化名人的匠心吟咏、高度赞誉，令晋祠平添了许多意蕴深厚、生动有趣的人文气息。

难老泉、周柏隋(唐)槐、宋代彩塑，构成了举世闻名的“晋祠三绝”。畅游晋祠，益发加深了对伟大祖国的热爱之情；放眼神奇的三晋大地，更觉天高云淡、胸襟开阔、心旷神怡！

(2009 年 8 月)

巨龙惊天一击　赢得和平至今

全世界人民团结起来，打败美帝国主义及其一切走狗！

——毛泽东

为何记起这荡气回肠的宣言？盖因今天是伟大领袖毛泽东同志诞辰120周年纪念日，而2013年又是抗美援朝战争胜利60周年。在这特别的日子里，我们深切缅怀毛泽东这位亘古伟人，具有非同寻常的意义。

遥想当年，我们面对的是怎样的强敌啊？美国以二战胜利者和人类拯救者自居，麦克阿瑟率军占领日本多年，渡海仁川登陆击败金日成朝鲜人民军，如狼似虎。美国纠集的"联合国军"，其庞大战阵由美国、英国、加拿大、澳大利亚、新西兰、法国、荷兰、希腊、比利时、卢森堡、土耳其、泰国、菲律宾、哥伦比亚、南非、埃塞俄比亚等16国军队及瑞典、丹麦、挪威、意大利、印度5国医疗队组成。韩国（我们称之为"南朝鲜"）军队也受"联合国军"指挥。浩浩荡荡，百万之众！

朝鲜人民军节节败退，战火燃烧到了鸭绿江畔。

抗美援朝，保家卫国！"谁敢横刀立马？唯我彭大将军！"毛泽东亲自点将，正义之师中国人民志愿军击楫中流，"雄赳赳，气昂昂，跨过鸭绿江……"巨人振臂一挥，"一切反动派都是纸老虎”,“原子弹也是纸老虎”!中华铁血雄师同侵朝美军及其15个仆从国军队激战,红旗猎猎上甘岭,鲜血染红金达莱,何等壮怀激烈!

不可一世的美军精锐,包括“开国元勋师”骑兵第1师、“美利坚之剑”陆战第1师、“滴漏器师”美军第7师、“王牌飞行队”航空兵第4联队等“王牌”部队,在诸多著名战役、战斗中的炮火密度、战场兵力密度、空袭轰炸密度,都超过了二战水平。然而,在正义英勇的中国人民志愿军面前,这些二战的宠儿被打得落花流水、溃不成军,正应了毛泽东豪迈的诗句“横扫千军如卷席”!被撤职的麦克阿瑟无奈地说:“老兵永不死,只是渐凋零……”美国被迫在停战协定上签字,伤感万分地承认了“唯一失败的海外战争”!《东方》《谁是最可爱的人》《上甘岭》《英雄儿女》《奇袭》《激战无名川》《长空雄鹰》《奇袭白虎团》……记录了中国人民志愿军惊天地、泣鬼神的英雄跫音!

“春风杨柳万千条,六亿神州尽舜尧。”连获抗日战争、抗美援朝两大战争胜利的毛泽东,带领新生的共和国,巍然屹立于世界东方。

抗美援朝一役,让美国陷入接连失败的窘境,越南、老挝、柬埔寨,凡中国支援的正义战争,都让美国丢尽了颜面!从那时起至今,我们赢得了宝贵的和平建设时机。

现在有一种论调,认为凭什么要誓死援朝?那不是得不偿失吗?请让我来告诉您,援朝绝不是什么所谓“跳板”和“唇亡齿寒”等可怜的地缘政治那么简单——因为,朝鲜民族自古以来就是我们的骨肉同胞!

源远流长。武王伐纣灭商,仁慈的周天子把殷商遗民分为两支,册封纣王的庶兄微子率一个分支采邑于宋,以继承殷祀。著名的微山湖即由微子得名;宋襄公后来成为“春秋五霸”之一;我们的“万世师表”孔子，祖先就是宋国王族。册封纣王的叔父箕子率另一分支采邑于朝鲜半岛，史称“箕子朝鲜”，与燕国相邻。宋国和“箕子朝鲜”做了周朝800年诸侯国。

秦末汉初，燕将卫满推翻“箕子朝鲜”，建立“卫氏朝鲜”。公元前108年，汉武帝灭掉欲脱汉独立的“卫氏朝鲜”，代之以乐浪等4郡，汉城(今首尔)由此得名。公元前37年，吉林境内的扶余国王子朱蒙受汉朝册封，进入平壤建立高句丽。新皇王莽为攻打匈奴调集的大军，主力就是高句丽。从两汉到隋唐，高句丽一直向中原王朝称臣。

大唐王朝，朝鲜半岛南部兴起新罗和百济。百济勾结倭国(日本)进攻新罗，唐军联合新罗打败日军。日军战舰再侵半岛，唐将刘仁轨会同新罗把日军赶入大海。是为第一次援朝抗日战争。

宋元时期，王建的高丽国称雄朝鲜半岛，继续作为大宋的藩属国。蒙元帝国干脆直接管辖半岛，如同当年的汉武帝一样。

大明朱元璋将高丽国号改为“朝鲜王国”，意谓“早晨空气清新的地方”，并册封李成桂为国王。“李氏朝鲜”依然是明朝藩属。1592年，倭酋丰臣秀吉率军入侵半岛。明将李如松率大军击溃日军至海边。1597年，日军与大明、朝鲜联军决战，被彻底打回东瀛老家。是为第二次援朝抗日战争。

满清入主中原，“李氏朝鲜”顺理成章成为清朝藩属。后来的情况大家都耳熟能详，清末年，朝廷腐败无能，中国积贫积弱，在西方列强的侵略面前自顾不暇，更别说庇护弱小的朝鲜了。在中日甲午战争中，清战败，清朝与朝鲜的宗藩关系被迫终止。翌年，“李氏朝鲜”改国号为“韩”。是为第三次援朝抗日战争。

在这里，让我来告诉您两个奇特的现象：其一，二战结束，中国收回了被日本占据50年的台湾，其二，美苏两霸接受日本投降,以“三八线”为界分别占领南北朝鲜,南方成立大韩民国(Republic of Korea),北方成立朝鲜民主主义人民共和国(The Democratic People's Republic of Korea)。南北朝鲜不约而同地选择的英文名称“Korea”即为“高丽”的译音。

我们的旷世伟人毛泽东饱读诗书、博古通今、高瞻远瞩、卓尔不群——自然明白“兄弟同心,其利断金”的深刻含义。正因如此,在生死攸关的时刻,毛泽东才毅然决然地做到了“修我矛戈,与子同仇”!

二战胜利后,美国日益强大,时刻以世界宪兵自居。试问,普天之下,谁敢与山姆大叔叫板,并干净利索地战胜之?唯有毛泽东!不但战胜了老美及其盟国,毛泽东还赢得了历届美国总统的高度景仰!不仅如此,卡斯特罗兄弟、格瓦拉、胡志明、金日成、吴奈温、西哈努克、阿尤布·汗、纳赛尔、布迈丁、尼雷尔、卡翁达、恩克鲁玛、曼德拉、惠特拉姆、阿拉法特、奥尔特加、查韦斯、马杜罗、莫拉莱斯、罗塞夫、普拉昌达……这些世界知名的领导人都视毛泽东为人生的楷模。

如今,面对美、日在东海识别区问题上不断升级的挑衅,比抗美援朝时期强大百倍的中国,是否早就该放弃“韬光养晦”的对外政策了?让我们重温一下伟大领袖毛主席的教导吧:“人是要有一点精神的。”在此,把这句话送给比抗美援朝时期现代化水平强千万倍的中国人民解放军!

(2013年12月26日)

第二辑

Dierji

旖旎丽水

“走”过沱江

离开张家界，驱车沿盘山公路逦迤西行，没走多久，就到达了一个异常静谧的所在——著名的湘西古城凤凰。

好一幅水墨丹青！远远望去，苍翠的群山环抱着一大簇古朴典雅的建筑，宛若神话里的仙山琼阁。雾霭蒸腾中，山脚下，似乎静止不动的沱江如玉带一般绕城而来。逼仄的江面平滑如镜，点点扁舟款款徐行，仿佛在巨大的玻璃上滑动。一座雕梁画栋的廊桥飞越沱江，气象万千地要展示给我们东方的《廊桥遗梦》。我默默地将它同著名的麦迪逊桥做着比较，异想天开地思忖，如果克林特·伊斯特伍德和梅丽尔·斯特里普扮演的那对情侣在这里相会，那该是怎样的情景呢？环顾沱江两岸，但见，五彩缤纷、飞檐翘角的吊脚楼星罗棋布，那里是世代在这里繁衍生息的苗族、土家族同胞的憩园。

凤凰于我并不陌生，在大学时代，通过两部书早已知晓了这座湘西古城。一部是著名作家沈从文的中篇小说《边城》，一部是描述人民解放军湘西剿匪的长篇小说《武陵山下》。当年，惊诧于沈从文那钟灵毓秀的文笔，怎么也揣摩不出他是从哪里得来裹挟着淡淡哀愁的袅袅书香，又是从哪里熏陶得来如此的仙风道骨？如今，仅仅在凤凰城外，就这么惊鸿一瞥，一切似乎都迎刃而解了。从物质决定意识的角度考量，“一方水土一方人”，眼前的幽山翠林静水竹楼，当然会孕育出妙笔生花的文学大师沈从文啊！而那部给我留下深刻印象的长篇小说《武陵山下》，则以解放战争时期解放大军剿灭深山顽匪为主线，出神入化地描摹了万山丛中神秘湘西的风土人情，堪称发生在南国红土地上的又一部《暴风骤雨》。我以为，后来拍摄的并大获成功的电影《湘西剿匪记》，电视连续剧《乌龙山剿匪记》《大西南剿匪记》等，其灵感无不脱胎于著名的长篇小说《武陵山下》。"中国最美的小城"，是人们授予凤凰最好的"奖章"。

想进城吗？且慢，请走"跳岩"。

据导游小姐讲，根植于凤凰古城北门外沱江中的"跳岩"，已经有300多年的历史了。"跳岩"有100余米长，15个岩墩依次排列在窄窄的沱江河床上。那粗犷的岩墩是用巨型红沙块石构筑的，墩与墩恰好在5米的间距，上面搭铺着厚硬结实的木板，再用碗口粗的铁链牢牢捆扎，铁链两端固定在两岸敦实的铁桩上。我们真应该感谢上苍，数百年来，沱江"跳岩"依然坚固牢实，完整无缺地伫立在水中。现在，它不仅牢扼进入凤凰之要冲，而且成为一道蜚声中外的独特的风景线。

兴致勃勃地"走"在沱江上，人与水面是如此亲近，湿润的水气立即氤氲了你的周身。刚刚"走"到江心，迎面扑来一大群盛装的土家族青年男女。原来，为迎接尊贵的客人进城，他们特意来表演土家人的"哭嫁"婚俗。摆好秀榻，美丽的"新娘"蒙上红盖头，纤巧的"伴娘"依偎在她身边。"喏，就缺一位'新郎官'了！"嚯，不由分说，大家把我簇拥向前，七手八脚装扮停当。

盛情难却，既来之，则安之！我立即进入角色，在"新娘"和"伴娘"的凄厉"哭"声中，学着当地语音，假作"真诚"地调侃起来："亲爱的，莫哭喽。娶你来家后，一定爱你一万年！我向丈母娘保证做到：工资全交，剩饭全吃，衣服全洗，重活全包……"在大家的哄笑中，我们才得以脱身，“走”过沱江，顺利进入凤凰古城。

“蝉噪林逾静，鸟鸣山更幽。”吊脚楼、万寿宫、大成殿、天王庙、遐昌阁、万名塔，重重叠叠，曲径通幽，构成了美丽而独特的画卷，“一山一水一幅画，一步一景一重天”，凤凰真不愧“画乡”的美誉。

凤凰古属武陵郡，现在隶属于湘西土家族苗族自治州。我想，东晋陶渊明的《桃花源记》，说的应该就是这一带：“缘溪行……忽逢桃花林，夹岸数百步，中无杂树，芳草鲜美，落英缤纷。”现在，张家界不就开辟有武陵源风景区嘛。秀美山川，地灵人杰！在小小的凤凰，仅仅现、当代，就走出了中华民国第一任民选内阁总理熊希龄、传奇作家沈从文、著名画家黄永玉……瞻仰名人故居，浸润着香斋宝眷的灵气；漫步在凤凰古城泛着大明前清遗留至今的青苔的石板小街，如同在和睿智的先人默默对话。

沈从文是土生土长的凤凰苗族人。对于苗族，我始终怀有一种美好的情结。相传在远古时代，苗人也是生活在黄河流域的。他们的部落首领蚩尤曾率部众与炎帝、黄帝领衔的强大联合部落激战，不甘心失败的苗裔退居江汉、洞庭湖一带，建立了“三苗国”。在商周时期，“三苗”国破，为躲避战乱和盘剥，苗人又被迫迁徙到湘西和黔东，以后逐步遍布大西南的崇山峻岭。记得大学时代，老师曾深情地讲述：中华文学艺术，有浪漫主义和现实主义两大流派。浪漫主义以长江流域为发轫，譬如楚辞，尤其以屈原、宋玉和景差为代表，历代大家以曹植、陶渊明、李白、苏轼、汤显祖、纳兰容若、郭沫若等人成就最高；现实主义以黄河流域为起源，以《诗经》为鼻祖，历代大家以杜甫、关汉卿、曹雪芹、老舍、浩然、陈忠实等人声誉最盛。据考证，春秋战国时期南方楚国国君以及屈、景、昭三姓贵族，都是苗人。因此，我认为，沈从文一定是遗传了乃祖的浪漫主义基因。于是，才有了旖旎多情的千古绝唱

《边城》。

如今，苗人的挑花、刺绣、织锦、蜡染、剪纸、首饰制作等工艺美术瑰丽多姿，闻名遐迩；苗人还是山歌高手，这不，伴随着夜幕降临，沱江上的赛歌会也徐徐拉开了序幕。

沱江两岸的吊脚楼纷纷点亮了串串红灯，江中兰舟往来穿梭，廊桥侧畔丝竹琮琮，“跳岩”之上铜鼓声声，古城墙下舞影翩翩。这边，苗族小伙子吹起了芦笙，高亢嘹亮地奏出《苗岭的早晨》；那边，土家姑娘展开了歌喉，清丽婉转地歌唱《山路十八弯》。凤凰城外，沱江两岸，汇成了一片欢乐的海洋。看，幸福就是如此纯洁而简单！受了欢乐的人们的感染，我赶紧来到江边，兴奋地点燃一盏河灯，双手捧至水面，把美好的心愿尽情释放！

同行的湖南友人自豪地告诉我，凤凰、丽江、乌镇、婺源、九寨沟、平遥、敦煌和新疆的布尔津白哈巴，最近被评为蜜月旅行必去的中国最美的八个小镇。不知为什么，秀美的山川总是激发游人的灵感，脑海里忽然冒出这样的话语：“鱼无定止，渊深则归；鸟无定栖，林茂则赴。”此话蕴涵着幽深的人生哲理呢！

朋友，还是让我来邀约您吧，一旦有暇，就请暂时抛开恼人的功名利禄和世俗的滚滚红尘，将这八个小镇择其一处而作一次返璞归真的逍遥游吧……

（2006 年 9 月）

趵突泉品茗

刚刚游罢大明湖，弃舟登岸之时，已是正午。心里默念着清人铁保的“四面荷花三面柳，一城山色半城湖”，还在回味游湖的妙趣，却抵不住当头烈日的曝晒，口中未免焦渴起来。

猛然记起，济南有三大名胜，一是大明湖，一是千佛山，一是七十二泉群。游湖观山，听泉品茗，那是何等的乐事！趵突泉是闻名遐迩的“天下第一泉”啊，对了，直奔趵突泉。

好大一座庄园！但见，遍地翠绿垂杨柳，到处明黄琉璃瓦。园内曲径通幽，碧水迤逦游走。置身其中，暑热已经消退了一半。

绿树游廊环抱一亭，门楣正中高悬巨大朱红匾额，上书三个斗大的行楷金字——“观澜亭”。两旁水中各立一碑，上首碑书湛蓝大字“第一泉”，下首碑书湛蓝大字“趵突泉”。若论那滁州的醉翁亭，不如你特有的端方凝重；北京的陶然亭，不如你特有的冰清玉润；长沙的爱晚亭，不如你特有的灵犀一点；苏州的沧浪亭，不如你特有的雍容华贵；杭州的湖心亭，不如你特有的仪态万方！据说，昔年那风流才子乾隆皇帝游览趵突泉，龙心大悦，御笔题写“游湍”二字，钦赐趵突泉为“天下第一泉”。趵突泉、黑虎泉、五龙潭、珍珠泉，并称济南四大名泉。

亭前清泉天然分成三股，汩汩喷涌，白浪四溅，状如三朵巨大的白莲花。丰赡华美，雄奇壮观！有典籍记载，趵突泉水质清醇甘冽，最宜烹茶。

泉边果然有茶楼！径直走进朱阁，凭栏而坐。呼唤古装打扮的茶博士："有何好茶？"答曰："西湖龙井、姑苏碧螺春、安溪铁观音、云南普洱、安徽祁红、庐山云雾、崂山玉竹……"

既来山东，就是好汉，当以趵突泉水，烹崂山玉竹茶。

茶博士穿梭忙碌之际，前不久播映的一部电视连续剧《北方有佳人》映入脑海，那"家家泉水，户户垂杨"的盛景，不就是说的这趵突泉侧畔嘛。立即询问，茶博士微笑称是。

语嫣红袖娉婷至，"从来佳茗似佳人"。茶艺讲究"四要"，要有香茗、灵水、活火、妙器。中国自古就是茶国，绿、红、花、黑、白、乌龙……不乏绝妙好茶。烹茶之水，要有灵气，以泉水为最佳，江河水次之，譬如西湖龙井就要配虎跑泉水。《红楼梦》里的圣女妙玉则走了极端，她收集蟠香寺附着在梅花上的白雪，贮藏在瓷坛内，埋到地下多年，经过沉淀提炼，烹茶款待宝玉！果然阳春白雪！至于"活火"，则以炭火为上。在《汲江煎茶》一诗中，北宋苏东坡曾怡然自得地唱道："活水还须活火烹，自临钓石汲深清。大瓢贮月归春瓮，小勺分江入夜瓶。"而妙器嘛，几乎众口一词，公推陶瓷紫砂壶为上品，青瓷次之。哈！一幅壮美的图画倏忽浮现在我的脑海——当年红军长征途中，毛泽东率领红一方面军摆脱拥兵自重的张国焘的武力威胁，翻过大雪山，进入甘肃哈达铺大草原。当地回民老阿訇献上盖碗八宝茶，毛泽东就着烤制的香气扑鼻的大馕饼，一连喝了好几口盖碗八宝茶，惊喜地直呼"好茶"！我注意到，那回民老阿訇提供的考究的茶具是青瓷所制。不过，当代科学这样认为，玻璃制品才是茶水的最佳容器。于是，我们就看到了赵薇在电影《绿茶》中优哉游哉地用高深的、透明的玻璃杯冲泡绿茶了。

香茗入口，唇齿芬芳！我这厢用趵突泉水烹崂山玉竹茶，也来充一番化外“高士”！如今是听不到嵇康那神秘莫测曲高和寡的《广陵散》了，不过，脍炙人口的《高山流水》还是可以随时聆听的！无论俞伯牙和钟子期的知音意境，还是蔡松坡与小凤仙的知音情境，此时都可以——于是，袅袅茶香满室，泠泠丝竹悦耳，欣欣然！

孔子弟子三千，成就七十二贤人；而齐鲁首善之府济南，天成七十二泉群。“中华礼仪出山东”，难道真应了“天人合一”的古训？

此时的心情，犹如“鸿都百炼生”在其名著《老残游记》中精心描摹的《明湖居听书》，“有说不出来的妙境：五脏六腑里，像熨斗熨过，无一处不伏帖；三万六千个毛孔，像吃了人参果，无一个毛孔不畅快”。举目四望，“江天一色无纤尘”；心里窃悦，难得“浮生半日闲”！透视当今芸芸众生，怎么一下子就失去了崇高的信仰？一方面，贪图高官厚禄，哪怕芝麻粒儿大的乌纱帽，也要争到自己头上；另一方面，又被商品经济大潮裹挟，趋富拜金，以不劳而获为荣。如此这般，我们经常看到的表象，就是“天下熙熙，皆为利来；天下攘攘，皆为利往”。我们经常听到的感叹，就是“累”，身心俱疲！

能不“累”吗？其实，这都是“欲”在作祟。贤哲早就告诉我们，鷦鷯巢林，不过一枝。鼹鼠饮河，不过满腹。广厦千间，夜眠七尺！“一箪食，一瓢饮，在陋巷”，又如何？“非淡泊无以明志，非宁静无以致远”……尤利乌斯·恺撒的功业我们都知道吧？他以高卢总督起家，迅速成为亚平宁半岛的主人，击败安东尼，创立了强大的罗马帝国。他的势力东达地中海东岸及小亚细亚半岛，西抵辽阔的大西洋，北越巍巍阿尔卑斯山，南掠北非撒哈拉大沙漠，把偌大的地中海硬生生变成了罗马帝国的“内湖”。正是这位伟大的恺撒，在被政敌刺杀弥留之际告诫后人：“把我的双手放在棺椁外面，让后人看看，即使富贵如我，死后不也是两手空空！”

佛云：“咄！放下！”

忽然想起《论语》，孔子向众弟子提问，对子路、冉有、公西华等人的回答都不甚满意，唯独对曾子的答案频频颔首。曾子是这么说的：“暮春者，春服既成，冠者五六人，童子六七人，浴乎沂，风乎舞雩，咏而归。”快哉！简直就是庄子的《逍遥游》！

问茶博士要些茶点吧，高亢的齐鲁俚曲猛然撞进耳鼓：“听说俺老包要出京，忙坏了娘娘东西宫。东宫娘娘烙大饼，西宫娘娘卷大葱。”哈哈哈哈哈……听来质朴醇厚，一如粗犷可爱的山东大汉。

毛泽东当年在哈达铺品尝盖碗八宝茶，其“茶点”是烤制的大馕饼，不拘一格；如今，俺这里用趵突泉水烹崂山玉竹，就来个山东烙饼卷大葱吧，其乐融融！

蓦地，眼前浮现出一组群雕来，那里有踟蹰洛水之滨“才高八斗”的曹子建、“闻鸡起舞击楫中流”的祖逖、“愿乘长风破万里浪”的宗悫、“双锏打出唐社稷”的秦叔宝、长江侧畔漫步黄鹤楼前的崔颢、幽州登台怀古长啸的陈子昂、“报与桃花一处开”的冲天大将军黄巢、梁山泊水亭雪夜题诗的豹子头林冲、浔阳楼慷慨放歌的呼保义宋公明、“醉里挑灯看剑”的辛稼轩、“但悲不见九州同”的陆放翁、“我自横刀向天笑”的谭嗣同、“我以我血荐轩辕”的鲁迅……“与君歌一曲”，“心潮逐浪高”！疾呼茶博士：“拿笔来！”遂挥毫七绝一首，朗声高唱道：“任侠沧浪逍遥客，蝇利浮名何绊身？宝剑出匣化长虹，从容淡泊遨乾坤！”此时，耳畔隐隐传来“小燕子”赵薇那清丽婉转的《情深深雨蒙蒙》：“美人如玉剑如虹……”

（2009年7月）

看山听水雨桂林

从桂林到阳朔大约一个上午的水程,饱览曼妙迤逦的“百里漓江,百里画廊”,心中大为叹服,人说“桂林山水甲天下”,此话着实不虚！适值盛夏,中国内陆此时酷暑难挨;而在广西桂林的此刻,泛舟于漓江之上,观奇峰怪岩,听微雨弄水,如同身处仙境一般,真是莫大的享受。

有民谚这样唱道:“夜上海,秋北京,雾重庆,雨桂林。”赶上这梨花带雨的桂林最佳游季,不禁以手加额,暗暗感谢慷慨的上苍,晚生这厢造化的确不浅啊！举目四处眺望,山水愈加迷人。依稀记起元代文人辛文房在《唐才子传》中有一段趣味横生的叙述,说的是大唐“诗仙”李白兴冲冲地登临黄鹤楼,观江赏景,刚要吟诗,忽然瞥见崔颢的《黄鹤楼》诗。仔细阅读一番,立即叹为观止,遂敛手道:“眼前有景道不得,崔颢题诗在上头。”异曲同工,此时欲描摹桂林山水美景,顿觉语言是何等苍白无力！我等凡夫俗子还是不要附庸风雅,以免贻笑大方,只是铭记孔老夫子那一言九鼎的箴言:“仁者乐山,智者乐水。”索性欣欣然默默地享用眼前的可人秀色吧。

“唐宋八大家”之魁首韩愈曾经这样啧啧称赞桂林山水:“江做青罗带,山如碧玉簪。”船至象鼻山,香醇的桂林三花酒已然摆上。既然航行水上,姑且将这“仁”字轻轻略过,指点江山,笑论这

“智”。触景生情，无数八桂风流浮现脑海之中。

首屈一指的当属桂系灵魂人物，有“小诸葛”之美称的白崇禧。白健生这位国民革命军的“参座”虽投身行伍，却极其聪颖灵慧，一生机关算尽，在民国诸高级将领中应是“智”的最高代表。在他的指挥下，桂系军队忽而“合纵”，忽而“连横”，发轫场所偏在一隅，总能纵横捭阖势如破竹，没让一心想统一全国军旅的蒋介石占到半点便宜。白“参座”的得意之作是协助桂系首领李宗仁当上民国代总统，硬生生地把老蒋拉下了马。可是，在解放前夕，眼见老蒋的嫡系部队兵败如山倒，白“参座”却误判了形势，一味夜郎自大，自诩为危难乱世的中流砥柱，妄称“党国”之干城。此时手握重兵的“小诸葛”不听已然是孤家寡人的李宗仁的善意规劝，执意亲率桂军抵抗强大无比“横扫千军如卷席”的中国人民解放军。此刻的他还要起小聪明，打着自己的如意小算盘，对同舟共济了几十年的李宗仁玩弄阳奉阴违的把戏，强硬地游说李宗仁随蒋介石一起偏安台湾。早把蒋介石看透了的李宗仁当然不能去当老蒋的殉葬品，于愤懑中说了一句粗话，白、李从此分道扬镳！结果是，白崇禧的部队被林彪率领的第四野战军杀得丢盔卸甲，从荆楚大地一直败退到海南孤岛，最后闹了个全军覆没！这个执迷不悟的光杆司令无奈飘零台湾，与落魄的“行政院长”阎锡山结局极为相似，“无可奈何花落去”，做了个寂寞寓公，最终随风而逝，他的死因至今还是一个谜。反过来看，倒是李宗仁智高一筹，颇能审时度势，同自己的前半生彻底决裂，毅然离美归国，投入人民的怀抱，为自己赢得了一个辉煌璀璨的晚年。白、李孰“智”，不言而喻。一杯三花酒进口，感慨良多。

这第二个八桂风流人物——船过龙门，蓦然想起那个差一点就跃了“龙门”的杨秀清。此公聪颖机敏，早年随洪秀全揭竿广西桂平金田村，一路走来，战功赫赫，直至位居太平天国东王“九千岁”。然而，就是这个动不动就装神弄鬼的“天父”，在距离“万岁”一步之遥之际，野心迅速膨胀，非要取天王洪秀全而代之。他们不是搞了个“拜上帝会”吗？“聪颖”的东王“九千岁”却不能领悟基督的真谛，甚至忘记了在欧洲流传亘古的谶语：“上帝想要谁灭亡，那就让他先发狂。”在把太平天国搞得乌烟瘴气七零八落之后，杨秀清全家极其惨烈地血溅东王府，刹那间魂归离恨天！已经占领了大清半壁江山，本来很有希望“驱除鞑虏”的太平天国由盛转衰——杨秀清名“智”实“愚”而“秽”！两杯三花酒下肚，感慨不已。

“青青河边草，绵绵思远道。”不知为什么，游客们争相凝视“九马画山”数马之际，我却猛然想起了东汉三国时期名儒蔡邕的《饮马长城窟行》。

若论第三个广西俊彦，我想说说李明瑞将军。他才华横溢、英气勃勃，刚过而立之年就当上了国民党军队的副军长。坚信共产主义赤旗必将遍布世界的李明瑞，百色起义之后，和邓小平一道领导了龙州起义，一人同时担任红军第七、第八两个军的总指挥！信仰真是了不起的东西，一个尽享荣华富贵的国民党高官，能义无反顾地抛却“锦绣前程”走上革命道路，实属难能可贵！李明瑞与当时同为国民党军队军级指挥官，毅然高举义旗的刘伯承（军长）、贺龙（军长）、叶挺（副军长）、朱德（副军长）、叶剑英（军参谋长）一样，永载中华人民共和国人民军队史册！李明瑞当是高尚的智者。三杯三花酒入怀，感慨万端！

在谈到李明瑞的时候，不由联想到他的战友、曾在广西领导百色起义的蜀人邓小平。邓公少年老成，举重若轻，文韬武略，讷言敏行，早在战争年代就以不惑韶华出任政治委员，和刘伯承司令员一道统率人民解放军第二野战军，颇具大将风度。当年有人问起他在太行山带领八路军一二九师艰苦抗日的经历，他幽幽地回答了两个字："吃苦。"又有人夸赞他在解放战争中的战绩，尤其是统领第二、第三两大野战军，打赢了著名的淮海战役。他谦逊地说："及格。"在史无前例的"文革"中，邓公被发配到江西老区参加生产劳动，幽闭多年，家人饱含辛酸地向这位年近古稀的老人探询："如之奈何？"邓公深吸一口劣质香烟，安详作答："忍耐"。于是，多年以来，在那条著名的"邓小平小道"上，一位矮小而坚毅的老人默默地思索着中国的未来。待他被重新起用，1973年重回北京见到毛泽东时，毛主席问他这些年在做什么，邓公平静回答："等待。"还是用北宋大文豪苏东坡的两句诗来形容邓公吧："柳荫堤畔闲行，花坞樽前微笑。"绵里藏针的邓公，有着坚韧不拔的意志，毛泽东对其"钢铁公司"的评价再精准不过了。公正的历史让邓小平顺理成章地成为了一代伟人。"不以物喜，不以己悲"，我以为，邓公不仅是伟大的"智"者，更是圣洁的"慧"者！数杯三花酒落腹，感慨之至！

"醉里偶摇桂树，人间唤作凉风。"用宋人刘克庄的词句来形容我现在的心境，真是恰如其分。思绪宛如泉涌，游兴酣畅淋漓！说到宋代，立即想起了两宋间的大哲朱敦儒，此公潇洒参禅睿思胜过多少今人！怡然自得挥毫而就两阕《西江月》，亦堪称千古慧言："日日深杯酒满，朝朝小圃花开，自歌自舞自开怀，且喜无拘无碍。青史几番春梦，红尘多少奇才？不须计较与安排，领取而今现在。"

前方忽然花团锦簇，一定是到了某处仙方宝地！人说"阳朔山水甲桂林"，于是弃舟登岸，兴致勃勃地直奔阳朔西街而去……

（2004 年 10 月）

樱花烂漫

“才饮长沙水，又食武昌鱼。万里长江横渡，极目楚天舒。”在这碧空如洗、万木葳蕤的“人间四月天”，远离蜉蝣、摒弃啁哳，精骛八极、心游万仞——畅快之至！

“又到樱花当令时，去武大看樱花吧！”在这“九省通衢”武汉三镇的大街小巷，人们的节日邀约竟然一致得令人啧啧称奇。

学大汉武立国

若论观赏樱花，你一定会首选富士山。这不，当年周恩来负笈日本时，就曾咏叹道：“樱花红陌上，杨柳绿池边。燕子声声里，相思又一年。”而我要说的是，不用漂洋过海，只在赤县神州，就有诸多赏樱佳处。

以我多年游历所见所闻，在中国观赏樱花，一可去杭州西湖，二可去武汉大学。在杭州西湖，樱花集中的景点首推“柳浪闻莺”。苏曼殊诗云：“春雨楼头尺八箫，何时归看浙江潮？芒鞋破钵无人识，踏过樱花第几桥。”其次，在孤山还有两个樱花景点，一处是“清雪庐”，一处是“平湖秋月”。另外，西湖侧畔的太子湾公园，也是人们观赏樱花的绝妙去处。而让我刻骨铭心、叹为观止的，则非武汉大学莫属。

我国的大学校园，不仅是莘莘学子刻苦攻读的圣殿，而且是一座座“杂花生树”并“曲径通幽”的偌大花园。每到一座城市，我必到著名的大学走一走。若以林木繁盛、花香鸟语论高低，在我走过的大学中，厦门大学、暨南大学、复旦大学、武汉大学当属冠绝华夏。尤其是依珞珈山傍东湖的武汉大学，校园是如此广阔，即使乘坐校内公共汽车还要走上半天！

“学大汉武立国”，武汉大学正门的牌匾着实霸气！武汉大学历史悠久，汉字在新中国成立前是从右到左书写，于是，“国立武汉大学”，就成了我们眼前妙趣横生的“学大汉武立国”。“学大汉、武立国”，武大师生都这么断句——大汉驱逐匈奴，开疆拓土，初定西域；大唐扫荡突厥，万国来朝，鼎定东方！当今中国青年普遍“缺钙”，缺少一种“学大汉、武立国”的豪迈气概！以我的理解，如今，伟大中华民族瑰丽的“中国梦”，实际就是要让“汉唐雄风”重扬！我们的“一带一路”将“中国梦”描绘得愈加壮丽恢宏！

五彩缤纷花如海，十万游客赏樱来！也许是欣逢盛世的缘故？武大校园里，今年的樱花最为鼎盛，游客来自五洲四海，摩肩接踵、门庭若市，其繁华热闹程度堪比上海世博会！直扑“樱园”——这里数不胜数的樱花树连成一大片，气势磅礴、蔚为壮观。熏风吹过，粉色的、白色的花瓣飘飘洒洒，构成一种美妙的“樱花雨”，让人心旷神怡。东湖春波荡漾之时，堤畔绿柳笼烟之际，曼妙柳丝随风轻飏，与樱花花海交相呼应，那真是翠浪穿空、金波粼粼。那纯洁的花朵大簇大簇地播映在葱茏山麓与袅娜绿柳之间，远眺宛如浮云飘荡山间，纷纷扬扬的花瓣如同鹅毛大雪，构成美轮美奂的武汉大学“香雪海”。

繁花似锦，绚烂多姿；五彩斑斓，旖旎芬芳；流连忘返，如醉如痴。

唐樱席卷东瀛

“树底迷楼画里人，金钗沽酒醉余春。鞭丝车影匆匆去，十里樱花十里尘。”这是现代法学家、诗人，郁达夫的胞兄郁华吟咏樱花的诗句。由于樱花是日本的国花，世人多认为樱花属于日本，其实，这是一个美丽的谬误。

更为有趣的是，有鉴于樱花的名气实在太大，日前，韩国和日本就樱花的发源地还进行了一次激烈的争论。樱花在东瀛早已深入人心，日本当仁不让；由多年自卑而膨胀为盲目自大的韩国，干脆像此前争夺端午节的源头一样，来了个如法炮制，硬说樱花发源于高丽！对此，中国樱花产业协会执行主席何宗儒笑道：“我们并不是要同日本与韩国打嘴仗，而是要陈述一个事实，很多史料证实樱花发源地就在中国。”

在此，让我们来一个正本清源吧：樱花的祖籍是中国，在大唐极盛时期传到了日本。

据日本权威典籍《樱大鉴》记载，樱花原产于中国喜马拉雅山脉。在中国秦汉时期，宫廷皇族就广泛种植樱花，距今已有2000多年的栽培历史了。至盛唐时期，从宫苑廊庑到民舍田间，随处可见烂漫多姿的樱花。有白居易诗为证：“亦知官舍非吾宅，且掘山樱满院栽。上佐近来多五考，少应四度见花开。”大唐是世界第一大国，引得万国纷纷来朝，东瀛倭国欣羡我中华文化之底蕴深厚，并对樱花爱不释手，于是，樱花伴随大唐的建筑、服饰、茶道、剑道一道，由日本的朝拜团带回了东瀛。日本栽种樱花比中国要晚1000余年。

大唐“诗王”白居易再次诗赞樱花：“小园新种红樱树，闲绕花枝便当游。”宋代成都郡丞何耕详细描摹：“余承乏成都郡丞，官居舫斋之东，有樱树焉：本大实小，其熟猥多鲜红可爱。其苦不可食，虽鸟雀亦弃之。”南宋王僧达诗曰：“初樱动时艳，擅藻灼辉芳。缃叶未开蕾，红花已发光。”明代大医学家李时珍在《本草纲目》中记载，樱花“达条扶疏而下”，“本小实大，甘甜，味美可食”。清人吴其浚文录：“冬海棠，生云南山中……冬初开红花，瓣长而圆，中有一缺，繁蕊中突出绿心一缕，与海棠、樱桃诸花皆不相类。”这“冬海棠”就是冬樱花，云南当地人至今仍称之为“冬海棠”。由此可见，中国古时确有多种樱花引种栽培了。只不过，樱花的确在日本发扬光大，形成了独特的樱花文化。

“昨日雪如花，今日花如雪。山樱如美人，红颜易消歇。”这是邓溥雅关于樱花的诗句。樱花象征着热烈、纯洁和高尚，以其作为质朴、纯洁、高雅的爱情之喻，是最恰切不过的了。

樱花盛开时烂漫、奔放而辉煌，只是花期苦短；中国、日本、韩国有一个共识，就是将樱花比喻为我们短短几十年的人生。

基于此，诺贝尔文学奖获得者、孟加拉族大诗人泰戈尔呼吁：“让生如夏花之绚烂，死如秋叶之静美。”意即热爱生命，力争创造奇迹。的确，我们的人生应该像托尔斯泰笔下的包尔康斯基那样非凡；我们的人生应该像杰克·伦敦笔下的马丁·伊登那样奋斗；我们的人生应该像奥斯特洛夫斯基笔下的保尔·柯察金那样壮美；我们的人生应该像高晓松所咏叹的那样：“生活中不仅有房子和苟且，还有诗和远方。”我们的人生应该像汪国真在《热爱生命》中歌唱的那样：“我不去想是否能够成功，既然选择了远方，便只顾风雨兼程！”

（2015 年 4 月）

情醉丽江

彩云之南有丽江！举目远眺：浩瀚蓝天、缥缈白云、玉龙雪山，是丽江的巨大布景；大研古镇、丽江坝子、纳西憩园，是丽江的质朴别名；滇西丽江与四川阆中、山西平遥、安徽歙县并称为中国“保存最为完好的四大古城”，以“东巴文化活化石”著称于世的丽江更被文博专家们誉为“至今还存活着的文化古城”。

信步丽江坝子，沐浴在初秋的暖阳里，观曲径通幽，赏雕梁画栋；绿树掩映画中游，怡然自得人陶醉。

赏纳西古乐

丽江果然是纳西人的幸福憩园，这里的清晨幽静而安逸。三三两两的身着民族服装的纳西人在悠闲地漫步，安详与知足洋溢在他们微笑的脸庞。

不远处，隐约飘来悠扬悦耳的丝竹管弦之声，仿佛来自世外桃源的亲切呼唤。加快脚步，不久，就置身于一座修竹环抱、环境幽雅的院落。只见一群纳西长者，仪态从容地在演奏民族器乐。横笛、竖笛、芦笛、唢呐、芦笙、口弦，南胡、中胡、大胡，苏古杜、三弦、琵琶、古筝、瑟，云锣、木点、撞钟儿、钹、海螺、鼓……如此齐整的“家伙什儿”，装备一个民乐团都绰绰有余啊！

“《山坡羊》！预备——起！”随着一位花白长髯飘洒的老者

充满抑扬顿挫的号令，鼓乐齐鸣，霎时，如同复制了远古的梵呗声声。乐曲舒缓而轻柔，让你逐渐沉静下来，洗去无尽红尘，心绪宁静祥和。

这就是著名的纳西古乐。据丽江大研纳西古乐会的著名民间音乐家宣科老先生介绍，纳西古乐不仅有很多古朴动听的散曲、小令，还有《丽江古乐》和《白沙细乐》两个大型套曲。《丽江古乐》源于晚唐、五代和北宋的宫廷音乐。尤其是北宋时期，战乱频仍，辽、宋、夏、金、元、吐蕃等诸多政权和军队在神州大地上逐鹿。随着大金灭北宋，许多宝贵的宫廷音乐散失。值得庆幸的是，偏安西南一隅的纳西人竟然将这些失传的宫廷音乐保留了下来。你听:《浪淘沙》《水龙吟》《山坡羊》《步步娇》……您一定读过宋词，这都是多么熟悉的词牌啊！而《白沙细乐》则另有一番掌故。相传，忽必烈带领蒙古铁骑南征大理段氏经过丽江时，受到当地纳西酋长的热情迎迓，并协助他征服了邻近蛮夷地区。临别时，忽必烈把随军的部分乐队和一些乐章送给纳西酋长作为纪念。于是，以《丽江古乐》和《白沙细乐》为重要组成部分的纳西古乐，成为丽江东巴文化的重要组成部分。

如今，在纳西艺术家宣科老先生的积极推动下，纳西古乐团多次到世界各地巡回演出，古老的中华宫廷音乐不仅神奇地得以复活，而且在全世界得到了广泛认同。

感谢淳朴善良的纳西同胞，让我聆听了如此动听、超然、静谧、优雅的空灵之音。欣赏纳西古乐，丽江之行不虚！

探木府深宅

丽江古城内的格局非常奇妙，一眼望去，沿苍莽象山缓坡奔流而出的清澈泉水从古城西北淙淙而下，依据地形倏然等分成西河、中河、东河三条支流，再细分成数百条支流穿流于古城的大街小巷。聪明睿智的纳西人把大自然的恩赐运用到了极致，他们不刻意追求横平竖直、整齐划一，而是让丽江古城的街道自由布局，"主街临河，小巷傍渠"，街道跟随着溪水的走向或曲或直、无限延伸，而亭台楼阁、各式民居依据地势的高低起伏杂糅相生、趣味无穷。千百年来，徜徉于青山绿水间的纳西人与世无争、乐享人生，一方面，他们尊重自然，极度崇尚文化；另一方面，他们又是善于学习的民族，从美妙音乐、东巴象形文字和古朴服饰上都汲取了中原汉族的先进文化，而丽江的纳西民居建筑艺术更是充分说明了这一点。

"庭院深深深几许？杨柳堆烟，帘幕无重数。"用宋初文坛领袖欧阳修《蝶恋花》中的词句来形容眼前的深宅大院，诚不为过。背靠郁郁葱葱的群山，门迎潺潺汩汩的清流；亭亭座座珍珠塔，层层叠叠翡翠楼！著名的木府深情地俯视着祥云轻拂的丽江古城。

木府是丽江世袭的纳西土司木氏家族的官邸。当年由于帮助忽必烈平定西南有功，木氏家族不仅受到优待，而且被委以重任。木氏家族一直拥戴中央政府，维护祖国统一，故此，历经明、清两代，直至民国初年，繁盛了好几百年。

气势恢宏的丽江木府足足占地 46 亩之多！它依据做天朝臣子的规矩，谦逊地采用坐西向东的建筑取向，表示作为地方土司应尽为天子戍边的本分。其实，在我看来，这个"坐西向东"，还有物候风水方面的讲究。滇西云贵高原与西北方向的青藏高原紧密相连，丽江木府坐西向东，冬季有效抵御了来自高峻的青藏高原的凛冽寒风，夏季则把温暖湿润的东南季风拥抱入怀。好灵机！

走进木府，你会欣喜地发现，这里简直是滇西纳西人的民居博物馆。从“三坊一照壁”到“四合五天井”,从“前后院”到“一进两院”,多种形式的纳西建筑格局应有尽有。顺着木府中轴线一路前行,忠义坊、义门、前议事厅、万卷楼、护法殿、光碧楼、玉音楼、三清殿、配殿、阁楼、戏台、过街楼、家院、走廊、宫驿,依山势次第上升,大有磅礴之气。木府之内,很多建筑都高悬着几代天朝皇帝赏赐的匾额,“辑宁边境”“诚心报国”“忠义”……处处体现着朝廷对纳西木氏土司的体恤和褒扬。渐入木府深处,飞檐斗拱,雕梁画栋,万木葳蕤,别有洞天!

坐在一方精致的水榭里小憩,“清风徐来,水波不兴”,好惬意!灵光忽然闪现,我是多么羡慕纳西木氏土司田园诗一般的生活啊!由宛若硕大花圃似的丽江木府,我想到了《隋唐演义》中潞州八里二贤庄的赤发灵官单雄信,想到了《水浒传》里郓州独龙冈李家庄的扑天雕李应、沧州横海郡的大周嫡派子孙小旋风柴进、抛弃荣华富贵飘然浪迹江湖的浪子燕青。我问身旁风情万种的欣西娅:“咱不走了,就在这丽江终老如何?”欣西娅莞尔一笑:“我是没问题的,可你?绝对不成!”我立即无言以对,欣西娅则顽皮地闪了闪她那漂亮的桃花眼。

“庭院深深深几许?云窗雾阁常扃。柳梢梅萼渐分明。春归秣陵树,人老建康城。”猛然间,南宋女词人李清照的《临江仙》跃入我的脑海。

逛四方老街

好一处热闹的所在!在“曲径通幽处,禅房花木深”的环境里盘桓良久之后,骤然进入丽江古城核心位置四方街这个相对宽阔的梯形广场,真有一种豁然开朗的感觉。

四方街是丽江古城最为宽广的地方。整个广场用绚丽的五花石板铺地,石板上雕刻着古朴的东巴象形文字,石板的缝隙间挤满了修剪齐整的毛茸茸的青草,真个是“雨季不泥泞、旱季不飞灰”!街道周遭都是鳞次栉比的各色店铺,有着古色古香的三层门楼的著名的科贡坊,很有些鹤立鸡群的味道。天渐渐暗了下来,四方街四周的溪流清澈见底、清亮得耀眼,三三两两的乌篷船上都点亮了热情如火的红灯。

放眼望去,从四方街的四角延展出丽江古城的四大主街:光义街、“七一”街、“五一”街和新华街,又从这四大主街分散出星罗棋布的深街陌巷,它们如蛛网一般交织错落,构筑了以四方街为中心的奇幻绚烂的五方八卦阵。三河穿城、家家流水,依山傍溪、错落有致。

距离四方街不远处的映雪桥是丽江古城众多石桥中的翘楚,由纳西木氏土司在明代督建而成。在桥下的溪流里可以清晰看到城外玉龙雪山的美丽倒影,“映雪桥”由此得名。

入得映雪桥侧畔一爿古朴酒吧,轻柔的纳西《白沙细乐》扑面而来。凭窗落座,怡然自得。欣西娅抢先点了一套著名的纳西火锅,各式各样从未得见的当地食材摆满了餐桌。热气腾腾的纳西火锅很快沸腾,香喷喷的丽江粑粑又端上了餐桌。无酒怎能成席?到得丽江,自然要喝如琥珀般挂杯的纳西窖酒了。明代木氏土司木松诗《春秋会》曰:“官家春会与民同,土酿鹅杆节节通。一匝芦笙吹不断,踏歌起舞月明中。”

举目远眺窗外,“月出于东山之上,徘徊于斗牛之间。白露横江,水光接天”。回眸笑望美丽可人的欣西娅,我用现学的纳西古乐《步步娇》曲调哼唱起来:“桂棹兮兰桨,击空明兮溯流光。渺渺兮予怀,望美人兮天一方。”

夜色阑珊,外面的四方街更加热闹了。熙熙攘攘的纳西人围成无数的圆圈,和着横笛、芦笙吹奏的动人旋律,闪转腾挪,逶迤迤逦,跳起了欢快的东巴集体舞。

呷一口甘甜的纳西窖酒,不由诗兴大发,那宋代旷达豪客朱敦儒是怎么说的来着:"日日深杯酒满,朝朝小圃花开。自歌自舞自开怀,且喜无拘无碍。青史几番春梦,红尘多少奇才?不须计较与安排,领取而今现在。"

(2003 年 9 月)

湘江北去

潇湘春早，草长莺飞，洞庭湖之南这片美丽的红土地到处浸润着浓浓暖意。伫立橘子洲头，注目浩荡湘江；攀登岳麓山，参谒岳麓书院，凝思爱晚亭；寻访“秦汉名城”，探秘天心阁，饕餮火宫殿，品茗白沙泉……长沙真是不可多得的人间福地！

朋友，请和我一起光临湘江侧畔的古潭州，来一番“问苍茫大地，谁主沉浮”吧！

橘子洲·岳麓书院·爱晚亭

登临橘子洲，赏玩在其次，主要目的纯粹是为了向开国领袖毛泽东主席致敬！“独立寒秋，湘江北去，橘子洲头。看万山红遍，层林尽染；漫江碧透，百舸争流。”一首《沁园春·长沙》，回肠荡气，令我等晚生后辈顿生见贤思齐之感。

郁郁葱葱的橘子洲雄踞一路向北奔流的湘江江心位置，是湘江中最大的岛屿。狭长的如巨大的飞梭一般的橘子洲呈南北走向横亘于湘江之中，西眺岳麓山，东挽长沙城，好比一座“指点江山，激扬文字”的天然观景台。

身处橘子洲头，顿觉地阔江宽。果然，我看到，橘子洲头现在的名字就叫作“问天台”。一座高高耸立的巨型汉白玉纪念碑，成为这座问天台的独特风景。纪念碑顶部是毛泽东青年时期的艺术雕塑，长发飘飞，映衬着他明净宽阔的额头，深邃的目光凝视着滔滔北去的湘江巨流。纪念碑正面镌刻着毛泽东手书狂草“橘子洲头”，背面则是名垂青史的《沁园春·长沙》全文。

“余于近人，独服曾文正”！曾国藩，这位在国将倾颓之际为华夏暗夜注入一抹亮色的“湖南第一人”是青年毛泽东的偶像；“南陈北李”，上海陈独秀、北京李大钊，是青年毛泽东探寻泽被东方之灵药所敬重的导师；“我失骄杨君失柳，杨柳轻飏直上重霄九”，杨开慧是青年毛泽东的志同道合的理想伴侣。一切的一切，都是在长沙完成的。可以想见，橘子洲头在青年毛泽东心中铭刻了怎样的永不磨灭的深刻烙印！

乘兰舟涉湘江登临西岸，就来到了“千年学府”岳麓书院。北宋太祖赵匡胤开宝九年(976 年)，潭州(长沙)太守朱洞借鉴高僧私塾办学之地创立了岳麓书院。岳麓书院与江西庐山的白鹿洞书院、湖南石鼓山的石鼓书院、河南嵩山的嵩阳书院一道，并称为中国古代四大书院。虽然饱经千年，依然书声琅琅，自 1926 年伊始，岳麓书院正式定名为湖南大学。

岳麓书院的大门气势恢宏，巨幅“岳麓书院”门额古朴庄重，为北宋真宗赵恒御笔真迹，须仰视方可尽览。大门两旁的朱红廊柱刻有一副狂放不羁的对联：“惟楚有材，于斯为盛。”“惟楚有材”典出《左传·襄公二十六年》，“于斯为盛”取自《论语·泰伯》。步入二门，蓦然回首，其背面的“潇湘槐市”阔匾，则为楚图南老先生之墨宝。“潇湘”不必多说，自然代指湖南了；“潇湘槐市”意味着岳麓书院是自古以来湖南文人学者、迁客骚人荟萃的地方，极言岳麓书院人才辈出的滚滚洪流，堪比汉朝八水长安太学“槐市”为盛！

话说南宋乾道三年(1167 年)，著名理学家张栻、朱熹曾在岳麓书院讲学，一时各地学子云集，开中国书院“会讲”之先河。于是，千古以来，学人名流纷纷在四大书院会讲，传道授业解惑，纵论天下大事。在岳麓书院讲堂檐前，高悬着苍劲有力的“实事求是”巨匾，典出《汉书·河间献王刘德传》。哦，这下可为中共中央党校大门里的巨幅屏风“实事求是”找到源头了。由此可见，“实事求是”在青年毛泽东脑海里留下的印象之深。

细览朱熹老先生为岳麓书院制定的学规，令人感喟不已：“时常省问父母；朔望恭谒圣贤；气习各矫偏处；举止整齐严肃；服食宜从俭素；外事毫不可干；行坐必依齿序；痛戒讦短毁长；损友必须拒绝；不可闲谈废时；日讲经书三起；日看纲目数页；通晓时务物理；参读古文诗赋；读书必须过笔；会课按时早完；夜读仍戒晏起；疑误定要力争。”在此，我强烈建议：我们的各级党校都将此列为党员干部必修之训词！

岳麓书院处处名胜古迹，星罗棋布于岳麓山麓：崇道祠、六君子堂、船山祠、麓山寺碑亭、百泉轩、碑廊、自卑亭、时务轩、赫曦台、杉庵……令人肃然起敬、流连忘返。

出得岳麓书院，来到岳麓山下清风峡中的爱晚亭歇脚。

相传，爱晚亭为当年岳麓书院院长罗典所建，原名叫做“红叶亭”。后来，清代湖广总督毕沅受到唐代大诗人杜牧《山行》启发，登临岳麓山时朗声诵读：“远上寒山石径斜，白云深处有人家。停车坐爱枫林晚，霜叶红于二月花。”遂改“红叶亭”为“爱晚亭”。如今，爱晚亭与滁州醉翁亭、杭州湖心亭、北京陶然亭并称中国四大名亭。

但见，红底鎏金的“爱晚亭”巨匾，笔走龙蛇、雄浑壮美。这技压张旭、怀素、米芾的狂草，一看便知是一代伟人毛泽东的亲笔！据说，此匾是由当时的湖南大学校长李达专函邀请毛泽东所书手迹而制。亭内的石碑上，镌刻着毛泽东手书《沁园春·长沙》中的诗句：“指点江山，激扬文字，粪土当年万户侯。”

抬望眼,“我欲因之梦寥廓,芙蓉国里尽朝晖”!

天心阁·火宫殿·白沙泉

“橘子洲,洲旁舟,舟走洲不走;天心阁,阁中鸽,鸽飞阁不飞。”据说,这是毛泽东主席和周恩来总理于烦冗公务之余游览长沙时所作的一副戏对。

回到湘江东岸,循着伟人的指引,游兴大发的我怀着愉悦的心情走进雕梁画栋、碧瓦飞檐的天心阁。历久弥新的天心阁位于长沙闹市,是以天心阁和古城墙为主要景点的名胜古迹,也是古城长沙硕果仅存的地标建筑之一。

天心阁占据着长沙城的制高点。信步登上天心阁,俯瞰长沙,“一览众山小”;遥望湘江,“潮平两岸阔”!三重飞檐的天心阁,近携妙高峰为伴侣,远带岳麓山为画屏,其峭拔、冷峻之美无与伦比。

鉴于天心阁独特的地理位置,明清以来,这里竟然成为兵家必争之地。清代顺治十一年,降清明将洪承畴拆除明代湖南诸藩王府的城墙砖,全部用来修筑长沙城垣,使其不断增高加厚,蔚为壮观。1852 年,洪秀全带领太平军猛攻长沙,西王萧朝贵冲锋陷阵、身先士卒,为清军重炮炸亡。辛亥革命之后,为了发展贸易和交通,拆除长沙城墙,修筑环城马路。因天心阁以其独特魅力峰峙长沙城头之故,特留存此一段城墙作为纪念。抗日战争中的“长沙大火”,将“秦汉名城”夷为平地;数次“长沙会战”,又让“美丽潭州”满目疮痍!现在的长沙城,都属新中国建国后重建范畴,其名胜古迹恐怕只有天心阁和火宫殿了。唏嘘不已!

据悉,长沙天心阁、南昌滕王阁、黄海蓬莱阁、宁波天一阁等“四大名阁”,将与洞庭岳阳楼、武汉黄鹤楼、永济鹳雀楼、昆明大观楼、南京阅江楼、西安钟鼓楼等“六大名楼”,作为“十大中国历史文化名楼(阁)”,共同申报联合国物质文化遗产。中华瑰宝,无比期待!

“天将午,饥肠响如鼓。”还是到坡子街步行街的火宫殿“打牙祭”吧。湖南老表这样讲,火宫殿是“湘风小吃”的鼻祖,也是“八大名菜”之一湘菜的代表食肆。若论小吃荟萃之处,除了上海城隍庙、南京夫子庙、北京大栅栏,那就当属长沙火宫殿了。

话说火宫殿始建于清乾隆十二年(1747 年),最初的名字叫作“乾元宫”,当年是一座火神庙。到得晚清、民国时期,这里繁衍成为祭祀、看戏、听书、观艺、小吃的热闹庙会。到得火宫殿,先吃油炸臭豆腐。缘何?盖因这是青年毛泽东的最爱!麻辣仔鸡、口味虾、糖油粑粑、德园包子……真是一饱口福、大快朵颐!看,那“乾元宫”三个遒劲大字,正是清代书法家黄自元的墨宝;抗战时期,革命老人徐特立在火宫殿发表过《抗日救国十大纲领》演讲;而《义勇军进行曲》的词作者田汉,经常在火宫殿邀集文人墨客雅集;彭德怀、叶剑英、王震、胡耀邦等党和国家领导人都曾在火宫殿品尝美食,宴请宾朋。与如此之多的历代名流在火宫殿神交,那真是心旷神怡、踌躇满志!

“才饮长沙水,又食武昌鱼。万里长江横渡,极目楚天舒。”当年开国领袖毛泽东盛赞的“长沙水”,就出自此刻在我身边汩汩涌流的白沙泉。白沙泉历史悠久,从隋唐时期就有“泉水透明,夏冽冬温”的记载。奇妙的是,白沙泉的水温恒定在16℃－20℃,属于中低温泉水,其水量充盈稳定、不竭不溢,无论怎样汲取泉水,“竟日暮不一息”。白沙泉闻名遐迩,长沙市民自然近水楼台先得月,日常饮用、烹茶、煮饭、生活;是凡来到长沙的游人,莫不以一饮白沙泉水为乐事。这不,在长沙,天心阁、建仁楼等著名茶楼都以白沙泉水沏茶而招徕顾客,长沙高桥银峰、洞庭湖君山银针、张家界古丈毛尖、安化红茶、湖南黑茶、南岳云雾茶等名茶应有尽有,颇得顾客青睐。“诗圣”杜子美曾留下“夜醉长沙酒,晓行湘水春”这样赞美白沙泉的诗句。的确,长沙有一种直接引白沙泉水精心酿制的“白沙液”酒,醇香清冽、独具一格!

落座白沙泉边,叫身着古装的茶博士,用白沙泉水烹煮一壶“湘波绿”,片时满室清香!款款细品香茗,顿觉唇齿芬芳,一阵惬意缓缓涌上心头。那边厢,民族乐器演奏起脍炙人口的《浏阳河》,余音绕梁之际,于心里再次膜拜青年时期“挥斥方遒”的毛泽东。

“曾记否,到中流击水,浪遏飞舟?”

(2008 年 2 月)

最忆是杭州

大唐“诗王”白居易在脍炙人口的《忆江南》中唱道:“江南忆,最忆是杭州。山寺月中寻桂子,郡亭枕上看潮头。何日更重游?”北宋大文豪苏轼在风流千古的《饮湖上初晴后雨》里高歌:“水光潋滟晴方好,山色空濛雨亦奇。欲把西湖比西子,淡妆浓抹总相宜。”是啊,提到杭州府,最美在西湖。拥有西湖美景的“天堂”杭州,不仅让香山居士白醉吟和铁冠道人苏东坡流连忘返,也给虹剑轩主人留下了难忘的、珍贵的记忆瞬间!

三看《白蛇传》及其他

第一个记忆瞬间,是三次观赏拍摄成电影的经典京剧、梅派青衣李炳淑主演的《白蛇传》,以及由此引发的种种趣事。

记得那时我上小学五年级。寒假里,为丰富我们的假期生活,学校组织包场电影,观看京剧电影《白蛇传》。杭州西湖的醉人美景啊!苏堤春晓“尽欢声无日不笙簧”、曲院风荷“接天莲叶无穷碧”、柳浪闻莺“春来江水绿如蓝”、断桥残雪“暗香浮动月黄昏”、雷峰夕照“何处结同心”,更有那平湖秋月、花港观鱼、双峰插云、南屏晚钟、三潭印月,西湖十景处处亭台烟雨,丽影清歌欢爱柔肠寸断!我一下子就被吸引住了,那种怦然心动的感觉至今记忆犹新。

我家当时的住所位于哈尔滨市香坊区红旗大街，而电影院远在三四里地之外的西香坊。那时早场的电影票便宜，才一毛钱一张，我便把买冰棍儿的钱节省下来，又一连看了两个早场的《白蛇传》。嚯！连续三天，一个上小学的毛头小子，起五更披星戴月、顶北风不畏严寒，就为了去看京剧电影《白蛇传》！每次，我都是一溜小跑而去，忘记了对黎明前黑暗的恐惧。剧终人散之时，天已经大亮了，大饱眼福的我才心满意足地回家吃早饭。这一切，在父母、老师和同学们看来真有点不可思议！

当时，我父亲的通讯员小王是一个杭州知青，每次探亲回到哈尔滨，总要给我家带些杭州特产，“西湖”牌香烟、糯米制成的雪白的云片糕、天目山出产的鲜嫩春笋、清香扑鼻的西湖龙井茶，还有包装精美的杭州筒面（挂面），都让我这个北方少年对杭州充满了向往。

临近开学的时候，我从父亲的书架上翻到了一个京剧剧本《白状元祭塔》，那是梅兰芳先生的一对玉女金童梅葆玥、梅葆玖姐弟俩的拿手好戏。带着无比亲近的情感一番苦读之后，心中豁然开朗，一个劲儿地羡慕许仙真是好福气！从《白蛇传》到《白状元祭塔》，自然，我对杭州又是一番心驰神往。

我还特别注意到，在厚厚三大本的绣像小说《水浒传》中，招安后的梁山众好汉奉命下江南征讨方腊起义军。水军头领浪里白跳张顺在杭州西湖涌金门演绎了悲壮的英雄故事，怒挥铁禅杖力擒方腊的花和尚鲁智深面对钱塘江大潮悠然坐化，功成名就的打虎英雄行者武松在六和塔平静出家。一切的一切，让我对杭州更加魂牵梦萦。

白乐天在另外一首《忆江南》里赞道：“江南好，风景旧曾谙。日出江花红胜火，春来江水绿如蓝。能不忆江南？”

“我一定要去杭州看白娘子！”这是当年一个懵懂少年的心底

夙愿。

“飒露紫”驻足西湖边

第二个记忆瞬间，是电视剧《新白娘子传奇》和饮誉世界的杭州西湖。

《新白娘子传奇》的播出，令中国大陆“忽如一夜春风来，千树万树梨花开”！不消说，我在电视屏幕中对杭州西湖美景又来了一番神游饱览。电视剧里的两首插曲，借鉴了江南越剧的优美曲调，以悦耳的吴侬软语讴歌了人世间纯洁美好的情感。“西湖美景三月天，春雨如酒柳如烟”（《渡情》）；“只为这一句啊，断肠也无怨”（《千年等一回》）！更有那古装女神赵雅芝，将一个美丽、善良、痴情、幽怨的白素贞刻画得活灵活现，让人刻骨铭心。可以这样说，李炳淑的京剧《白蛇传》、赵雅芝的《新白娘子传奇》，将白娘子的故事与西湖美景有机结合起来，创造了人世间美轮美奂、无与伦比的艺术瑰宝。

也许因了我的生肖是马的缘故吧，无论是《马踏飞燕》中的神驹，还是汉武帝刘彻孜孜以求的大宛汗血马，抑或画家徐悲鸿的“古道西风瘦马”，都是我的至爱。西楚霸王项羽的“踏雪乌骓”、三国第一勇将吕奉先的“赤兔红龙”、大汉皇叔刘玄德的“跳涧的卢”、双锏无敌秦叔宝的“西凉玉顶干草黄”、神枪独步史文恭的“千里照夜玉狮子”、民族英雄岳鹏举的“白龙驹”，我都视若珍宝。尤其是唐太宗李世民的“飒露紫”，护佑一代“天可汗”成就大唐千秋霸业，令人赞叹不已。我就经常以“飒露紫”来激励自己，期待得遇伯乐，宝剑出匣化长虹，“巡天遥看一千河”！

“天若有情天亦老”，此情更能待何时！这不，“飒露紫”终于来到了西湖边。

人世间的事情真是有趣至极，犹如你始终心仪一位秀外慧中的妙女璧人，寤寐思服、辗转反侧。等到她也钟情于你，含情脉脉地一朝来到你面前，你却登时面红耳赤、语无伦次、手足无措，不知道说什么好了！这不，身临其境，面对杭州西湖的碧水云天，我也只有目瞪口呆的份儿！

还是借助一位元初的女真族文人奥敦周卿的散曲《咏西湖》，来描摹我此刻的心情吧：“西湖烟水茫茫，百顷风潭，十里荷香。宜雨宜晴，宜西施淡抹浓妆。尾尾相衔画舫，尽欢声无日不笙簧。春暖花香，岁稔时康。真乃上有天堂，下有苏杭。”

和大名鼎鼎的钱塘江异曲同工，杭州西湖古代叫作“钱塘湖”，又名“西子湖”，与南京玄武湖、嘉兴南湖并称“江南三大名湖”。举目远眺，但见，三面青山环抱一湖秋水，清澈浩渺的湖面被孤山、苏堤、白堤、杨公堤分割成五个子湖区，各子湖区之间由巧夺天工的桥孔曲径通幽，小瀛洲（三潭印月）、湖心亭、阮公墩三个小岛鼎立于外西湖中心，夕照山上的雷峰塔与宝石山上的保俶塔隔湖相望——“一山、二塔、三岛、三堤、五湖”，“西子湖”美不胜收！

我在心里默念：“美丽的白娘子啊，‘飒露紫’来看你啦！”

银装素裹赏“断桥残雪”

第三个记忆瞬间，就是闻名遐迩、名垂千古的杭州西湖断桥了。

断桥位于白堤的东端，是欣赏西湖美景和周边群山的最佳观赏处，也是游客最为集中的地方。断桥之所以出名，是因为在民间传奇《白蛇传》中，白素贞与许仙最初邂逅于断桥，随后，两人演绎了中国古代版的“魂断蓝桥”故事。

“西湖三绝”有断桥。先说说这“三绝”：其一，“孤山不孤”。南宋偏安小朝廷仓皇南渡，其都城就是杭州。为了不忘“靖康之耻”,随时准备光复中原,特意给杭州定名临安。南宋理宗赵昀住在临安皇宫,自然少不了游览西湖。“山外青山楼外楼,西湖歌舞几时休?”赵昀发现湖畔这座青山比皇宫美多了,说这真是“孤家”的山,“孤山”由此得名。清代康熙帝、乾隆帝到西湖游玩之时,也都曾巡幸下榻孤山,并且欣然题词留下墨宝。然而,孤山却不是孤独的,在它四周到处是青山绿水,景色煞是宜人。其二,“断桥不断”。从唐代伊始,每到冬天落雪的时候,奇特的景观就出现了。那时桥上有门,门上有檐,下雪时中间一段的雪都落在门檐上,桥上只有两头覆盖着皑皑白雪,远远望去就仿佛断了一般,“断桥”由此得名。其三,“长桥不长”。这里又有一段佳话:传说梁山伯与祝英台在长桥上送别,两情依依、恋恋不舍,竟然来来回回互相送了十八次!在经典越剧《梁山伯与祝英台》中,《十八相送》的桥段最为感人。

在我看来,断桥应被列为“西湖三绝”之首,“断桥残雪”更是西湖十景中的花魁。缘何?原来,这断桥是通往孤山的必经之路,每当雪后初霁,游人都兴高采烈地去断桥欣赏西湖雪景。此时,孤山与这内西湖银装素裹、分外妖娆,“断桥残雪”应运而生。

游览西湖的曼妙山水,当然在春、夏、秋三个季节泛舟湖中为最佳选择,可是,为了贪恋这“断桥残雪”,我是特意在冬天飞了一趟杭州的。“绿蚁焙新酒,红泥小火炉。晚来天欲雪,能饮一杯无?”应了白居易老前辈的邀约,我再次来到西湖断桥边。

要赏玩“断桥残雪”这道美景,先得移步白堤和苏堤。话说唐代大诗人白居易任杭州刺史时,属意西湖秀美山水,官场失意之情顿消。他率领军民疏通多年前开凿的六井成清泉以便民灌溉;大力整治西湖,筑建湖堤成通衢,白堤由此得名。待至白居易任满离开杭州时,治下子民倾城送行。白居易回赠诗云:“税重多贫户,农饥足旱田。惟留一湖水,与汝救凶年。”苏堤嘛,当然是苏轼的杰作。“元祐中,东坡既奏开浚湖水,因以所积葑草筑为长堤,起南讫北,横跨湖面,绵亘数里,夹道杂植花柳,中为六桥,行者便之……”白居易与苏东坡,加上也为西湖留下一道杨公堤的明代杭州知府杨梦瑛,共同成为杭州历任官员的楷模。

闲话少叙,入得湖畔酒肆,先点一道杭州名菜西湖醋鱼。而后,东坡肉、叫化童子鸡、西湖莼菜汤,鱼贯搬上餐桌。主食?自然要点这里的特色虾爆鳝面、知味小笼包和吴山酥油饼啦。“金樽清酒斗十千,玉盘珍羞直万钱。”此时,我愉悦旷达的心境不亚于“诗仙”李白莅临!什么?“有酒无花俗了人”?亲爱的茱莉娅,你就是西湖侧畔“胡姬花”!

此刻瑞雪纷飞,“断桥残雪”正在一点一滴地孕育之中。让我们端起女贞陈绍,缅怀昔日的白娘子,莫辜负眼前的美景良辰。对了,那当年的“梅妻鹤子”林和靖怎么讲来着:“疏影横斜水清浅,暗香浮动月黄昏。”

(2012 年 9 月)

第三辑

Disanji

左岸沙龙

塞纳左岸的魅惑

生活在北国冰城哈尔滨着实是一种幸福，当山海关以南的广大同胞正在酷热的“桑拿天”里苦苦煎熬的时候，我们却在享受着难得的夏夜清凉，难怪南方的朋友一下飞机就惊呼：“都说上有天堂，下有苏杭，其实到了哈尔滨才知道什么是天堂！”

何止是天堂？还有天籁之音呢！这不，又一届“中国·哈尔滨之夏音乐会”翩然而至。众所周知，在华夏大地上，有三个蜚声中外的以城市命名的音乐会，那就是著名的“上海之春”“羊城音乐花会”“哈尔滨之夏”。多年来，“哈尔滨之夏”音乐会以其独特的魅力，让“东方小巴黎”“东方莫斯科”又增添了联合国命名的“Music City－Harbin，China”美誉。于是，关于音乐之城，“西方有维也纳，东方有哈尔滨”，在国际音乐界便成了共识。这不，就在今夜，中央芭蕾舞团以强大的阵容将世界经典之作《卡门》和《阿莱城的姑娘》奉献给冰城夏都。于是，如门德尔松一般《乘着歌声的翅膀》，如班得瑞一般徜徉于《蓝色水岸》，我尽情享受了这场华丽的视听盛宴。

随着紫色天鹅绒幕布缓缓拉开，一座以惊世骇俗的梵·高名画为背景的法兰西南部小镇普罗旺斯展现在观众面前——《阿莱城的姑娘》来了。《阿莱城的姑娘》改编自法国作家阿尔封斯·都德的同名小说，充满诗情画意的普罗旺斯就是都德的家乡。年轻的男主人公弗莱德里在即将举行婚礼的时候,面对美丽的新娘却怎么也高兴不起来,他心里时刻记挂的则是令他刻骨铭心的阿莱城的姑娘。在痛苦挣扎、矛盾纠结中,他忽而充满期冀,忽而热情洋溢,忽而掩面遐思,忽而抑郁寡欢。群舞、独舞、双人舞,魅影幢幢,那是阿莱城的姑娘在深情呼唤。最后,弗莱德里再也无法抑制对那位神秘的阿莱城的姑娘的浓烈爱意,如伟大而孤独的梵·高一般疯狂躁动起来,从洞房的窗户纵身跃出——凄美的爱情故事!

高潮迭起!当现场观众还在为弗莱德里的悲壮际遇唏嘘不已的时候,慷慨激昂的《斗牛士之歌》骤然响起——狂野奔放的五幕芭蕾舞剧《卡门》接踵而至!

《卡门》的剧情,取自杰出的法国作家普罗斯佩·梅里美的同名中篇小说。提到璀璨多姿的法国文学,一般都要从巴尔扎克、雨果、左拉、都德谈起,而我更喜欢大仲马、莫泊桑、司汤达和梅里美。大仲马的《三个火枪手》波谲云诡,被改编成的经典电影《铁面人》让人心驰神往;《基督山伯爵》奇特苍凉、发人深省,岂止是一个简单的复仇故事!《黑郁金香》高贵神秘,更由于拍摄成电影时阿兰·德隆的精彩表演,让少男少女们如醉如痴!莫泊桑的《羊脂球》《项链》《我的叔叔于勒》等一系列作品赋予了他世界“短篇小说之王”的桂冠。睿智无比的司汤达,他精心描摹的《红与黑》《巴马修道院》等作品,凝结着多少豪迈而无奈的孤独的英雄“拿破仑情结”!而对梅里美,我更是高看一眼。梅里美的写作视野相当宽广,他善于描绘瑰丽壮美的异域风光,其文字风格独树一帜,特别耐人寻味。《塔曼果》(在中国大陆曾经放映过同名电影)浓墨重彩地扫描了热浪滚滚的黑非洲,《高龙巴》深入涉及了残酷的地中海科西嘉岛的传统复仇情节,《卡门》则讲述了美丽热情、妖冶多姿、酷爱自由、狂放不羁的吉卜赛女郎卡门惨烈的爱情悲剧，而“卡门”这一形象，也成为世界文学宝库里的典型人物。不是吗？我们在根据雨果名著拍摄的法国电影《巴黎圣母院》中，是否看到了“卡门”的影子？我们在著名的墨西哥电影《叶塞尼娅》中，是否看到了“卡门”的影子？我们在风靡亚洲的印度电影《大篷车》中，是否看到了“卡门”的影子？我们在法国和罗马尼亚合拍的电影《只爱陌生人》中，是否看到了“卡门”的影子？我们在描写渥巴锡汗率领土尔扈特蒙古部众逃离沙皇俄国统治，正气凛然回归祖国怀抱的影片《东归英雄传》中，是否看到了“卡门”的影子……《卡门》的故事情节早已深入人心，笔者在这里就不再赘述了。

场面愈加宏大，旋律愈加激昂，舞蹈愈加唯美。尤其是卡门与她的恋人唐·何塞的双人舞，高奏了平等博爱、个性解放、崇尚自由的华彩乐章。此刻，我甚至固执地认为，这段舞蹈完全可以同阿尔伯特与吉赛尔、罗密欧与朱丽叶、龙瑟兰与柳德米拉、齐格弗里德与奥杰塔、奥赛罗与苔丝德蒙娜、安东尼与克丽奥佩特拉、奥涅金与达吉雅娜、哈姆雷特与奥菲莉娅、阿里与米多拉的双人舞媲美。

感谢乔治·比才！这位法国音乐天才为我们谱写了流芳百世的歌剧传奇《卡门》。其中的《〈卡门〉序曲》《斗牛士之歌》《哈巴涅拉舞曲》，是很多高品位音乐会的经典曲目。在我的广播连续剧《撒旦》里，也适时引用了《哈巴涅拉舞曲》。感谢乔治·比才！这位音乐天才为我们谱写了缠绵悱恻的组曲《阿莱城的姑娘》，其中的《弗兰多尔舞曲》是组曲中的灵魂所在。

感谢罗兰·佩蒂！这位法国芭蕾天才为我们编排了堪称经典的芭蕾舞剧《卡门》和《阿莱城的姑娘》。佩蒂精选了比才为这两个剧目谱写的诸如《〈卡门〉序曲》《斗牛士之歌》《哈巴涅拉舞曲》《弗兰多尔舞曲》等荡气回肠的旋律。在这些荡气回肠的旋律映衬下,芭蕾舞剧《卡门》和《阿莱城的姑娘》在保存了传统芭蕾精髓的基础上,摆脱了程式化的束缚,塑造出富有个性的人物和表现独特的情感。当时的法国总统希拉克在为罗兰·佩蒂授勋时由衷地赞叹:“他是一位具有民族特色的世界级大师。”

对于我来说,芭蕾就是心灵的美好憩园。最初,是我们自己的红色经典芭蕾《红色娘子军》和《白毛女》,这两个剧目以其动人心魄的音乐和高雅别致的舞姿深深地拨动了一个懵懂少年的心弦。后来,一头扎进艺术殿堂,《吉赛尔》《天鹅湖》《睡美人》《胡桃夹子》《罗密欧与朱丽叶》《奥赛罗》《叶甫盖尼·奥涅金》《海盗》……让一个初涉红尘的青年怦然心动。如今,饱尝了沸腾的生活的慷慨恩赐的我,对于高雅脱俗的芭蕾更是如醉如痴。清丽雅致的芭蕾与美轮美奂的音乐让我始终保持着性情的本真,登山则情满于山,观海则情溢于海,“以中有足乐者,不知口体之奉不若人也”,故此常做桃花源中人,“不知有汉,无论魏晋”,一边辛勤劳作,一边乐享人生,哪有工夫与某些除了为五斗米折腰之外别无所长的伙计争高低、论短长!苦心“鸢飞戾天者”岂知我意?孤诣“经纶世务者”焉晓我愿!北宋王溥的千古绝唱《咏牡丹》:“枣花虽小能结实,桑叶虽柔解作丝。堪笑牡丹如斗大,不成一事只空枝。”千古以来,这首诗令人有醍醐灌顶之感,特别能体现我此刻的情怀。

猛然,那位高洁的大唐隐者也是慧者孟浩然意蕴深长的《过故人庄》浮现在我的脑海中:“故人具鸡黍,邀我至田家。绿树村边合,青山郭外斜。开轩面场圃,把酒话桑麻。待到重阳日,还来就菊花。”

(2012年8月)

横看成岭侧成峰

——由电视连续剧《芈月传》说开去

“横看成岭侧成峰，远近高低各不同。不识庐山真面目，只缘身在此山中。”这是笔者对电视连续剧《芈月传》的初步印象。如果说，其当年的姊妹篇《甄嬛传》尚“闪耀着人性的光辉”的话，那么，现今的《芈月传》则让人“如堕五里雾中”，颇有光怪陆离、莫名其妙之感！

且听我说——

无辜的春申君

众所周知，楚国的春申君黄歇，是与齐国的孟尝君田文、赵国的平原君赵胜、魏国的信陵君魏无忌齐名的“战国四公子”之一。《芈月传》把他生拉硬拽成芈月的初恋情人，这么说吧，这编剧的胆子可真是够大的！

史家一般认为，黄歇（公元前 314 年 ~ 前 238 年）虽然闻名遐迩，但他的成就在“战国四公子”中是属于末位的。然而，古往今来，所谓“造化弄人”，人世间的事物从来是“有心栽花花不放，无心插柳柳成荫”！黄歇在中国历史上的最大功绩竟然是“开埠上海”。话说当年，楚考烈王熊完任命黄歇为楚国令尹（宰相），册封为春申君，采邑于“申”，其辖区囊括当今上海全境。“申”地在春秋时代隶属吴国，战国时期先被越国占领，而后归于强大的楚国。到达封地后，黄歇勤于地方政事，疏浚过境大江，率众大兴水利，积极改造田亩——这条江就被称为“黄歇浦”或“春申江”，也就是现在的黄浦江。上海简称为“申”，即来源于春申君黄歇。至今，长江三角洲一带的人民对黄歇都怀有一种质朴的感念和膜拜之情。

让我们回到《芈月传》。话说芈月成为秦宣太后时，其子秦昭襄王嬴稷已然19岁了。公元前265年，宣太后逝世。以宣太后主政秦国41年计，其最少活到了75岁。春申君黄歇是在宣太后去世后3年，即公元前262年成为楚相的，20多岁的年龄差，说宣太后是黄歇母亲一辈还差不多！这个账小学生都会算哦。乱点鸳鸯谱！

另外，《芈月传》剧中，爱国诗人屈原在朝堂向楚威王慷慨陈词，也颇为搞笑。屈原生于公元前340年，楚威王卒于公元前329年，也就是说，楚威王离世时，屈原才11岁！太过穿越了吧。后面的剧情里，屈原还要当芈月和黄歇的授课恩师！荒唐！也是，把楚国不同时代的几个名人堆砌在一起，也算是“艺术加工”了。

倒是有一点，在历史上春申君黄歇和楚辞泰斗屈原的命运相同，都是遭遇奸佞构陷——黄歇惨遭李园所派刺客暗杀，屈原则在被放逐后投汨罗江而“魂归离恨天”！黄歇留给我们“东方第一都”上海，屈原赠予大中华文化圈美丽而忧伤的“端午祭”。

神秘的“芈”姓

一个“芈”字，激发多少国人的寻根怀古之情！我们都是炎黄子孙，姓氏也多发轫于黄帝、炎帝。黄帝本姓公孙，因居姬水之滨，遂改姬姓（最早的“氏”），而轩辕氏、有熊氏、帝鸿氏是世人对他的尊称；炎帝本姓伊耆，因住姜水之畔，遂以姜为姓（也是最早的“氏”)，而神农氏、烈山氏是部落对他的敬谓。炎黄子孙繁衍生息，华夏姓氏莫不出于这两位人文始祖。

先秦时期，“姓”还比较珍稀。国人能够有“姓”，那是贵族的专利，比较著名的是“黄帝之子十二姓”“炎帝九姓”“张”“祝融八姓”等。据《国语·晋语四》披露：“凡黄帝之子，二十五宗，其得姓者十四人，为十二姓：姬、酉、祁、巳、滕、箴、任、荀、僖、姞、儇、依是也。”另据韦昭注：“得姓以德居官，而初赐之姓十四人，而内二人为姬，二人为巳，故十二姓。”此为“黄帝之子十二姓”。夏、商、周君主皆为皇帝之后。炎帝后人最初则有姜、吕、高、谢、许、丁、卢、崔、贺，史称“炎帝九姓”。炎帝后裔姜望、吕尚，字子牙，是周文王倾商、周武王伐纣的首席谋主、最高军事统帅，因殊勋被封采邑于齐，成为齐国的开国君主。从此，姬姜开始共有天下，又恢复了炎黄时代，而“春秋五霸”之魁首齐桓公就是姜太公的直系后人。黄帝的儿子挥，以其发明弓箭有功，被授予“弓长”的官职。由“弓”和“长”两个字组成一个“张”字，于是便有了张姓。至今，“张”拥有数亿之众，成为全球第一大姓。颛顼是皇帝的孙子，到了颛顼的曾孙祝融之后，分出己、董、彭、秃、妘、曹、斟、芈等八姓，“祝融八姓”诞生。

“芈”是古老而神秘的华夏“祝融八姓”之一，荆楚之国的王姓。相传楚国国君是颛顼的后代，本以其母族“芈”为姓。充满智慧的芈鬻熊曾为周文王师，受封于“祝融之墟”。西周时期，周天子把姓作为奖品赏赐给有功的下属，《左转》这样记载：“天子建德，因生以赐姓，胙之土而命之氏。”嫡长子继承王位，繁衍其姓；其他儿子则以其封地为氏。周天子以下，男子称氏不称姓，“姓以别婚姻，氏以别贵贱”。因“祝融之墟”又被称为“有熊之墟”，所以鬻熊就以其名字和封地为“氏”。此后，鬻熊以降的楚国国君便由“芈”改成了“熊”；其后，鬻熊的曾孙熊绎被周成王封为楚国国君。故此,楚国君主为“芈姓熊氏”。

芈姓熊氏之外,楚国宗室有“屈、景、昭三大氏”。伟大的爱国诗人屈原本姓“芈”,“屈”为其“氏”。春秋时代,楚武王封其子瑕于屈邑,瑕的子孙便以“屈”为氏了。屈原即瑕的后人,在《离骚》开篇,有“帝高阳之苗裔兮,朕皇考曰伯庸”句,这高阳氏就是颛顼。因此,屈原为芈姓屈氏。同理,与屈原齐名的诗人景差为芈姓景氏;昭奚恤、昭鱼、昭雎、大将昭阳(此人率领楚国大军助楚威王攻灭越国,为强楚立下大功,获得了“和氏璧”的赏赐),皆为芈姓昭氏;楚国名将项燕、武信君项梁、“西楚霸王”项羽为芈姓项氏;伍奢、伍尚、伍员(子胥)为芈姓伍氏;楚国贵族后裔、号称“杀神”的秦将白起为芈姓白氏。以上“芈”姓传人,在中国历史上谱写了诸多荡气回肠的传奇!

由“芈”姓衍生出来的“氏”还有查氏、叶氏等。秦汉以后,我国姓、氏合一,统称姓氏。

“西帝”的母亲

芈月之所以名垂青史,其最大的成就在于和惠文王嬴驷一道,造就了人中之龙凤——秦昭襄王嬴稷(后世简称秦昭王)。

秦国后宫分八个等级:皇后、夫人、美人、良人、八子、七子、长使、少使。芈月入秦宫后封“八子”。“芈八子”出生于楚国贵族家庭,并非楚王的女儿。其母改嫁他人,于是,芈月有了两个弟弟,一个是同母异父的魏冉,即司马迁《史记·穰侯列传》中的穰侯;另一个是同父的芈戎,获封华阳君。这两个弟弟战功卓著,都是芈月的强力拥趸。他们帮助芈月母子长期主政秦国,形成亲党专政的格局,打破了秦国一直以来重用客卿的惯例。穰侯魏冉、华阳君芈戎,与高陵君嬴市、泾阳君嬴悝,并称秦国“四贵”,芈、嬴两姓共同主宰秦国。

史书记载，秦国有史以来第一个称王的君主——惠文王嬴驷，有两个出色的儿子。其一为嬴荡（母为魏女魏纾、宅心仁厚的秦惠太后，并非《芈月传》杜撰的芈姝），即位后为秦武王，擅长带兵，开疆拓土，武威八方，强秦益强。可惜好勇斗狠，在位不几年，竟然为显示“神力”举鼎脉绝而死。其二为嬴稷，在舅舅魏冉的帮助下，嬴稷（母为楚女芈月、目光远大的秦宣太后）即位后为昭襄王，就是我们在教科书里学到的秦昭王。

如果说秦惠文王嬴驷能使秦国初步强大，自己顺势称王，是得益于其父秦孝公任用商鞅变法图强，同时，采用了纵横家张仪的“连横”之策，那么，更为庆幸的是，秦昭王嬴稷得到了睿智的策士范雎和无敌的勇将白起。“昭王五跪得范雎”的典故，就是先秦版的“三顾茅庐”！更为传奇的是，魏国先后有两位名士被秦王任命为相国，一是张仪，二是范雎，而任用张仪、范雎的秦王正是惠文王嬴驷和昭襄王嬴稷父子二人！范雎继续运用张仪的“远交近攻”之策，收到了神奇的效果。秦昭王嬴稷派兵攻打强盛的赵国，赵国老将廉颇在长平深沟高垒，坚守不出。秦军围攻数月没能攻下长平，粮草逐渐供应不上了。范雎巧用反间计，派人以重金收买赵国权臣，散布廉颇“年老怯战、秦国最怕赵奢之子赵括出战”的流言。赵王果然中计，深信“廉颇老矣，尚能饭否”？起用毫无作战经验的赵括替换廉颇任赵军主帅。秦昭王嬴稷以白起为将，采取诱敌深入、分割包围的战法，使赵军腹背受敌。白起率秦军在“长平之战”中一举击败“纸上谈兵”的赵括带领的赵军，赵军惨败，全军覆没。可叹的是，45 万士兵被白起“坑杀”，这可能是历史上规模最大、最残忍的屠杀了！赵括也凄惨地死于乱军之中。秦军一鼓作气，攻破赵国的太原郡，赵国从此一蹶不振。秦昭王乘胜前进，以为其哥哥嬴荡复仇为名一举灭掉了东周王室，由“王”跃升为威震华夏的“西帝”（齐湣王则为“东帝”）。而此时，由秦国来统一华夏已经不是什么悬念了。

作为“大秦统一中国”这列战车上的重要链条，秦宣太后、楚女芈月可谓功不可没。这是《芈月传》的真正价值。然而，戏说成分太多、人物关系错乱、过分迷恋宫斗，极大地削弱了《芈月传》的可信度。若要温习那段惊心动魄的历史，建议您欣赏电视连续剧《大秦帝国》。

乱谱战国鸳鸯劫，颠倒黑白谑黄歇。朝秦暮楚堪无畏，美人宫斗类蛇蝎。这是笔者对电视连续剧《芈月传》的总体评价。

（2015 年 12 月）

笼着轻纱的梦

——《亦真亦幻——于英斌影画艺术展》印象

用美轮美奂来形容冰城的夏夜,那是再恰切不过了。朗月当空,江风剪剪,贪婪地吮吸着丁香的芬芳,聆听着门德尔松的《仲夏夜之梦》序曲,乐陶陶、欣欣然!

再加上一场视觉的盛宴呢,更是锦上添花。这不,6 月 15 日至 18 日,由黑龙江省人民政府主办,黑龙江省文化厅、省政府外事办、黑龙江人民广播电台承办的黑龙江省第三届友好城市文化周《亦真亦幻——于英斌影画艺术展》在黑龙江省博物馆隆重举行。

英斌是与我相知多年的文友,亦是省电力系统员工中的摄影精英。长期的摄影实践和不倦的艺术探索,令其摄影作品广受赞誉。他已在三届国家电网公司艺术比赛中担任过评委。这次作品展,英斌给我带来了更大的惊喜。

驻足琳琅满目的英斌作品前,只觉一种感动从心底汹涌而来,这是照片吗?我看到的分明是莫奈的《印象·日出》,塞尚的《埃斯泰克的海湾》,雷诺阿的《青蛙塘》,抑或梵·高的《星空》《向日葵》《乌鸦群飞的麦田》啊!典型的"印象画派"!用我国现代散文大师朱自清所呢喃的"笼着轻纱的梦"来比喻英斌的作品,诚不为过。

这就是“影画”，英斌的独创！英斌是这样阐述他的“影画”的：摄影不仅仅在于记录现实世界的瞬间，在这门艺术的不断发展中，它有一部分又和绘画相近，于是从现实主义嬗变到现代艺术中来了。

“影画”的创作流程如此这般——将摄影作品用电脑加以精心处理，杂糅摄影作品与电子绘画，营造出一种颇具冲击力的新的视觉形式。在这里，摄影元素是基础，经过二度创作，画面语言愈加别具一格。

探询英斌何时“玩”起“影画”来？他笑问我唐代诗人杜牧《江南春》的意境。哈！再熟悉不过了：“千里莺啼绿映红，水村山郭酒旗风。南朝四百八十寺，多少楼台烟雨中。”英斌会意：“就是这种感觉！”那还是在2008年呢，一次去上海的旅途中，他和妻子在一爿小店午餐。偶尔的一瞥，但见，窗外蒙蒙的江南微雨，构成了戴望舒隽永的《雨巷》意境。激动不已的英斌立即揿动快门，迅速捕捉了这个场景。待他回到哈尔滨，经过反复思忖、琢磨、把玩、淬火，一种创新的艺术——“影画”恰似新莺出谷。

令观众大饱眼福的英斌“影画”，在忠实映照客观现实的同时，处处渗透着他的主观艺思，刻意达到意境合一，从中萃取出缤纷的画面。源于摄影却高于摄影，作品既有光影颤动、色彩斑斓的特征，又有绘画的表现方式、印象派的风范。

艺术的思维是相通的，英斌的大胆而可贵的尝试，让我想到了想象奇诡、特立独行、卓尔不群的卡夫卡。犹太裔奥地利作家卡夫卡，通过奇诡的“变形”来诠释他所处的时空，尽情地宣泄着他的哲思和情感；英斌则通过亦真亦幻的画面，表达着他对这个世界的认知和冀望。一幅《月移花影上栏杆》，竟然神差鬼使地让我联想到同是印象派大师的音乐奇才德彪西。《夜曲》《大海》《意象》……不，还是用德彪西的《梦》来为英斌的《月移花影上栏杆》配乐吧，这岂不是用两件艺术瑰宝烹制了世间少有的珍馐！

英斌的艺术展受到了中外嘉宾的赞叹，黑龙江省博物馆也打破从来不收藏当代艺术作品的惯例，将英斌的《心灵之窗》《春之船》《月移花影上栏杆》等10幅作品精心收藏。

衷心祝愿英斌："海阔凭鱼跃，天高任鸟飞。"

夜色阑珊，长庚回眸。"收灯庭院迟迟月，落索秋千剪剪风。"忽然想起了远在朱明王朝巴山蜀水的那首幽幽的《鹧鸪天》……

（2013年6月）

愿你像百灵鸟一样幸福歌唱

——写给在2014年高考中金榜题名的女儿

冬雪格格：

我亲爱的女儿！我至爱的珍宝！在今天这个极不寻常的日子里，爸爸百感交集！

此时此刻，爸爸的眼前浮现出这样一幅画面：一个漫天飞雪的凌晨，伴随着一声响亮清脆的啼哭，冬雪格格——我最心爱的小天使呱呱坠地！你那美丽纯真的大眼睛是如此传神，把幸福的暖流注入爸爸的心田。从这天开始，爸爸的世界里瑞霭缤纷！同时，你那稚嫩的小脸蛋儿分明让爸爸的肩头扛满了责任。爸爸发誓：要把人世间所有的幸福都给你，哪怕承受人世间所有的苦难！

光阴似箭，日月如梭。我的冬雪格格在灿烂的暖阳下幸福成长，不知不觉，出落成了一个亭亭玉立、美丽阳光的大姑娘！

此时此刻，爸爸的耳畔萦绕着当年的童星朱晓琳演唱的一首歌《那一年我十七岁》："背起行囊穿上那条发白的牛仔裤/装着若有其事地告别……"你今年恰好也十七岁啊，我的小天使！一想到我的冬雪格格即将升入大学，而且是留学欧（布拉格）美（西雅图）本硕连读，于兴奋之余，爸爸不由生发出不少担心——我的小天使啊！从你来到人世间开始，你的物质生活太过富足，你的人生之路太过顺遂，你要什么就有什么，这世界简直就是为你准备的超市货架！你没有经历过任何挫折，从不知道痛苦是什么，而从步入大学伊始，真正的人生、充满酸甜苦辣的人生才刚刚来临……

伴随着你的长大、成人，爸爸不可能随时陪伴在你身旁，终究会逐渐老去……在这里，爸爸要把眷眷担心化成拳拳叮嘱，希望你要牢牢把握：

首先，要有诚信。孔子说过："民无信不立。"诚信是人们安身立命的根本。西塞罗进一步阐述："没有诚信何来尊严？"人生于天地之间，待人接物一定要做到"言必信，行必果"！当你被老师、同学、朋友，乃至今后工作中的同事称为"有诚信的人"的时候，幸福就已经在向你翩翩走来了。

其次，不要贪婪。广厦万间，夜眠七尺。我们作为物质形态存在的人的寿命不过百年而已，能够享用的衣食住行等物质资源相当有限。当我们的物质条件达到满足生活所需，再多的资财所带来的幸福感就会递减甚至停止，诸多富豪并不幸福就是明证。因此，钱多钱少不是衡量幸福与否的天平，幸福要靠你自己的双手创造。

第三，懂得感恩。我们中华民族自古以来就是一个崇尚感恩的民族："谁言寸草心，报得三春晖""滴水之恩，涌泉相报""衔环结草，以德报怨"……这些名句都是人类精神财富中的精粹。你有太多的人和事需要感恩：感恩父母给了你宝贵的生命，感恩老师给了你丰富的知识，感恩朋友给了你克服困难的力量。羊知跪乳，乌有反哺，何况你是有血有肉有灵魂的人呢？懂得感恩，才有资格拥有幸福！

第四，奋发向上。人生一世，草生一秋，我们来到这充满生机的世界走一遭，就要为人类留下你的奉献和创造。居里夫人、海伦·凯勒、冰心、杨绛都是你的榜样。爸爸希望你迅速立志，奋发有为，起码要超过爸爸已经取得的成就。现在就开始努力吧，趁着春光明媚的大好韶华！记住先贤的教诲：“少壮不努力，老大徒伤悲。”

第五，拥有健康。开国领袖毛泽东讲过：“身体是革命的本钱。”健康是基础，是实现爸爸前面讲述的一切的前提。没有健康，那么，你所希冀的一切都将是海市蜃楼！而你的身体条件又令爸爸特别担心，能否承受即将到来的苦读？在此，爸爸“命令”你从明天起，早起10分钟，和爸爸一起下楼锻炼！秀外慧中、蕙质兰心，这是爸爸对你的期许！

纸短情长！爸爸不想在絮絮叨叨中浪费你的宝贵时间。由衷地希望我亲爱的女儿、我至爱的珍宝，在霞光曼彩的未来岁月里——“乘长风破万里浪”！

希望你铭记爸爸最喜欢的励志对联：

有志者，事竟成，破釜沉舟，百二秦关终属楚；

苦心人，天不负，卧薪尝胆，三千越甲可吞吴。

爱你疼你宠你的：爸爸

2014年8月8日

腹有诗书气自华

——序高万红长篇处女作《雪落忽汗河》

戊子岁末，我应邀到厦门参加国家电网报社组织的电视剧创作会议。因文友万红叮嘱为其长篇小说处女作《雪落忽汗河》写些文字，而我终日在新闻宣传业务中忙碌，难得“浮生半日闲”，故携《雪落忽汗河》飞赴闽南，冀望于会间拜读完毕。

《雪落忽汗河》洋洋洒洒 17 万言，演绎的是发生在“龙兴之地”的关东往事。熟稔北满东部女真先民历史的万红，以娴熟老到的笔触，描摹了充满至爱真情、大恨离愁的故事情节，让我们结识了铁骨铮铮、催人泪下的关东汉子……

在游览台湾海峡的画舫中，来自国家电网公司系统的作家们饶有兴致地浏览起《雪落忽汗河》。赞叹之余，对黑龙江电力文坛的藏龙卧虎表示了祝贺和艳羡。

在群星璀璨的黑龙江电力文坛，万红是一颗当之无愧的“一等星”。最初结识万红，便知他在诗歌方面造诣深湛。后来我又做过一段时间的副刊编辑，同他的接触益发频繁起来。每每版面缺乏压轴之作的时候，只要给万红一个电话，于是，那飞扬着青春和热血、凝聚着真诚和挚爱的诗篇很快便飞到我的电脑里。那如海德格尔一般渴望“诗意栖居”的不屈的额头，那“独坐幽篁里，弹琴复长啸”的充溢张力的诗句，往往在没有发表之前，已经将“同是天涯沦落人”的我感动得热泪盈眶。

青春和热血是文学创作的最佳酵母,又有一句话叫作“悲愤出诗人”,于是,诗歌、散文、报告文学……在万红的笔下波涛汹涌、万马齐喑!万红以其优异的成绩被吸纳为中国电力作家协会、黑龙江省作家协会、中国散文诗学会的会员。“腹有诗书气自华”!这正应验了伟大的陀思妥耶夫斯基说过的那句名言:“全部秘诀只有两句话:不屈不挠,坚持到底。”

不满足于斯的万红阔步前行。长篇小说的酝酿是一个艰苦的过程,每一个细节处理,每一处起承转合,每一个人物命运走向都要在作者的心中有一个大局观,万红经常沉浸在《雪落忽汗河》丰富多彩的世界里,进入了一种痴迷的状态。不懈的努力,不仅使万红的写作水平一步步提高,也在一步步改变着他对人生的看法。这不,目下已经是牡丹江电业局新闻中心主任的他,对芸芸众生多了一些宽宏,对自己更多了一些审慎。

客观地讲,当代中国文学在世界上的地位不是很高。顾彬可谓西方研究中国文学的大家了,他对中国小说家的评价是比较低的。他曾经列举了很多我们的当代小说家的作品,毫不客气地抨击为“垃圾”。中国的一些小说奖项,哪怕是国家级的大奖,在世界范畴内也很难有说服力。缘何?中国的作家功利目的太过强烈,思想深度和文化积淀又远远落后于西方作家,期望写出里程碑式的作品——难。这就赋予了我们一项沉重的使命,而万红,拥有“登山则情满于山,观海则情溢于海”的可贵情怀……正为这个使命默默地耕耘着。

毛泽东同志讲过:“人是要有一点精神的。”在充满机遇与挑战的新世纪之初,在你幻想着如何享受获得成功后的喜悦之时,是不是应千里之行,始于足下,像高万红那样持之以恒地奋斗呢?

多年来,黑龙江电力文坛盛产诗歌、散文,并在全国电力企业中有一定地位，而小说、剧本创作一直是“阿喀琉斯之踵”。近年来，一批缪斯的不懈追求者以夸父逐日的气魄，写出了一批颇有力度的短篇、中篇，乃至长篇小说，在剧本创作中也喜获丰收。《雪落忽汗河》的问世，使得业已拥有《五虎定乾坤》《海问》《幼稚》《雪岭情缘》《风起云涌》等长篇小说的黑龙江电力文坛，又增添了第六部长篇力作！当然，从文学艺术角度衡量，《雪落忽汗河》尚嫌粗糙，万红的中国语言文字功夫尚待淬火，然而，单单是万红这种锲而不舍的精神，就足以令多少“聪慧绝伦”的、把大好时光消磨的网络中的“××后”和“××后”们汗颜。

白山黑水之间本来就是佳作辈出的宝地，从《呼兰河传》到《暴风骤雨》，从《林海雪原》到《咆哮的松花江》，从《大学时代》到《雪城》，从《夜幕下的哈尔滨》到《生活变奏曲》，从《年关六赋》到《额尔古纳河右岸》……唯有民族的，才是世界的。

万红谦逊，嘱我作序。才疏学浅，愧杀愚兄。聒噪至此，笔不前驰。批判展阅，姑妄存之。

（2009 年 10 月）

沸腾的诗情

——写在公德祥诗集《在远行的路上》付梓之际

在白山黑水之间、龙江电力系统，活跃着不少诗人——牡丹江的陈大友、高万红，大庆的公德祥，是其中的佼佼者。鉴于他们也是《黑龙江电力报》副刊的扛鼎作者，作为文友，我戏称他们为龙江电力诗坛“铁三角”。大友、万红出单行本的时候，我都应邀为其作了序；这里，我要重点谈一下德祥。

一年前，德祥来看我。交谈中，我建议他把发表过的作品整理出本诗集。今天，他拿来诗集小样，让我给诗集起个名字并写一篇序言。披阅良久，感奋于文友的成绩，我脱口而出：“诗集就以你那首《在远行的路上》为书名吧，因为这些年你一直是从异乡到异乡，在不停打拼和奔波的路上！”

光阴荏苒，与德祥相识已经二十年余年了。那时他年方弱冠，是《黑龙江电力报》的通讯员。德祥出生于黑龙江省明水县城的一个干部家庭，刚参加工作时被分配到一个乡镇的基层供电所。他从普通一线工人做起，担任过技术员、运行员、设计员、设计室主任、供电所长、基层党支部书记、副局长、党委书记等职务。自2004年起，他先后在明水、青冈、林甸、肇州、杜蒙等电业局工作，他的工作足迹几乎踏遍了大庆供电区。无论岗位怎么变化，无论在何地工作，他平易近人的作风依然，他笔耕不辍的勤奋依然。他厚道低调，做事时总是考虑对方，和人谈话时嘴角总是挂着微笑。

我和德祥从相识到相知，总有一种一见如故、似曾相识、神交已久的感觉，读他的诗，品他的人，感觉浑然一体，总感觉平淡朴素中透着对身边人和事的热爱和深情厚谊，与他交流有一种厚重的朴实和宽松，让人即使在严冬时节受了委屈也能体验一种温暖。

德祥热爱电力事业，认真钻研业务，有多篇专业论文在省和国家级期刊发表。在不同岗位不同局情的工作环境中，无论从事生产、经营、党务等工作，所从事的工作中都有突破和提升。他关心一线员工的疾苦，每到一地都结交一些知心好友，对事业始终怀揣着一份执着热情，对身边的人怀揣着一份真诚包容，他带着一份朴实的感情去工作和交友。

德祥热爱生活，细微地体会感受生活，他虽然出生在县城，却对农村生活异常热爱，喜欢田园风光，喜欢民俗传统，尊重各地风俗习惯，可谓每走一地都有所感有所悟，都创作一些作品。

德祥写的乡村题材五首诗歌，生动再现了 1990 年代东北农村的现状及改革开放后农村发生的变化。《外婆的那口酱缸》鲜活地描摹出东北农村家家户户院子里的那口大酱缸以及一代关东女人敢于闯荡、敢于胜利的闯关东精神和对过去那段岁月的回望。《家乡的母亲》则真实写出了对家乡母亲的思念和牵挂。《都市高度》写出了在城市生活中的真实感受。每次读他的诗句，都能体会他细心观察生活、体会生活、感受生活、热爱生活的声声心音，在平淡的字里行间流淌着一种火热的情怀和激情。

生活是诗歌取之不尽、用之不竭的艺术源泉。从沸腾的生活出发，怎能不创作出深深触动观众心灵的优秀诗篇？《离骚》如是，《梦游天姥吟留别》如是，《石壕吏》如是，《大堰河，我的保姆》

如是,《三门峡——梳妆台》如是,《回答》如是,《致橡树》亦如是……目前,在豪华宾馆里靠"神侃"攒"灵感",围绕着浮华的表面现象写诗,已是诗歌界的一大弊病。某些"诗人"就是不肯深入生活,妄想走捷径,哪里出得来精品!

"生活是多么广阔,生活是海洋,凡是有生活的地方,就有快乐和宝藏。"诗人何其芳说得多好啊!伟大的时代是应该产生伟大的作品的。要创作出伟大的作品,诗人必须深入生活,深入群众,把握时代浪潮,踏着时代的节拍前进。只有如此,才能创作出为读者所称道的、在社会上广为流传的优秀诗篇。得益于沸腾的生活的滋养,德祥无疑是一个幸运者。

衷心祝愿德祥"在远行的路上"不仅诗意栖居,而且"更上一层楼"!

是为序。

(2015 年 9 月)

为大爱放歌

——序陈大友诗集《爱的琴弦》

金秋的确是丰收的季节，这不，当我沉醉在雄奇壮美的国庆大阅兵的喜悦氤氲中的时候，多年的文友陈大友将其第三本诗集《爱的琴弦》大样送到我的案头，告知即将由北方文艺出版社出版，郑重嘱我作序。

感奋不已！大友是黑龙江省电力系统的著名诗人，在东北乃至全国诗坛亦有一席之地。这位多年来一直奋战在牡丹江电业局最基层工作岗位、执着一念发愤笔耕的质朴汉子，血液里却流动着江南丝竹温婉迷人的袅袅天籁，从头到脚荡漾着出人意料的吴侬柔肠——从《纯真的恋情》到《远去的童贞》，而今，又无比虔诚地拨动了《爱的琴弦》，大友真是一位为爱行吟的夸父！

缘何？我国是名副其实的诗歌大国，由春秋战国“风骚”发轫，至盛唐宋元遍地诗词，延续朱明清沉郁含蓄，再到“五四”以来新诗突破格律窠臼，新时期朦胧诗风靡华夏，我们总是有着数不胜数的骄傲资本。然而，我一直固执地认为，自从北岛漂移斯堪的纳维亚、舒婷隐居鼓浪屿、顾城用黑色的眼睛“寻找光明”之后，中国的诗歌已死。然而，偏偏就是陈大友这位饱饮了长江之水的扬州汉子，又浸润了“塞北江南”的奇异养分，一路走来，与一群缪斯的膜拜者一道，裹挟着骄人的“牡丹江诗群”，在白山黑水之间，让新诗卷土重来。

对于诗，何其芳有过一个精准的概述：“诗是一种最集中地反映社会生活的文学样式，它饱含着丰富的想象和情感，常常以直接抒情的方式来表现，而且在凝练与和谐的程度上，特别是在节奏的鲜明上，它的语言有别于散文的语言。”于是，才有了如下热辣辣的诗句：“生活是多么广阔，生活是海洋，凡是有生活的地方就有快乐和宝藏！”

正如何其芳所言，大友的诗，无不是取材于沸腾的生活，洋溢着对生活的美好憧憬。这突出地表现在1993年12月，由哈尔滨出版社出版的第一部诗集《纯真的恋情》中。这部诗集收录的多为抒情诗，汪洋恣肆，直抒胸臆，较多情歌，纯洁而略带青涩。随着岁月的流逝，生活愈显博大而厚重；随着生命年轮的扩张，大友对漫漫人生充盈了深沉的思考。这突出地表现在2005年8月，由中国文史出版社出版的第二部诗集《远去的童贞》中。在这21世纪最初10年的后期，他的第三部诗集《爱的琴弦》，则在依然热情讴歌火热的生活的同时，不乏深沉的叙事诗，到处弥漫了成熟和练达。

《爱的琴弦》按照编年体例，以2009年为基准，上溯到2005年，辑录了这一段时间内创作的150多首诗。作品题材涉猎广泛，俯仰上下数千年，纵横捭阖几万里，颇有“可上九天揽月，可下五洋捉鳖”的气势。在2009年，伟大祖国60华诞的盛大节日里，大友的心绪拥抱了亢奋、热烈和挚爱。他忽而爽朗地唱道：“提着心灯赶路/抬头一路欣赏/据说元宵节夜空月亮/是52年最亮一个/如同此时心情”（《礼花开在元宵节夜空》）；忽而如曹子建心驰神往地低吟《洛神赋》：“在这个冬夜/坐在诗中阅读一个女人/

思绪纷纷扬扬/相思在骨骼中疯长”（《坐在诗中阅读一个女人》）；忽而把视线拉回壮美的工作中：“两个男人/身穿棉装/蹲在荒草雪野中野餐/背后铁塔在春寒料峭中铮铮作响/节节被螺钉固定成铁质脊梁/寒风扑面/钻进领口时/坚硬了东北男子汉骨骼”（《输电塔下，有两个男人在野餐》）……爱就一个字，谁能说清楚？拨动《爱的琴弦》，把无限深情倾诉。2008、2007、2006、2005，诗思如泉涌，汇成一条溪流弯弯曲曲长又长，通向辽远深邃曼妙的远方。

大友的诗，拥有深邃的思想；大友的诗，充盈丰满的张力；大友的诗，饱蘸奇幻的想象；大友的诗，不拘一格，无形中尝试了多种体例；大友的诗，为《黑龙江电力报》、黑龙江文坛，乃至华夏诗丛，增添了一朵瑰丽的奇葩。

一个普普通通的电业工人，一路风尘，阔步走来，经过自身的奋发蹈砺，不断扬弃，推陈出新，大友现已成为中国电力作家协会会员、黑龙江省作家协会会员、中国诗歌学会会员。并从1994年至今，一直担任着牡丹江市诗词楹联家协会副秘书长。大友的成功，不由不令人深思。在他的曲折多舛的人生里，没有高深的学历、没有显赫的身家，更没有隆尊的地位，经历的是数不清的苦难。亚圣孟子曾云：“天将降大任于斯人也，必先苦其心志，劳其筋骨……”史圣司马迁在《报任少卿书》中也论道：“西伯拘，而演《周易》；仲尼厄，而著《春秋》；屈原放逐，乃赋《离骚》；左丘失明，厥有《国语》；孙子膑脚，《兵法》修列；不韦迁蜀，世传《吕览》；韩非囚秦，《说难》《孤愤》。《诗》三百篇，大抵圣贤发愤之所作也。”逆境是催人奋进的战鼓，战胜了厄运，也就走向了成功。狄更斯则说：“顽强的毅力能够征服世界上任何一座山峰。”从这个角度讲，大友既是弄潮儿，又是幸运儿。

才疏学浅，不再聒噪。作为文友，在此口占一绝，祝福大友百尺竿头，更进一步；也与无数文学之路上的跋涉者共勉：“朝霞绮丽织锦裳，晚峰雄奇铸青罡。行青拖紫本无种，七尺男儿当自强！”

（2009 年 11 月）

秋水长天唤文章

——写在《黑龙江电力报》兴凯湖笔会之际

用“碧波万顷”来形容兴凯湖，诚不为过。相比之下，“西湖烟水茫茫，百顷风潭，十里荷香”，俨然小家碧玉；而那“洞庭波涌连天雪”，则莽撞孟浪，不如眼前浩渺到天边的兴凯湖来得深沉、静谧。秋日的天空显得格外高远，一行丰腴的灰雁自由地翱翔，多彩的远山为来自龙江大地各个角落的客人准备了盛大的欢迎仪仗。此刻，不由想起大唐诗仙豪情满怀的咏叹：“山随平野尽，江入大荒流。”

今年的副刊笔会，具有十分特别的意义：中华人民共和国迈着雄健的步伐走过一甲子，赢得了全世界惊叹的目光。一群缪斯的膜拜者，带着梦想、带着真诚、带着对祖国和企业的挚爱，在文学艺术殿堂里倾吐炽热的衷肠。大家登高远瞻，“却顾所来径，苍苍横翠微”；漫步湖畔沙滩，“奇文共欣赏，疑义相与析”；缅怀王震将军，“会当凌绝顶，一览众山小”……

我们的副刊百花园，也在这丰收的季节里，结出了累累硕果。多年来，为繁荣龙江文学艺术创作，鼓舞士气，陶冶情操，我们编辑出版了《神奇的火》《星河灿烂》《星海扬帆》《光明礼赞》等书籍，将大家在《黑龙江电力报》发表的优秀作品辑录成册。目前，全省电力系统已有省作家协会以上会员 20 多人，有 10 余名同志出版了自己的文学作品集。他们创作的文学艺术作品，获得国内各种奖项百余个。

20世纪80年代以来，相对于全国电力系统来说，我们的文学创作，散文和诗歌生机盎然，小说则是公认的弱项。而现在，我们欣喜地看到，微型小说和短篇小说出现了较好的创作势头，中篇小说也斩获颇丰。特别值得一提的是，我们的长篇小说创作喜获丰收。9月25日，作为向新中国成立60周年的献礼图书，牡丹江电业局宣传部高万红的长篇小说《雪落忽汗河》由北方文艺出版社出版。17万字的长篇小说《雪落忽汗河》，集中描写了上世纪初到抗战胜利40余年间，忽汗河人民抵御外敌入侵的英雄事迹——《雪落忽汗河》的正式出版，使已拥有《五虎定乾坤》《海问》《幼稚》《雪岭情缘》《风起云涌》等长篇小说的黑龙江电力文坛，又增添了第6部长篇力作。

行文至此，不禁激情勃发：广袤无垠的黑土地啊，你孕育了多少传世佳作！从萧红的《呼兰河传》到周立波的《暴风骤雨》，从曲波的《林海雪原》到陈玙的《夜幕下的哈尔滨》，从丛深的《千万不要忘记》到程树榛的《大学时代》，从林予的《咆哮的松花江》到蒋巍的《海妖醒了》，从王阿成的《年关六赋》到迟子建的《额尔古纳河右岸》……他们的辉煌业绩激励着我们，脚踏实地，埋头苦干，冀望“冠盖满京华”，何惧“斯人独憔悴”！

让我们重温一下邓小平同志在第四次全国文代大会《祝辞》中提出的殷切期望吧：“自觉地在人民的生活中汲取素材、主题、情节、语言、诗情和画意，用人民创造历史的奋发精神来哺育自己，这就是我们社会主义文艺事业兴旺发达的根本道路。”

我们的生活充满阳光，我们的事业充满阳光！

（2009年10月）

弥足珍贵的精神财富

“苟利国家生死以，岂因祸福避趋之？”在纪念中国人民抗日战争暨世界反法西斯战争胜利69周年座谈会上，习近平总书记语重心长地指出：“站在新的历史起点上，我们纪念中国人民抗日战争暨世界反法西斯战争的伟大胜利，就是要铭记历史、警示未来，动员全党全军全国各族人民肩负起历史重任，动员全党全军全国各族人民更加奋发有为地为实现中华民族伟大复兴而奋斗。”

让我们感到无比自豪的是，拥有5000多年灿烂文明，中华民族有力推动了人类历史发展进程。我们知道，在世界四大文明古国当中，古埃及、古印度、古巴比伦，其文明因外敌疯狂入侵、内部统治腐朽而出现可怕的断层，或支离破碎或土崩湮灭，都遗憾地没有流传下来。当代印度与古代印度绝不是一个概念；当代埃及几乎都是侵略者阿拉伯人的世界；当代伊拉克也是以阿拉伯人为主导的国家。唯有我泱泱华夏、浩大神州，“天行健，君子以自强不息”，至今仍令世界为之瞩目、让寰宇羡慕不已。鸦片战争以来的积贫积弱，日本军国主义侵略的苦难渊薮，形同炼狱又恰似熔炉，非但没有摧毁我们的璀璨文明，反而让中华民族睡狮猛醒、精诚团结，万众一心、同仇敌忾，凤凰涅槃、浴火重生！如今，中国人民抗日战争胜利69年后，中国的变化翻天覆地，中国繁荣富强，世界第二大经济体巍然屹立于世界东方！

然而，面对现实，我们不免又有些担忧——“资财上的巨人，精神上的侏儒”，正在潜移默化地吞噬着某些人，尤其是青年人的灵魂。具体表现为：玩物丧志者有之、沉迷网络者有之、利欲熏心者有之、醉心权势者有之、自私啃老者有之、胸无大志者有之……这是非常危险的信号！开国领袖毛泽东讲过：“人是要有一点精神的。”习近平总书记叮嘱我们：“实现中华民族伟大复兴的‘中国梦’，必须准备进行具有许多新的历史特点的伟大斗争。”在我们深入开展党的群众路线教育实践活动的今天，重新审视伟大的“抗战精神”，继承其精神实质，并将其发扬光大，具有深刻的现实意义。伟大的“抗战精神”，向全球昭示了中华儿女“天下兴亡、匹夫有责”的爱国情怀，“视死如归、宁死不屈”的民族气节，“不畏强暴、血战到底”的英雄气概，“百折不挠、坚韧不拔”的必胜信念，是我们弥足珍贵的精神财富，发掘了砥砺龙的传人为实现伟大“中国梦”——自强不息、攻坚克难的动力之源。

“位卑未敢忘忧国”，我们要将深入开展党的群众路线教育实践活动，与继承和发扬伟大的“抗战精神”结合起来，树立强国大志，强化学习教育，突出问题导向，深化为民服务，以“为民务实清廉”的总要求为出发点和落脚点，进一步增强党员干部的责任意识，密切联系群众，从而全心全意为人民服务。

“留取丹心照汗青”，电网企业肩负着重大的政治责任、经济责任和社会责任，我们必须始终遵循党中央的统一部署，更加深入、细致地抓好当前活动，重点突出以人民群众需求为导向这个目标，认真查找问题、切实加强整改、全面建章立制，更好地服务地方经济社会发展、服务广大人民群众，以人民群众满意作为检验教育实践活动成效的标准，推动“你用电 · 我用心”成为服务典范，为继承和发扬我党密切联系群众的优良传统做出新的更大的贡献。

“海阔凭鱼跃，天高任鸟飞。”让我们继承和发扬伟大的“抗战精神”这一弥足珍贵的精神财富，在实现中华民族伟大复兴的航程中破浪向前！

（2014 年 9 月）

复调:乘着歌声的翅膀

又“见”柴可夫斯基！听,这气势磅礴、雄浑壮美,摄人心魄、荡气回肠的旋律,正是伟大的俄罗斯音乐巨擘柴可夫斯基的《一八一二年序曲》！此刻,钟爱柴可夫斯基经典音乐的我激动不已,周身洋溢着浓郁的爱国主义情怀——库图佐夫元帅率领俄罗斯军民击败拿破仑侵略军的恢宏场景仿佛重现眼前。

“中国·哈尔滨之夏”音乐会,与“上海之春”国际音乐节、广州“羊城音乐花会”并称为中国“三大音乐会”。如果说,张暴默演唱的《鼓浪屿之波》,让我们知道了美丽的“鹭岛”厦门;那么,郑绪岚演唱的美轮美奂的《太阳岛上》、关贵敏演唱的婉转悠扬的《浪花里飞出欢乐的歌》、彭丽媛演唱的优美动听的《我爱你,塞北的雪》,以及殷秀梅演唱的悦耳高亢的《这片黑土地》,则令风光旖旎的“东方莫斯科”哈尔滨蜚声中外、闻名遐迩。数十年来,无数音乐人才从这里起飞,“乘着歌声的翅膀”翱翔于赤县神州乃至世界的每个角落！如今,更令哈尔滨人骄傲的是,继久负盛名的奥地利首都维也纳之后,“冰城夏都”哈尔滨也光荣地被联合国正式命名为世界“音乐城”。

享有“东方小巴黎”“东方莫斯科”美誉的哈尔滨的夏天不仅景色迷人,而且,她简直就是一片由明丽的音乐汇成的欢乐的海洋！今年的“中国·哈尔滨之夏”音乐会非同寻常,融入了国家重点战略“一带一路”，特别是“黑龙江陆海丝绸之路经济带”的重要因素。中共黑龙江省委、省政府制定的《中蒙俄经济走廊黑龙江陆海丝绸之路经济带建设规划》，紧紧围绕贯彻落实习近平总书记提出的“一带一路”重大战略构想，立足黑龙江省地缘优势，放眼环宇，融入国家“一带一路”战略规划，瞩望长远可持续发展。目前，“黑龙江丝路带”建设得到党中央的充分肯定和大力支持，已经成功纳入国家“一带一路”战略规划中的“中蒙俄经济走廊”。

经济唱戏，文化搭台。我们兴奋地获悉，黑龙江省将立足“一省托三国”（中、俄、蒙）的地缘优势，大力开展文化贸易、文化交流，积极进行友好合作，共促东北亚地区繁荣发展。这不，作为友好交流的使者，俄罗斯国立叶尼塞“黎明”舞蹈团来了，俄罗斯“活力”舞蹈团来了，俄罗斯“戈伦卡”舞蹈团来了，俄罗斯亚历山大“红旗”歌舞团来了，粗犷豪放的喀尔喀蒙古歌手们也来了！

我正聆听的柴可夫斯基《一八一二年序曲》，是以俄罗斯军民同仇敌忾、击败法兰西第一帝国皇帝拿破仑亲自率领的军队大举侵略的著名战事为背景的。这首脍炙人口的世界经典乐曲，用跌宕起伏、波澜壮阔来形容诚不为过。你听，轻柔的前奏曲是如此舒缓——这如同草原牧歌一般的音乐，描摹了地处广袤无垠的东欧平原的俄罗斯人民和平安宁的生活。忽然，出现了一大段惶恐不安的旋律，预示着法兰西第一帝国军队对俄罗斯的野蛮侵略。战争来得是那么让人猝不及防，唯有奋起抗击，才能捍卫独立、自由和幸福——乐曲振聋发聩、慷慨激昂！乐曲的呈示部过后，巧夺天工地悄然出现了法国国歌《马赛曲》，细致地描绘了法兰西第一帝国军队进攻的形象。随后，乐队高奏雄浑开阔、壮美无畏的“俄罗斯风格”主题，表现俄国军民空前团结、誓败强敌的巨大力量。再后，音响声势浩大、排山倒海！熟悉法国国歌的人都知道，那《马赛曲》够高亢雄劲了吧，这个法军进攻的主题竟然活生生地被“俄罗斯风格”主题无情地吞噬！以此，乐曲宣布最后的胜利属于正义的伟大的俄罗斯人民。乐曲的结尾是如此长大，仿佛一轮红日从大海中冉冉升起，大有“气吞万里如虎”之势！但见，数不胜数的身穿节日盛装的俄罗斯军民聚集在广场上载歌载舞，酣畅淋漓地欢庆“战胜不可一世的拿破仑”这来之不易的伟大胜利。当盛大的歌舞还不足以抒发俄罗斯军民战后狂喜的心情时，猛然，礼炮齐鸣、震天动地！

紧接着，《天鹅湖》(组曲)、《睡美人》《胡桃夹子》《叶甫盖尼·奥涅金》《罗密欧与朱丽叶》《第六交响曲》(悲怆)、《降B小调第一钢琴协奏曲》……众多艺术大餐此起彼伏、美不胜收。由伟大的柴可夫斯基引路，进而走近格林卡、达尔戈梅斯基、里姆斯基-科萨科夫、拉赫玛尼诺夫、穆索尔斯基、鲍罗廷、哈恰图良、鲁宾斯坦、肖斯塔科维奇、斯特拉文斯基……独具魅力的俄罗斯音乐将美丽的仲夏夜装点得瑰丽而神秘。

大幕徐徐拉开，嗣后好戏连台——“第六届中俄文化大集”将在中国黑龙江省黑河市和俄罗斯阿穆尔州布拉戈维申斯克市同时举办，“第二届中俄博览会”和首届“中俄文化艺术交流周”将在哈尔滨重磅出击，绥芬河(连接符拉迪沃斯托克)、抚远(连接哈巴罗夫斯克)、黑河(连接布拉戈维申斯克)、满洲里(连接外贝加尔斯克)等边境口岸各具特色，成为承接五洲四海的友谊的“鹊桥”！地域广阔、资源丰厚，是黑龙江省的巨大优势，从现在伊始，在这片神奇的黑土地上，中共黑龙江省委、省政府将加大能源和生态环境保护合作开发力度，广泛开展人文科技交流合作，继续保持国内对俄、对蒙的合作优势——在不久的将来，付出辛勤汗水的我们就可以自豪地宣告：我们的朋友遍天下！

电力企业是经济发展的先行官，“黑龙江陆海丝绸之路经济带”为我们提供了“海阔凭鱼跃，天高任鸟飞”的无穷无尽的巨大空间……

（2015 年 8 月）

第四辑

Disiji

沪上流连

一日看尽“世博”花

一脚踏进上海世博园，空中忽然飘起了霏霏细雨。心里一阵惬意：不用为这初春江南的天气燥热发愁了，无形中也为世博园节省了许多“狂喷水雾”的费用。真乃“低碳游园”也！举目望去，但见：“千里莺啼绿映红，水村山郭酒旗风。南朝四百八十寺，多少楼台烟雨中。”用杜牧的《江南春》形容眼前的景致，是再恰切不过了。

人山人海！不必说人头攒动的美国馆、俄罗斯馆，也不必说炙手可热的英国馆、法国馆、德国馆、意大利馆，更不必说“祖国山河一片红”的中国馆，单是光顾一下那些星罗棋布于世界大国馆丛林中的诸如克罗地亚馆、立陶宛馆、印度馆、中南美洲联合馆等妙境，就足以令你发出曲径通幽、不虚此行的感喟。

铁托故乡人

但凡大陆华人，提起经典影片《瓦尔特保卫萨拉热窝》和《桥》，电视连续剧《在黑名单上的人》，一定不仅不会陌生，还会依然激动人心。一群酷爱自由的巴尔干勇士，在化名“瓦尔特”的克罗地亚英雄约瑟普·布罗兹·铁托的率领下，凝聚了塞尔维亚、马其顿、黑山、斯洛文尼亚、波黑……无数的英雄豪杰，他们不畏强暴，高举爱国主义大旗；他们冲锋陷阵，发出正义的呐喊；他们英勇善战,终于击败了不可一世的纳粹德国占领军,无比豪迈地建立了特立独行不同凡响的南斯拉夫。

喀斯特地貌、亚得里亚海滩、醉人的葡萄酒、沸腾的群山,如今,虽然南斯拉夫已成明日黄花,但独立建国、国土逼仄的克罗地亚,继续向世界展示着其独特的魅力。

对于来自伟大的约瑟普·布罗兹·铁托故乡的人们,我自是有着一种天然的亲近感。更何况,您一定熟悉大名鼎鼎的马可·波罗吧,一般地,人们都认为他是意大利旅行家,在中国元朝的时候,千里迢迢来到赤县神州,并在极其赏识他的元世祖忽必烈手下做官。而克罗地亚人一直固执地认为马可·波罗就是他们的同胞呢!于是,中国同克罗地亚的友谊就有了悠久的历史。看,长见识吧?有此一说!

更为奇特的是,如今风靡全球的男装必不可少的佩饰——领带,竟然是由克罗地亚人发明的。据说,早在欧洲三十年战争期间,克罗地亚轻骑兵颈上系着漂亮鲜艳的领巾,威风凛凛地进入了法国首都巴黎。哈!好漂亮!巴黎可是浪漫之都啊!视时尚为生命的巴黎人立即加以仿效,并且推陈出新。于是,领巾演变成领带,一直流行到今天。

溯源里道斯

立陶宛,这个当年淹没于庞大苏联的波罗的海袖珍国家,我最初是通过“契卡”首领费利克斯·埃德蒙多维奇·捷尔任斯基的名字知道它的。后来,读了一本有关二战的苏联小说《涅曼案件》,加深了对波罗的海三国,尤其是立陶宛的印象。再后,就是能够与美国国家篮球队分庭抗礼的立陶宛男篮,至今长盛不衰,令人刮目相看。

立陶宛馆琥珀香。在这里,讲解员自豪地介绍,立陶宛有“琥珀王国”的美誉，全世界绝大多数的琥珀都是立陶宛出产的。长知识吧？有趣吧？不仅如此，天然琥珀的价值要远远高于人工琥珀，而在波罗的海迷人的海滩上，随便你不经意地走一走，就能够经常捡到天然上好的琥珀。你看，国家虽然袖珍，上帝对立陶宛人是多么慷慨！

走累了吧？那就品尝一下立陶宛的国菜土豆包肉吧，那可是别有一番风味！佳肴入腹，疲惫顿消。再喝点带有菊花般色彩的蜂蜜酒，不禁唇齿芬芳，一种沁人心脾的舒适感立即袭遍周身。据说，在古代，这种酒只有立陶宛大公等王室成员才能享受呢。我等多有口福！

听说我来自北国冰城哈尔滨，年轻窈窕的讲解员、那美丽绰约的立陶宛金发女郎顿时兴奋起来，告诉了我一个珍贵的掌故。知道闻名遐迩的哈尔滨红肠吧，俄语译音为“里道斯”。这“里道斯”的原产地却不是俄罗斯，而是当时帝俄统治下的立陶宛。一位在俄国商人伊·雅·秋林创办于哈尔滨的秋林洋行工作的立陶宛伙计，自己开办了一家灌肠铺子，专门制作立陶宛风味香肠——“里道斯”红肠。清冽的松花江水、膏腴黑土地上的明珠哈尔滨的优质肉类，加上独特的东欧制作工艺，竟然使“里道斯”红肠成为世界独一无二的珍馐！用隋侯之珠、和氏之璧来赞誉哈尔滨“里道斯”红肠，诚不为过。

说得是啊，我到外地出差或是旅游，几乎每次都为亲友捎去哈尔滨红肠“里道斯”呢！

邂逅希拉里

江南微雨中，美国国务卿希拉里·克林顿忽然出现在我的面前。真的吗？就是她！人群沸腾了。这个有着远大抱负的女人、这个有着理智思维的女人、这个有着大智慧的女人，其经历写满了传奇。当年一心辅助克林顿登上总统宝座，并以第一夫人的身份频频出访，在克林顿的两个总统任期内，为美国外交增色不菲。后来，在克林顿鼓励下，她又同奥巴马争夺民主党总统候选人之位。当奥巴马战胜共和党总统候选人，就任美国总统后，立即把欣赏的目光投向希拉里，力邀这位才华出众、处变不惊，拥有丰富外交经验的斲轮老手担任了美国国务卿。

希拉里的车队跟随着花车巡游的队伍，缓缓地驶向美国馆。透过车窗，在烦冗公务和无情岁月双重侵扰下的希拉里依然神采奕奕，同游人频频挥手，露出了友善的笑容。此刻，美国馆顿时成了一片欢乐的海洋。

几个聪颖调皮的中国小朋友用流利的英语同希拉里对话，令这位见多识广的女强人惊诧不已。她在称赞了盛世中国的伟大成就之后，不无幽默地说："孩子们，你们的英语水平给我留下了深刻的印象。我嫉妒你们，因为我……只会讲一种语言！"

雨霁初晴，一道绚丽的彩虹高悬在世博园上空。

品味印度餐

印度馆里清风习习。这里到处是苍翠的竹林，耳畔回荡着低迷而执着的空山梵呗，让你仿佛走进了幽静的释迦世界。

古色古香的泰姬陵式样的印度斯坦建筑、热情似火的南亚德干高原舞蹈、少女身上明艳飘舞的沙丽、运掉自如空灵秀逸的天竺瑜伽……在这样超凡脱俗的曼妙氤氲里，逐渐地，人变得如此纯真，屏弃了滚滚红尘的欲念和溷浊，开始了恍若印度次大陆圣雄甘地一般关于人生真正意义的思考。

咖喱，几乎所有的菜肴都弥漫着强烈的咖喱香气，雏鸡、洋葱、番茄、土豆！印度人算是把咖喱用到了极致。配上从阿拉伯海东岸港口孟买空运而来的浓郁地道的印度酸奶，口腹之享至此,还复何求？别忙,还有呢！面孔黝黑、忽闪着机灵的大眼睛的质朴的印度小伙子,托着一盘刚刚出炉的印度大烤饼走了过来。嗬！您一定吃过我们新疆维吾尔同胞制作的大烤馕吗？异曲同工,香气扑鼻！闲话少叙,咱还是好好“打牙祭”吧！

…………

夜幕降临,华灯齐放。霓虹旖旎,飞燕呢喃。回望琼楼玉宇,游人流连忘返。还是化用孟郊的诗句来赞美上海世博会吧:“春风得意马蹄疾”,一日看尽“世博”花！

（2010 年 6 月）

二进“世博”赏奇珍

有趣得很,再次游览上海世博园,是从妙趣横生的鸟瞰开始的。

驱车驶上杨浦大桥,风驰电掣般跨过黄浦江,只一会儿工夫,就抵达了浦东陆家嘴的世纪大道。进入富丽堂皇高耸入云的金茂大厦,由西装笔挺笑容可掬的申城“老克勒”引导着,乘电梯迅速升至56层。随后,一位宛如《罗马假日》中的奥黛丽·赫本一般明灿端庄的异国少女便款款上前,彬彬有礼地将我们迎进了著名的意大利餐厅CUCINA。

“哈!我们站在云端里啦!”赵丹、周璇主演的电影《马路天使》中的经典台词冲口而出。凭窗四望,那从外滩这边看去平日里直刺蓝天的“东方明珠”,因了我目前的位置,竟然驯顺温柔地匍匐在我的脚下。外滩、钟楼、南京路、和平饭店、外白渡桥……黄浦江两岸的迷人景色,烘托着同样分布于黄浦江两岸的迷人的世博园,一切的一切,尽收眼底。有首著名的古诗怎么讲来着,那可真称得上是:“枕中云气千峰近,床底松声万壑哀。要看银山拍天浪,开窗放入大江来。”此时此刻,此情此景,一种君临天下的感觉油然而生!

托斯卡纳红葡萄酒、威尼斯黑椒牛扒、松软香甜的提拉米苏、先苦后甘的卡布奇诺,以及令人垂涎欲滴的第勒尼安海鲜意大利面……如此美妙的口腹之享，伴着维瓦尔第欢快轻柔的小提琴曲《四季·春天》，恍惚中，我似乎已穿越时光隧道，化身为“埃及艳后”身旁幸福的马克·安东尼了！

带着美轮美奂的梦幻，欣欣然，从天堂降临人间的梦幻乐园。

此刻，沪上已是仲夏时节，天气骤然热了起来。世博园里，依然游人如织，摩肩接踵若故！有了前番游览的经验，便暗自思忖，既然作了 CUCINA 的铺垫，索性就来一个“意大利深度游”吧。人流蜿蜒曲折，迤逦而去，循环往复，不知道何时是个尽头。不怕，下了“一览众山小”的决心，何惧“水深水浅东西涧，云来云去远近山”？更何况，咱是黑土地上的“步行者”，经过了多年的跋山涉水长距离徒步锻炼哩。排队，也气定神闲！

从辉煌的罗马帝国走来，伟大的恺撒、安东尼、屋大维、君士坦丁、查士丁尼……你们的战斧、战马和战舰涤荡了欧洲大陆、西亚和北非，无比骄傲地宣布浩瀚的地中海已是罗马帝国的“内湖”；从辉煌的罗马帝国走来，伟大的达·芬奇、米开朗基罗、彼特拉克、拉斐尔、伽利略……你们继承和弘扬了灿烂的古希腊文化，用你们的聪明才智把人类文明的火种播撒到五洲四海；从辉煌的罗马帝国走来，伟大的威尔第、普契尼、罗西尼、帕格尼尼、维瓦尔第……你们创作了回荡寰宇的天籁之音，不仅抚慰了无数受伤的心灵，也让这个世界变得五彩缤纷；从辉煌的罗马帝国走来，伟大的范思哲、阿玛尼、瓦伦提诺（华伦天奴）……你们设计了美妙绝伦的顶级服装，将黑、白、黄、棕各色人种装扮得踌躇满志，在我们这个充满幸福的星球上“胜似闲庭信步”；从辉煌的罗马帝国走来，伟大的西西里葡萄酒、帕尔马大奶酪、品类繁多的比萨饼、米兰小牛嫩胫肉、博洛尼亚红炖白豆牛肚……你们为世界人民带来了无尽的美味；从辉煌的罗马帝国走来，伟大的罗塞里尼、费里尼、索菲亚·罗兰、莫妮卡·贝鲁奇……你们为爱好自由、平等、和平的人民塑造了无数经典的形象，让终日劳顿的生灵始终怀揣着玫瑰色的《仲夏夜之梦》；从辉煌的罗马帝国走来，伟大的罗马、佛罗伦萨、威尼斯、米兰、都灵、热那亚、那不勒斯……你们留下了来自世界各地的顶礼膜拜者数不胜数的足迹；从辉煌的罗马帝国走来，伟大的亚平宁、台伯河、维苏威、西西里、撒丁……你们孕育的拉丁字母成为西班牙、葡萄牙、法兰西、意大利、德意志、英格兰诸文字的基础范本；从辉煌的罗马帝国走来，伟大的罗西、佐夫、马尔蒂尼、卡布里尼、阿尔托贝利、巴雷西、斯基拉奇、巴乔……你们为拼搏奋斗中的人们增添了战胜艰难困苦的勇气；从辉煌的罗马帝国走来，白驹过隙，浮云苍狗，而今，伟大的意大利，你浑身弥散着正如天下第一才子曹子建咏叹的愈加迷人的离合神光……

漫步意大利馆，仿佛置身于世界瑰宝丛林。驻足“佛罗伦萨”，不知为何，曾在意大利参加过第一次世界大战的海明威，连同他那部气壮山河的《乞力马扎罗的雪》，忽然闯进了我的思绪——你知道吗，可爱的欣西娅？当年还在大学读中文系的我，通过一部缠绵悱恻的欧陆影片《泪洒佛罗伦萨》，深深地爱上了这座古朴雅致的城市。你知道吗，可爱的欣西娅？这里是欧洲文艺复兴的发祥地，这里是世界教堂艺术的宝库，这里是充溢阳刚之美的《大卫》的故乡，这里是但丁创作《神曲》的地方。在被当时的佛罗伦萨统治者迫害驱逐时，不羁的但丁如同古罗马君王们骄傲地宣布地中海是罗马帝国的“内湖”一样，豪迈地宣讲了如下流传千古的名言：“走自己的路，让人们去说吧！”如今，那昏庸的佛罗伦萨统治者早已灰飞烟灭，而伟大的但丁，则因其是正义的化身和才华横溢而名垂青史！你知道吗，可爱的欣西娅？曾把美好的恋情留在佛罗伦萨的英国诗人雪莱说自己“已经佛罗伦萨化，融于罗马的都市生活之中，尽情享受了意大利的璀璨艺术，而且已与这个神奇美丽的国度心灵相通”。你知道吗，可爱的欣西娅？

在遥远的古希腊，爱和美的女神名字叫作阿芙洛蒂特，到了罗马神话中才演变成脍炙人口的维纳斯；小爱神名字叫作厄洛斯，到了罗马神话中才演变成众所周知的丘比特——而且一直延续到今天。你知道吗，可爱的欣西娅？那位孤独而执着的诗人、大名鼎鼎的“新月派”盟主徐志摩，以他独有的纯真和浪漫的才情曾经创作了一部流芳百世特立独行的诗集《翡冷翠的一夜》——“天上那颗不变的大星/那是你/但愿你为我多放光明/隔着夜/隔着天/通着恋爱的灵犀一点！”如奥斯卡·王尔德一般唯美的徐志摩啊，憧憬着璀璨美好的“人间四月天”，把佛罗伦萨多情而亲切地呼唤为童话似的“翡冷翠”。

我相信，把这世间的一切都看得如此美好的人，一定是心地善良的人。而心地善良的人多了，这世界不就更加美好了吗？

“才下眉头，却上心头。”正在玩味易安居士的《一剪梅》，浮想联翩之际，蓦地，“北宋四大家”中的翘楚黄庭坚的诗句涌入脑海：“夕阳尽处望清闲，想见千岩细菊斑。人得交游是风月，天开图画即江山。”

我挚爱的上海世博园啊，你宛若拜伦笔下《雅典的少女》：“雅典的少女啊/在我们分别前/把我的心/把我的心交还……你是我的生命/我爱你！”我挚爱的上海世博园啊，你是如此摄魂夺魄——等着我，来自遥远而广袤的黑土地上的“步行者”，还会来深情地看望你的……

（2010 年 7 月）

“世博”三顾蓑烟雨

睽违盈月——如醉如痴地吟咏着拜伦行云流水似的《雅典的少女》，黑土地上的“步行者”第三次光顾了上海世博园。

烈日当头，骄阳似火，仿佛空气都在燃烧！在如此灼热的天气里，世博园里来自五洲四海的游人照旧“兴会更无前”——大汗淋漓不知疲倦地走上一气，一饱眼福之后，就要躲在救命菩萨般的袅袅水雾中降降温，吃些冰糕冰豆沙之类或者喝点冰水，然后再奋力冲向下一个目标，盖它无数个各个国家的五花八门的图章！这不，即使是来自东瀛的大名鼎鼎的乒乓球女将福原爱，也从开始的一路情绪高昂高歌猛进，走到了最终的“两股战战”“贫血头晕”的程度！

以人为本。为给如过江之鲫一般熙熙攘攘、摩肩接踵的游人降温，世博园内到处水雾蒸腾弥漫。那些炙烤在滚滚热浪中的亭台楼阁轩榭桥廊，刹那间平添了几许宜人的清凉。此刻，伟大领袖毛泽东的豪言顿时涌向我的舌尖：“人定胜天！”

来的次数多了，豁然顿悟，在规模浩大的世博园里，其实，数十万人乃至上百万人一起有秩序地排队，为观赏美景不怕“长途跋涉”，这才是最瑰丽辉煌雄奇壮美的景观啊！

走路胸怀美好的憧憬，远征带来取胜的希望。不是吗？龙的传人向来就有走路的传统，从来是不怕远征的。由我们伟大的母亲黄河发轫，勤劳勇敢的华夏祖先一步一个脚印，战胜洪荒拓土开疆，将戎狄胡蛮夷各色人等兼收并蓄，才有了如今我们引以自豪的幅员辽阔、地大物博。中国共产党人更是继承了炎黄祖先徒步迁徙的基因，那历尽艰辛、波澜壮阔、举世瞩目的“二万五千里长征”，为中华民族的伟大复兴赢得了勃勃生机。埃德加·斯诺在著名的《红星照耀中国》里慨叹：“与此相比，汉尼拔经过阿尔卑斯山的行军看上去像一场假日远足。另外一个特别有意思的比较是拿破仑从莫斯科的溃败，但当时他的大军已完全溃不成军，军心涣散。”于是，鲁迅颇有心得语重心长地总结道：“希望是本无所谓有，无所谓无的。这正如地上的路；其实地上本没有路，走的人多了，也便成了路。”

排队代表了机会均等，排队代表了公平正义，让我们牢记伟大的托马斯·杰斐逊在美国《独立宣言》中的庄严教诲吧：“我们认为这些真理是不言而喻的——人人生而平等。”排队阐释了一个真理：劳动应是人类第一要务，不劳动者不得食，投机取巧可鄙，嗟来之食可耻，不劳而获可悲。

“行到水穷处，坐看云起时。”在中共党史中，有这样一段往事颇耐人寻味。1958 年 5 月 25 日，党的八届五中全会，中央政治局排定了这样的格局：毛泽东、刘少奇、周恩来、朱德、陈云、林彪、邓小平为中央政治局常委。在这里，包含着林彪和邓小平两位相对年轻的接班人。林彪、邓小平两人都是在战争年代纵横捭阖的勇将，一位是红军一方面军一军团军团长、八路军一一五师师长、解放军第四野战军的司令员，一位是红军《红星报》主编、八路军一二九师政委、解放军第二野战军政委，同样的指挥若定、战功卓著。如果历史就停留在此时该是何等完美。然而，“文革”狂飙袭来，林彪立即“一人之下，万人之上”，“接班人”身份被写进党章；邓小平则一落千丈，被“踏上亿万只脚”，发配到江西老区一隅参加生产劳动。夫人卓琳满怀辛酸地向这位年近古稀的老人探询："如之奈何？"一向举重若轻的邓小平一面在田塍间默默散步，一面若有所思地安详作答："忍耐。"于是，他就在无与伦比的逆境中默默地忍耐着，默默地思考着，在"家"和"劳动改造"的工厂之间默默地踩出了一条"邓小平小道"。待他多年后被重新起用，千里迢迢重回北京见到毛泽东时，毛主席关切地问他这些年在做什么，邓小平幽幽地回答道："等待。"林彪的结局我们都知道了，公正的历史让邓小平成为了一代伟人。甘罗发早子牙迟，诸葛枉劳司马跻。造物主怎能不眷顾不仅饱经风霜，而且"三落三起"，进而深谙"排队"之三昧的邓小平呢！

唏嘘之余，我想起一则佛家典故。寒山问禅于拾得："世上有人谤我、欺我、辱我、笑我、轻我、贱我，我当如何处之？"拾得曰："只要忍他、让他、避他、由他、耐他，不要理他，再过几年，你且看他。"看来，此言与"无心插柳柳成荫"这句古训真是相得益彰。

排队蕴含了放之四海而皆准的唯物辩证法。聪慧睿智、宅心仁厚的孟子怎么说来着："天将降大任于斯人也，必先苦其心志，劳其筋骨，饿其体肤，空乏其身，行拂乱其所为，所以动心忍性，增益其所不能。"仿佛是为这位旷古亚圣此番言辞作注解，紧接着，史圣司马迁就在《报任少卿书》中写道："西伯拘，而演《周易》；仲尼厄，而著《春秋》；屈原放逐，乃赋《离骚》；左丘失明，厥有《国语》；孙子膑脚，《兵法》修列；不韦迁蜀，世传《吕览》；韩非囚秦，《说难》《孤愤》。《诗》三百篇，大抵圣贤发愤之所作也。"可不是嘛，在心理学上，逆境也是催人扬鞭策马的兴奋剂呢。逆境中的刚毅之人往往有一种百折不挠的气概，战胜了怯懦，战胜了自己，就是战胜了厄运，也就成功了一半。不朽的哲人弗兰西斯·培根曾说过："奇迹多半是在厄运中产生的。"西方古典音乐大师路德维希·冯·贝多芬曾在双耳失聪的困厄中发誓，要"扼住命运的咽喉”！他双耳失聪后谱写的诸多世界名曲堪称绝响，无一不验证了他的誓言。筚路蓝缕、踏尽坎坷的大不列颠文豪查尔斯·狄更斯进一步论证道：“顽强的毅力能够征服世界上任何一座山峰。”请看，《大卫·科波菲尔》《双城记》《老古玩店》《艰难时世》《雾都孤儿》《远大前程》等流芳百世的鸿篇巨制，无不是他“韧”的战斗的累累硕果。

“千里稻花应秀色，五更桐叶最佳音。”在世博园里排队，浮想联翩——昔日德意志哲学狂人尼采有过这样的高论，我们的人生可分为三个时期，即合群时期、沙漠时期和创造时期。在“合群时期”，自我尚未苏醒，个体自然湮没在群体之中；在“沙漠时期”，自我意识觉醒，开始在寂寞中苦苦思索；在“创造时期”，通过个人独特的文化创造而趋于永恒之境。似乎有些玄妙拗口吧？翻译文字就是如此。还是看看我们的国学大师王国维的孜孜不倦的探索成就吧，其“三个境界”之说更为精辟。第一境界，叫作：“昨夜西风雕碧树，独上高楼，望尽天涯路。”第二境界，叫作：“衣带渐宽终不悔，为伊消得人憔悴。”第三境界，叫作：“众里寻他千百度，蓦然回首，那人却在灯火阑珊处。”您看，排队何尝不是这个道理？游人不辞辛劳地长时间排队，只为获得到达终点时片刻的满足，而那“一览众山小”的豪迈气魄，又的确应了毛泽东的“无限风光在险峰”这句诗！排队是这个道理，人生又何尝不是这个道理？一个人的快乐与否，不是因为他拥有的东西多，而是因为他体验、奋斗、乐享的过程弥足珍贵，从而计较的得失少啊。

“满城烟水月微茫，人倚兰舟唱。”元代诗人杨果的《小桃红》忽然在耳畔萦绕。黑土地上的“步行者”会意，微笑着模仿沪语道：“侬勿晓得故宋大苏学士那‘一蓑烟雨任平生’，阿拉乾坤戆大哩！”

（2010年8月）

四维空间品“世博”

如果请你张开想象的翅膀，极尽夸张之能事，夜空里的月亮最大该是怎样的规模？如今，在上海世博会园区，沐浴在金秋的温润空气中，就有这么一轮硕大无朋的“月亮”，光芒四射、璀璨辉煌，晃得你睁不开眼！

但见，一艘高悬于夜空中的“月亮船”，如同迪斯尼乐园里面巨大的海盗船一般。“月亮船”的地面部分和屋顶上栽种着中东地区特有的枣椰树，构筑了一座碧绿与橘黄交织、充满沙漠风情的巴比伦“空中花园”——这里，就是著名的沙特阿拉伯馆。沙特阿拉伯馆大力渲染能源之城、绿色之城、文化古城、新经济之城的特色，试图告诉世人“水、石油和知识”是浩浩瀚海里的特殊国度沙特阿拉伯的生存之根。

惊世月亮船

兴致勃勃地进入“月亮船”宽敞明亮的“客舱”，你仿佛置身于梦幻一般的“时光隧道”。蓦然回首，依稀可见中国大唐王朝与阿拉伯帝国之间“海上丝绸之路”的瑰丽图画；抬眼前瞻，那象征着中国和沙特阿拉伯两国交流合作、中华与阿拉伯两大文明融合共生的一棵棵崔嵬繁盛的枣椰树，苍翠挺拔、生机盎然。

还记得当年上初中时的地理课吗？那时教科书上讲述中东

阿拉伯沙漠绿洲里生长着生命力顽强的枣椰树，而它的果实，就是我目前即将大饱口福的椰枣。欣然购买几只阿拉伯大椰枣，细细品尝，嚯！那种甜腻松软的感觉如同吃了中国华北一带的特产柿子饼。在此，不禁感叹大自然的造化，上苍总会给绝境中的人们以一线生机。何尝不是呢？在中国西部广袤无垠的大沙漠里，不也生长有大片的生命力顽强的胡杨林吗？

忽然眼前一亮，“世界上最大的三维影院”扑面而来。这座三维影院的屏幕面积超大，1600 平方米的巨幅屏幕，怡然就座，感受这以全新体验方式展示古代阿拉伯帝国、当今沙特阿拉伯王国国祚绵延传承的精彩镜头。

在这里，伴随着穆斯林先知穆哈默德布道的坚实脚步和著名的伊斯兰教义《古兰经》的传播，阿拉伯帝国从无到有、从小到大、从弱到强；在这里，大批阿拉伯人跨越幼发拉底河和底格里斯河，迅速弥漫了整个阿拉伯半岛；在这里，无数贝都因人的骆驼队渡过红海，跋涉浩瀚的撒哈拉大沙漠，将北非地中海沿岸变成了“马格里布”（阿拉伯西方）；在这里，难以计数的摩尔人、柏柏尔人冲过地中海，踏入西南欧伊比利亚半岛——阿拉伯帝国的疆域横跨欧亚非三大洲，巴格达哈里发、开罗哈里发、科尔多瓦哈里发，被东方的大唐王朝形象地叫作黑衣大食、绿衣大食和白衣大食；在这里，真主安拉的子民不辞辛劳地充当着东西方文化交流的使者，尤其将中国的四大发明和印度的阿拉伯数字以战争或贸易的方式传布到当时相对落后的西方世界和非洲；在这里，我再次感受到《一千零一夜》的魅力、伊本·西拿（阿维森纳）《医典》的精深、纪伯伦伟大诗篇的优美畅达；在这里，沙特阿拉伯古老的手工艺品琳琅满目；在这里，沙特阿拉伯馆的墙上和地面都以华丽水幕的形式展示着中国和沙特阿拉伯两国的优美文字和精湛书法；在这里，我看到阿拉伯人、波斯人与中国北方各族人民通婚融合，于是，一个崭新的混血民族——回族应运而生。

感受着美轮美奂的"时光隧道"，手捧香喷喷的阿拉伯大烤饼，细酌慢饮中国福建名茶"大红袍"，一种踌躇满志、优哉游哉的惬意油然而生。

成败阿拉伯

伴随着电影《阿里巴巴和四十大盗》古灵精怪的音乐，我陷入了沉思。其实，对于阿拉伯世界，我心里可谓五味杂陈的。

遥想阿拉伯帝国兴盛的时代，不仅一路往西边侵略，也曾国土疯狂东扩，与阔步西进的中国大唐的军队不断征战。最后，中国大唐王朝和阿拉伯帝国瓜分了中亚细亚。历史上的大唐、大食两大帝国连成一片、奇妙地接壤，让西方欧罗巴的小国寡民世界瑟瑟发抖。

"流光容易把人抛，红了樱桃，绿了芭蕉"。13 世纪中叶，西征的蒙古铁骑横扫西亚沙漠、中亚草原。1252 年，成吉思汗之孙、"监国"托雷的儿子、元宪宗蒙哥和元世祖忽必烈的亲兄弟旭烈兀率领蒙古军队群狼一般劫掠了波斯、小亚细亚、美索不达米亚和叙利亚，并于 1258 年攻破阿拉伯帝国首都巴格达，1260 年攻占叙利亚首府大马士革，建立了伊尔汗国。最后一任阿拉伯哈里发被蒙古大军俘获，五花大绑投入袋子里，由万马奔腾残忍地践踏成了肉酱！阿拉伯帝国灰飞烟灭！

经过西征的蒙古大军的疯狂洗劫、高压统治之后，奥斯曼土耳其帝国、大英帝国、法兰西帝国又相继对阿拉伯故地进行了残酷的殖民盘剥。封闭、愚昧、落后，几乎成了阿拉伯世界的代名词。两次世界大战后，虽然阿拉伯民族复兴运动风起云涌，但是，如今我们看到的，只是星散于西亚、北非的犬牙交错的如埃及、利比亚、沙特阿拉伯、叙利亚、伊拉克、黎巴嫩、阿联酋这样的阿拉伯国家了。

话说当代沙特阿拉伯,在建国之初就有着继承阿拉伯帝国衣钵的雄心壮志。大约与我国清朝中叶乾隆时代同期吧,阿拉伯贵族穆罕默德·本·沙特在阿拉伯半岛建立了一个新的王国。嗣后,经过王国政权的多次失而复得,现代沙特阿拉伯摆脱走向凋零的大英帝国的统治于1932年获得独立。如今,拥有圣城麦加、麦地那和神秘"黑陨石"的沙特阿拉伯王国以古代阿拉伯帝国分支之一"黑衣大食"自居。

在沙特阿拉伯人的眼里,真主安拉是何等的公正。一方面,安拉没有给这些闪米特的后裔们以极佳的生存环境,这里到处是戈壁瓦砾、沙漠荒滩;另一方面,"黑色的金子"石油的发现和开采使沙特阿拉伯一朝暴富!不仅沙特阿拉伯,其他阿拉伯国家如伊拉克、科威特、阿联酋、卡塔尔、巴林、阿曼等,都沾了石油的光,不是富裕就是小康。现代沙特阿拉伯,从伊本·沙特国王以降,其王位是以"兄终弟及"来继承的。于是,伊本·沙特的儿子们——沙特、费萨尔、哈立德、法赫德、阿卜杜拉、萨勒曼六兄弟次第担任国王,君主制自然成为沙特阿拉伯王室的独特标签。加上数以千计的阿拉伯王子们极尽奢华之能事,在世界各地斗富招摇,仿佛中国古代的石崇、王恺一般,相当败家、"拉风"!狂热的沙特阿拉伯富豪本·拉登更是凭借其巨额财富同美国暴力抗衡,制造了"九·一一"恐怖袭击惨案。暴殄天物、放荡堕落正成为当代沙特阿拉伯暴发户们的代名词。

当我从地图上仔细地审视当今的阿拉伯世界时,颇有些无奈地看到:以地理位置划分,阿拉伯地区无外乎西亚和北非两大板块。在这两大板块中,费萨尔、哈立德、法赫德、纳赛尔、萨达特、穆巴拉克、卡扎菲、布迈丁、布尔吉巴、本·阿里、哈桑二世、尼迈里、萨达姆、阿萨德、巴沙尔、侯赛因、萨巴赫、阿拉法特、亚辛、阿巴斯、萨利赫、琼卜拉特等枭雄并起，宗教方面，有伊斯兰教的什叶派、逊尼派、苏菲派、哈瓦利吉派、德鲁兹派（什叶派分支）、阿拉维派（什叶派分支）等穆斯林的矛盾纠葛；政治方面，有沙特集团、马格里布国家、埃及、伊拉克、叙利亚、黎巴嫩、巴勒斯坦、也门的逐鹿中东；经济方面，有富裕国家和贫困国家的龃龉不断，也有各国国内巨大的贫富差距造成的尖锐对立。放眼中东地区，阿拉伯人、波斯人、土耳其人、犹太人、库尔德人五大民族一较高下，伊斯兰教、基督教、犹太教等错综复杂，已成混战局面；加上美英法列强和北极熊的疯狂介入，这里无疑将继巴尔干、克里米亚之后成为新的世界热点。

沙特阿拉伯馆的精致华美、富丽堂皇让我惊叹，而阿拉伯世界的纷乱现状又令人颇感遗憾。想起明人杨慎脍炙人口的《临江仙》："古今多少事，都付笑谈中。"不禁感慨万端！

出离沙特阿拉伯馆时已是深夜，黄浦江两岸的霓虹灯扑朔迷离，魅力无穷的夜上海如梦如幻，远处似乎飘来旧上海《马路天使》"金嗓子"周璇那如泣如诉的甜美歌声……

（2010 年 9 月）

观“世博”五彩斑斓

秋意正浓，沪上依然绿树成荫、钟灵毓秀。在占地面积浩大广阔的上海世博会园区里，如果说世界各国的展馆可以用群星灿烂来形容的话，那么，红彤彤的中国馆就是天空中那颗最明亮、最耀眼、最夺目的启明星。

不怕您笑话，我是在第五次进入上海世博园时，才侥幸避开熙熙攘攘、摩肩接踵的人海，零距离接触这颗启明星的。个中原因，一是实在恐惧这来自全世界的滚滚人流，二是要把最好的留在最后细细欣赏。

“东方之冠”溢满中国红

“高楼万丈平地起，盘龙卧虎高山顶！”不知怎么，远远望见中国馆，猛然就想起了这两句歌词。高峻、巍峨、雄壮、热烈，是我对名为“东方之冠”的中国馆的总体印象。

眼前的“东方之冠”，通体使用的是和北京天安门城墙一样的“故宫红”，在上海世博园里倏然拔地而起，68 米的绝对高度足以傲视群芳！据说，这个高度与西安的大雁塔（64 米）大体相当。由此，您可以探知设计者的深刻用意。在我看来，“东方之冠”仿佛冠盖寰宇的司母戊宝鼎，又恰似硕大无朋的巨斗粮仓，还如同古色古香的青铜金爵，其寓意当然是展示华夏古老文明，热情拥抱来自世界各地的好友嘉宾。卓尔不群的“东方之冠”又如同振翅高飞的火凤凰，浴火重生、翱翔晴空，“当惊世界殊”。红色是千古以来中华民族最吉祥喜庆的颜色，红色向全世界昭示着当今中国的勃勃生机。“东方之冠”的巨大视觉冲击力无与伦比！

举世无双的中国馆包含国家馆和地区馆两大部分。国家馆的主体造型就是居中升腾、层叠高挑，凝聚诸多中国元素的“东方之冠”；地区馆向四面八方延展的平台基座上，人流荟萃、车水马龙，其寓意是泽被九州、富甲天下。国家馆和地区馆浑然一体，隐喻着中国特色的“天地交泰、万物咸亨”。由此，我衷心赞佩建设者们的设计理念：“东方之冠、鼎盛中华，天下粮仓、富庶百姓。”

更加令人叹为观止的是，国家馆由 20 人才能环抱的 4 基巨大的通天盘龙柱托起朱红的“斗冠”，“斗冠”再由象征神州赤县 56 个民族的 56 根横梁叠加而成——13 亿中华子孙“中华儿女多奇志”“试看天下谁能敌”的浩然气概跃然而至眼前。在地区馆最外侧的游廊立面上，独具匠心地用“叠篆文字”钤印中国各个朝代名称的 34 字，象征中华历史文化一脉相承、源远流长；游廊内供游客休息小憩的设施表面，巧夺天工地镌刻着我国各省、市、自治区的名称 34 字，象征中国的幅员辽阔、团结进取。“九州清晏”是北京圆明园的景观设计，按乾隆皇帝的旨意，有“九州大地，河海青晏，天下升平，江山永固”的美好愿望。上海世博会设计者将其移植到中国国家馆，“田”“泽”“渔”“脊”“林”“甸”“壑”“漠”呈半月形拱卫在“东方之冠”（雍）的周围。这个全新的“九州清晏”，象征这中国古代的基本哲学思想“天人合一”“和谐共生”。

兴味盎然地乘坐电梯登上“东方之冠”，整个上海世博园尽收眼底，颇有“一览众山小”的感觉！以鸟瞰的角度再次审视中国馆，你就会惊奇地发现，在高高的“东方之冠”顶部平面，以经纬线分布的巨大网格架构，就是中国古代神奇的“九宫格”啊，大唐长安、北宋东京、南宋杭州、元明清北京、明代南京,都是这样的布局。在屋顶花园的“九宫格”内,设计者将二十四节气的篆文字体印在上面,中国特有的建筑美学得到完美再现。仔细辨认这些凝聚着我们祖先的智慧和汗水的优美篆书,听着身边游客发出的爽朗的笑声,一种发自心底的民族自豪感油然而生。

举目环视四方,朗朗乾坤,空明澄碧;泱泱中华,雄健豪迈!

灵动的《清明上河图》

带着惬意的心情进入气势恢宏的中国馆。且不说数不胜数的奇珍异宝如何琳琅满目,单单一幅巨大的、栩栩如生的《清明上河图》,就立即吸引了无数游人驻足观看。

我们知道,北宋画家张择端的《清明上河图》是世界上数一数二的传世名画,其地位足可与家喻户晓的《自由引导人民》《梅杜萨之筏》《西斯廷圣母》《伏尔加纤夫》同日而语。“Along the River During the Qingming Festival”,是西方对《清明上河图》比较早的英译,全世界人民对《清明上河图》的厚爱由此可见一斑。如今,《清明上河图》收藏在北京故宫博物院,是当之无愧的国之瑰宝。

历史教科书曾经这样告诉我们:《清明上河图》生动记录了中国北宋都城东京汴梁(今河南开封)的城市面貌和当时社会各阶层人民的生活状况,是北宋都城当年繁荣的见证,也是北宋城市经济情况的写照。在总计5米多长的画卷里,共描绘了1695个各色人物,牛、马、骡、驴等牲畜60余匹,车、轿20多辆,大小船只20多艘。其房屋、桥梁、城楼、店铺等也各有特色,体现了宋代建筑的特征。《清明上河图》是一幅描写北宋汴京城一角的现实主义风俗画,具有极高的历史价值和艺术价值。

而在这里,我要告诉您的是:在上海世博会中国馆展出的这幅《清明上河图》,是一部会动的交响音画!

镜头一:天将黎明,东京市郊。配以舒缓的音乐《山坡羊》。

一队马帮由远而近,向东京汴梁缓缓行进。马帮满载货物,马铃儿叮叮当当地响着。

溪流侧畔,一棵老槐树的树干上拴着一条小船。几户农家小院星罗棋布于密密的树林之中。旁边的场院里散布着几个石头碾子,几只绵羊在闲散地溜达,一大群鸡鸭在寻找虫儿吃,农闲气氛特别浓郁。

城门边上,一支迎亲队伍热热闹闹地走来。新郎骑在一匹高头大红马上,他的身前背后各走着一个挑着嫁妆的脚夫、伙计。再后面有轿夫抬着迎娶新娘的花轿。花轿后面,一个挑夫挑着一担鱼肉。乐队的吹鼓手带着各式各样的乐器……

镜头二:正午时分,汴河之滨。配以热情的音乐《念奴娇》。

东京城里宽阔的大道上人来人往、车水马龙,道路两边店铺鳞次栉比。好多货船停泊在港湾里,一条靠近码头的货船正在卸货,搬运工在上下忙碌着。

汴河之中,一条大货船由远而近,纤夫们正在忙着收纤,以方便货船顺利靠岸。河道上游,另一艘船上有许多船工在划桨、摇橹。旁边一条稍小的客船上有人在挥手揽客。

汴河大桥是一座高大的石拱桥,看其浩大的规模,无论多大的船舶都能顺利通过。大桥两岸商贩众多、店铺林立,显然,这里已经是汴梁的市中心了。

此时,忽然联想到不朽的名著《水浒传》,那不幸丢失了花石纲的落魄的大宋制使官杨志,当年是否就在这座桥边贩卖祖传的宝刀,并且一怒之下斩杀了东京的泼皮牛二呢?

镜头三:暮春傍晚,三街六市。配以欢快的音乐《浪淘沙》。

一派祥和的景象。酒肆茶楼、勾栏瓦舍、各色店铺鳞次栉比,街头灯红酒绿。有个靠《易经》还是《袁天罡马前课》算命的盲人坐在一间敞轩里，生意似乎特别兴隆。一个小摊贩摆了藤竹编织的篮筐之类，一个做灯笼的小摊贩生意也还不错。另有一个地摊更有意思，他正在起身作半蹲状与一位骑马的人闲聊，似乎不放过每一个行人兜售他的货物。

这时，几峰骆驼缓缓地向城外走去，它们的主人一定是奔走于古代丝绸之路的阿拉伯或波斯商人。

从内城方向走来一队人马，前面有高大的仪仗开道，威风凛凛。不是有那么一句话吗，叫作“文官坐轿，武官骑马”。来者果然是一个武将，跟在后面的马弁还替他扛着一把朴刀呢。

树影斜疏，春水潺潺，“月出于东山之上，徘徊于斗牛之间”。正是：对青灯学子攻青史，秉画烛佳人上绣床……

语言在此时显得何等苍白无力，精致的画面看得游客如醉如痴。我仿佛通过时光隧道在今生与故宋之间自由穿越，陶醉于一派万世承平的和谐氤氲里。

依依不舍地离开中国馆，外面已是夜幕降临、漫天星斗了。黄浦江两岸霓虹闪烁、争奇斗艳，一江秋水跳跃着离合的神光。我想，现在何尝不是置身于人生的妙境呢？

（2010 年 10 月）

浦江拥抱“哥德堡”

刚到外滩，目光倏然被对岸金碧辉煌的建筑群攫取而去！但见，在秋日午后阳光的爱抚下，“东方明珠”电视塔焕发出璀璨的光芒，傲然挺立在黄浦江畔。那高耸入云的金茂大厦，在这现代都会中释放出“白云深处有人家”的悠远和曼妙的同时，还将“犹抱琵琶半遮面”的朦胧之美轻轻传递给你。隔江眺望浦东陆家嘴，忽然想起了柳宗元在《渔翁》中的咏叹：“烟销日出不见人，欸乃一声山水绿。”沪上依然热浪滚滚，哪里有仲秋的影子！

悠扬的钟声从身后传来，那古朴的融汇了欧洲古典主义和意大利文艺复兴建筑风格的外滩海关大楼，正是这声音的出处。来到近前，只见标志牌的铭文介绍，海关大楼建于血雨腥风的1927年。作为上海外滩万国建筑群中最大的一幢，海关大楼一直是上海的象征。其钟楼顶点一度成为上海地理位置的标志点，顶端的大钟被誉为“亚洲第一大钟”。凝视外滩灰蒙蒙的饱经沧桑的殖民主义色彩浓郁的石头建筑，倒觉得对面的浦东恍如巴比伦空中花园一般，同金波粼粼的黄浦江一道，赋予新上海以勃勃生机。

前方人头攒动，黑发、金发、红发、棕发……好生热闹！高耸的桅杆、乳白的风帆、古铜色的船体，来自北欧瑞典的“哥德堡”号仿古船默默地停泊在黄浦江外滩一侧。原来，这里正举行“国际航海文化节”。从前，只是在文艺作品中领略过叱咤风云的海上霸王维京战船的风采，今日有幸零距离接触悠远的斯堪的纳维亚风情，游兴大增。

登上“哥德堡”号仿古船，轻抚铜制大炮，紧握碗口粗的缆绳，伫立船舷，举目四望，浦江两岸的秀丽风光尽收眼底。同彬彬有礼的异邦水手攀谈得知，“哥德堡”号仿古船于去年10月2日就离开了瑞典哥德堡港，是今年8月29日驶抵上海的。经过近1年的航行，“哥德堡”号仿古船安抵“海上丝绸之路”复航东行的终点。

“劝君更尽一杯酒，西出阳关无故人。”对于丝绸之路，人们大都耳熟能详，然而，说到“海上丝绸之路”，恐怕就不那么熟稔了。“海上丝绸之路”以广州、泉州等港口为始发港，通过航海，不仅能到达“陆上丝绸之路”的相关地区，还能远抵环球各大洋的水边城镇。著名的郑和下西洋，走的也是“海上丝绸之路”。

从哥德堡到中国东海岸，何止“远涉重洋”！那时还没有开凿苏伊士运河，“哥德堡”号要沿着欧洲曲折的西海岸南下，通过英吉利海峡、比斯开湾进入南大西洋，再顺着非洲西海岸继续向南航行，抵达非洲最南端的好望角，转入印度洋向东北航行，经过马六甲海峡，通过中国南海，才能初步完成“海上丝绸之路”航行，最后到达中国大陆各港口。当年的“哥德堡”号就是从北欧波罗的海出发，经“海上丝绸之路”来到中国的瑞典商船。

与到处疯狂劫掠的法兰西、英吉利不同，瑞典商船从来没有向中国贩运过鸦片！1745年1月，“哥德堡”号满载着约700吨中国茶叶、瓷器、丝绸等物品从广州启程回国。“船被装得满满的，就像一个鸡蛋！”船员们打趣道。因为船只过于沉重，吃水线被压得不能再低了。8个月后，航行到离哥德堡不到1000米的海面时，虽然试图小心翼翼地通过著名的海底暗礁区域，“哥德堡”号还是没能躲过灭顶之灾，船头触礁，不幸沉没。功败垂成，船员们的玩笑话一语成谶！

对于北欧斯堪的纳维亚族群，我是素怀好感的。无论是瑞典的“炸药大王”诺贝尔、文学家斯特林堡、电影明星英格丽·褒曼，还是挪威的音乐家格里格、剧作家易卜生，抑或芬兰的拥有瑞典血统的音乐家西贝柳斯，推及丹麦的“童话大王”安徒生、诺贝尔物理学奖获得者玻尔，他们都为世界文化长廊奉献了无数可圈可点的缤纷瑰宝。斯堪的纳维亚族群有着较高的文化素质，上至王室成员，下达平民百姓，谈吐文明优雅，颇具绅士风度。诚实淳朴、热情好客、重诺守时、行为规矩，是他们的共同美德。他们高度热爱大自然，爱花、爱鸟、爱森林、爱海洋……环保意识强烈。透过“哥德堡”号仿古船上那些彬彬有礼的船员，就可以达到管中窥豹的效果。

斯堪的纳维亚族群甚至影响了现代欧洲的民族布局：维京（诺曼）人同东斯拉夫人完美结合，开创了基辅罗斯并延续为后来的俄罗斯的留里克王朝。东斯拉夫人血液中的日耳曼基因，可以作为演变至今的俄罗斯人、乌克兰人和白俄罗斯人中金发碧眼者比其他斯拉夫人（尤其是南斯拉夫人）多，并且民族素质和历史地位更高一些的明证之一。维京（诺曼）人蜂拥南下，攻占了法国在大西洋沿岸的大片土地，创建了著名的诺曼底，诺曼底公爵率领的维京（诺曼）军队渡海攻克大不列颠岛，同盎格鲁·萨克森人巧妙融合，开启了现代英国的新篇章（后来的“大英帝国”的威名就不用我赘述了）。维京（诺曼）人在亚平宁半岛那不勒斯以及西西里岛建立的王国，经过蹉跎岁月的浸润，又赋予了当今意大利南部不同于古罗马风格的迷人情调……北欧血统还为世界贡献了难以数计的秀外慧中的经典美女：英格丽·褒曼、葛丽达·嘉宝、奥黛丽·赫本、葛蕾丝·凯莉、罗密·施奈德、碧姬·芭铎、凯瑟琳·德纳芙、苏菲·玛索、伊莎贝尔·阿佳妮、波姬·小丝、娜斯塔西娅·金斯基、妮可·基德曼、凯特·温斯蕾特……她们成为几代男人钦仰的偶像、女人羡妒的楷模。

如今来到上海的“哥德堡”号，是瑞典第二次复制的仿古船，应该叫作“‘哥德堡’号三世”了。瑞典复制当年的“哥德堡”号，是为了传播友谊，寻找商机。正如瑞典皇室代表抵达上海出席典礼时所说：“260 多年前，古‘哥德堡’号从瑞典带来了银币，又从中国带回了茶叶与丝绸。今天，‘哥德堡’号承载的是中瑞两国真挚的友谊和无限的商机。”千真万确！这不，瑞典乒乓球名将、有“常青藤”之称的瓦尔德内尔还在北京的三里屯吧街开了一家“老瓦酒吧”呢。

夜幕降临，“东方明珠”电视塔华灯齐放，五彩缤纷。黄浦江两岸灯火辉煌，流光溢彩。两岸扑朔迷离的霓虹灯折射进黄浦江，将江水点染得色彩斑斓。由西岸至东岸，“半江瑟瑟半江红”，诗情画意油然而生。

“秋雁两行江上雨，轻舟渔曲泛寒林。”下得“哥德堡”号仿古船舷梯，登上夜游黄浦江的“白玉兰”号画舫，兴致盎然地继续我的水上之旅。“自琢新词韵最娇，小红低唱我吹箫。曲终过尽松陵路，回首烟波十四桥。”此刻的境界宛如不知疲倦的歌者姜白石的《过垂虹》再现……

（2006 年 10 月）

第五辑

Diwuji

域外摭芳

徜徉“金色布拉格”

——波希米亚散记之一

对我来说，波希米亚、摩拉维亚、捷克，都是充满亲切感的称谓。从圣者扬·胡斯到烈士伏契克，从音乐家斯美塔那到德沃夏克，从文学家扬·聂鲁达到哈谢克，从抗日战争中威震倭寇胆的捷克机枪到当今特立独行的“波希米亚风”，从诗人塞弗尔特到作家米兰·昆德拉，从政治家杜布切克到哈维尔，从体育明星内德维德到科维托娃……在我周身洋溢着无尽的神圣与美好。更是由于心爱的女儿来到布拉格留学的缘故，让我与这个“浪漫之都”展开了一场亲密接触。

伏尔塔瓦河

绚烂的秋阳映照在柔曼的伏尔塔瓦河上，金波粼粼的河水律动着悠扬醇美的音符，这是斯美塔那动人心弦的童声合唱《伏尔塔瓦河》。一群洁白的天鹅快速游到河边，仿佛在欢迎来自遥远东方的我，快乐地簇拥着我走向巍峨的查理大桥。

“欧洲的露天巴洛克塑像美术馆”，是人们对查理大桥的美妙赞誉。大桥由神圣罗马帝国（德意志第一帝国）皇帝兼波希米亚国王查理四世敕令建造。查理四世来自德意志卢森堡家族，因母亲是波希米亚国王瓦茨拉夫三世之妹，故此，他又兼具了斯拉夫血统。从查理四世执意为神圣罗马帝国定都布拉格的举动来看，他对波希米亚的喜爱超过了德意志诸城，譬如维也纳、卢森堡、汉诺威、慕尼黑、法兰克福、柏林。查理四世酷爱学习，创建著名的布拉格查理大学就是明证。他还与意大利文艺复兴的先驱、十四行诗的领军人物彼特拉克情深意笃。查理大桥从1357年起就横跨在伏尔塔瓦河上，是君主加冕的必经之路，沟通着布拉格城堡和老城区，堪称艺术氛围浓郁的古老石桥。但见，遍布桥上的30座神态各异、栩栩如生的圣像，皆来自17～18世纪捷克的巴洛克艺术大师们的“妙手偶得”。由此，我联想到我们中国的经典建筑赵州桥、卢沟桥。

正赞叹间，猛然觉得眼前这座泛绿的雕像有些眼熟。蓦然想起，2010年参观上海世博会时在捷克国家馆看到的就是这尊雕像——扬·聂波姆斯基(西方依据英文习惯译为圣·约翰)！相传，1393年，红衣主教扬·聂波姆斯基因拒绝向国王瓦茨拉夫四世透露王后忏悔的内容，被狂怒的国王从查理大桥上投进伏尔塔瓦河！就在他被河水吞没的瞬间，五颗璀璨的明星骤现空中。后来，扬·聂波姆斯基被追封为捷克圣人，并成为“波希米亚保护神”。善良的人们坚信，抚摸扬·聂波姆斯基雕像下的青铜浮雕，幸运之神就会与你相伴。立即伸手摩挲青铜浮雕，虔诚地祈祷波希米亚的圣者扬·聂波姆斯基庇佑我心爱的女儿冬雪格格！

寻访卡夫卡

眺望查理大桥两端，雄伟的塔楼如同威严的哨兵，忠诚而肃穆地守卫着查理大桥。信步来到河畔塔楼下，在一片古色古香的咖啡馆前，一尊雕像吸引了我的目光——英年早逝的作家卡夫卡静静地“痴望”着汩汩流淌的伏尔塔瓦河。

我在大学时代读的是中文系，拜读过他的代表作《审判》《变形记》《城堡》。卡夫卡的文学之路独特而寂寥,表现在 4 部短篇小说集和 3 部长篇小说(未完成),即使在生前都没有发表,却依然在身后攀登了世界缪斯之巅,也让他的出生地布拉格成为环球文学的耶路撒冷。卡夫卡与普鲁斯特、乔伊斯并称为西方现代主义文学的先驱。当代日本作家村上春树酷爱卡夫卡,将他的一部小说就命名为《海边的卡夫卡》。

卡夫卡的身份极其特别,人们为他的国籍争论不休。说他是捷克人吧,他的母语却是德语;说他是奥地利人吧,他却出生在布拉格,而且几乎终生在布拉格生活。其实,弗兰茨·卡夫卡是犹太人,以德语写作,国籍是奥匈帝国。从打上深深德意志烙印的"弗兰茨"这个名字来看,他的心理认同应该是奥地利人。由此,可以这样认为,鉴于当时犹太人特殊的"无祖国"属性,正如犹太人卡尔·马克思是德国哲学家、犹太人毕加索是西班牙画家、犹太人洛克菲勒是美国企业家一样,卡夫卡则应是奥匈帝国小说家。

如此特殊的身份,使得卡夫卡与身边的捷克人形同陌路。他既非纯粹的奥地利人,更不是捷克人,加上奥匈帝国末期复杂的矛盾冲突,导致卡夫卡笔下描绘的都是底层小人物。他们充满痛苦、扭曲变形,惶恐、孤独、迷惘、无助,时刻对未来忧心忡忡。

布拉格旧城拉德尼斯街 5 号是卡夫卡的故居。古旧的老宅被音乐书店和餐馆左右夹击,只留下中间可怜的小门可以出入。这幢破旧低矮的小房子,形象地述说着卡夫卡作品中的不幸、抑郁和绝望。

记得著名作家刘心武作过一段精辟的论述:"北京有两座著名的金刚宝塔。打个比方,碧云寺好比著名作家,而五塔寺好比尚未引人注意的作家。"此时此刻,我由衷地感叹,卡夫卡就相当于"五塔寺",生前,寂寞无名;死后,他却成了"碧云寺",热闹非凡。

为缅怀这位卓尔不群的文学巨匠，1983 年发现的“小行星 3412”以“卡夫卡”命名。

壮烈扬·胡斯

告别卡夫卡，来到有着 900 多年历史的老城广场，就进入了布拉格的心脏。抬头仰望，在老城广场的中央高高耸立着捷克又一位圣者扬·胡斯的雕像。广场四周，拱卫着圣·尼古拉教堂、巨大的天文钟、泰恩教堂等布拉格最具标志性的人文景观。天高云淡，老城广场既古朴壮观又静谧宜人。

老城广场上恢宏的老市政厅建于 1338 年，是布拉格最典型的哥特式建筑之一。老城广场南面的卡罗利努姆宫，为布拉格查理大学古老建筑之最。卡罗利努姆宫近旁的伯利恒教堂，默默哼唱着古代希伯来的圣歌。著名的火药塔，是当年为保卫老城而建造的 13 座城门中的唯一幸存者，现在则是一座精致的博物馆。值得一提的是，广场上建于 1410 年的钟楼，以别具一格、巧夺天工的天文钟而闻名遐迩。巨钟分为上下两个大圆盘，上盘以地球为中心，外面有月亮、太阳环绕，运行一周即代表一年，故此，也叫“日历仪”；下盘则是自鸣钟。大凡畅游布拉格者，一定要到老城广场观赏这座钟楼，而途经钟楼的布拉格人也会停下脚步，认真校对自己的手表。每到整点，两大圆盘上面的窗门会自动打开，清脆的钟声悦耳鸣响，12 个圣像走马灯一般来到窗口向人们鞠躬。这座神奇的自鸣钟至今仍如格林尼治天文台一样走时准确！

视线收回，又落到广场中心扬·胡斯雕像的身上。处于神圣罗马帝国统治下的捷克，人民必须说德语；信仰罗马天主教的捷克人，到教堂必须听拉丁语布道。捷克人自己的语言斯拉夫语，则被迫只能在民间悄悄流传。扬·胡斯是捷克伟大的爱国者、布拉格查理大学首任校长、著名的宗教改革家。他改革和简化了捷克语法,坚决主张高校用捷语而非德语教学,坚决反对捷克德意志化、教权专制、销售“赎罪券”,领衔掀起了历史上著名的“胡斯运动”。由于扬·胡斯的主张与罗马天主教会针尖对麦芒,他被罗马宗教法庭以“触犯教规、散布异端邪说罪”判处火刑,成为捷克的布鲁诺、圣女贞德。扬·胡斯的牺牲,引发了著名的“胡斯战争”!

我认为,扬·胡斯的历史地位应高于同是宗教改革家的马丁·路德或约翰·加尔文。祈愿无私无畏的圣者扬·胡斯在烈火中得以永生!

布拉格城堡

哲学大师尼采曾经说过:“当我想以一个词来表达音乐时,我找到了维也纳;当我想以一个词来表达神秘时,我只想到了布拉格。”而此刻,我就来到了伏尔塔瓦河对岸神秘莫测的布拉格城堡。

布拉格城堡位于伏尔塔瓦河西岸的丘陵上,由圣·维特大教堂和诸多大小宫殿组成,已有上千年的历史。这里最早是神圣罗马帝国皇室及波希米亚王族的宫廷,历代皇帝、国王又依据自己的不同需求屡屡扩建,规模宏大、辉煌壮美。一路远瞻,只见那淡黄色的楼房、浅绿色的钟楼、银灰色的教堂与五彩斑斓的无数尖顶争奇斗艳,蔚为壮观!

圣·维特大教堂是布拉格城堡的标志性建筑,由酷爱学习、尊重知识的查理四世下令建成,为哥特式建筑的典范,被誉为布拉格城堡的“建筑之宝”。圣·维特大教堂的功能与伦敦的威斯敏斯特大教堂大体相当,布拉格王室的加冕仪式在这里举行,以往王室成员的遗体也安葬于此,国王的王冠和加冕用的权杖得以完好保存。

现在,布拉格城堡也是捷克总统府驻地。在这里,捷克共和国总统米洛什·泽曼,于出席中国人民抗日战争暨世界反法西斯战争胜利70周年纪念活动前夕,专门听取了中国、捷克、美国联合开展国际教育合作、共同举办本硕连读班的汇报,欣然题词表示支持和祝愿。又是在这里,米洛什·泽曼总统隆重接待了应邀来访的中国国家主席习近平,共同谱写了中捷友好合作的新篇章。

登临城堡高处俯瞰布拉格,但见,数不胜数的红色穹隆或金色尖顶扑面而来!布拉格不愧为世界建筑艺术博物馆,在这里,可以观赏到从11世纪到21世纪的所有建筑样式。从罗马式、哥特式、文艺复兴、巴洛克、洛可可、新古典主义、新艺术运动风格到立体派和超现代主义,尤以哥特和巴洛克建筑最为突出。陶醉于“千塔之城”和“金色城市”,著名作家歌德赋予布拉格“欧洲最美丽城市”的桂冠。更为奇特的是,布拉格整座城市都被联合国教科文组织列为世界文化遗产!

瓦茨拉夫赞

伴随着清新的空气,欢快优美的歌声扑面而来:“我就站在布拉格黄昏的广场/在许愿池投下了希望/那群白鸽背对着夕阳/那画面太美我不敢看/布拉格的广场无人的走廊/我一个人跳着舞旋转……”有趣得很,蔡依林演唱的《布拉格广场》,也成了当今捷克的流行音乐。

所谓“布拉格广场”,它确切的名字是瓦茨拉夫广场。广场位于布拉格新城,600年的历史让它足以傲世。如果说老城广场是布拉格古建筑的典范的话,那么,瓦茨拉夫广场则是捷克现代生活的窗口。

你看，长750米、宽60米的瓦茨拉夫大街与瓦茨拉夫广场组成了布拉格新城的中心。瓦茨拉夫大街被誉为布拉格的“香榭丽舍大道”，街道两旁排列着诸多20世纪初的古典式建筑，林立着五光十色的商铺，作为布拉格最繁华商业区当仁不让。走在这条深具历史意义的现代街道上，也不时可以看到年轻的街头艺人表演，伴随着播放的1930年代的歌曲跳踢踏舞。广场上合理分布着供休憩的绿地和长椅，以及各式各样售票亭一样的摊子贩卖着诱人的小吃。

沿着瓦茨拉夫大街一路走到头便是气势磅礴的国家博物馆，门前矗立着“波希米亚保护神”、捷克公爵瓦茨拉夫的雕像。塑像位于广场中央，瓦兹拉夫公爵骑着骏马、高举战旗，在高大的大理石台基衬托下，显得威风凛凛、气势不凡。鉴于瓦茨拉夫公爵为争取捷克国家独立和民族自由而做出的丰功伟绩，他的遇难日、每年的9月28日被定为捷克的“圣·瓦茨拉夫节”。

从此以后，在捷克，瓦茨拉夫成为一个神圣而伟大的名字。很多捷克家庭都喜欢以“瓦茨拉夫”来命名自己的儿子，在波希米亚历史上，就涌现出瓦茨拉夫一世、瓦茨拉夫二世和瓦茨拉夫三世等国王。更为有趣的是，为表达对捷克人民的亲近感，刻意掩盖自己德意志卢森堡家族的出身，查理四世的儿子文策尔一世继任神圣罗马帝国皇帝兼波希米亚国王后，干脆自称“瓦茨拉夫四世”。捷克“天鹅绒革命”后的两任总统哈维尔和克劳斯，其全名分别为瓦茨拉夫·哈维尔和瓦茨拉夫·克劳斯。也许是双重的纪念意义吧，布拉格鲁济涅国际机场于2012年10月5日起正式更名为“瓦茨拉夫·哈维尔机场”。而足球明星瓦茨拉夫·内梅切克、瓦茨拉夫·皮拉日，更是在青少年中大名鼎鼎……

几度寒暑，几度春秋，瓦茨拉夫广场见证了捷克共和国的成立、第二次世界大战的结束以及“布拉格之春”和“天鹅绒革命”

等重大历史事件，如今，它更以欣喜的目光见证着当代捷克的飞速发展。

此刻，我的耳畔仿佛响起了伟大的捷克作曲家德沃夏克雄浑壮美的《自新大陆交响曲》。“新”，代表着明天；“新”，孕育着希望。衷心祝福崭新的捷克愈加丰赡富饶，冀望留学布拉格的孩子们学业精进、快乐健康！

（2016 年 9 月）

漫步卡罗维·发利

——波希米亚散记之二

从布拉格出发一路西行,大约不到两个小时的车程,就来到了捷克享誉世界的温泉疗养胜地——卡罗维·发利。

苍翠的群山环抱着一簇五光十色的亭台楼阁,一条蜿蜒的小河汩汩流淌,山林间不时拂过的丝丝缕缕的薄雾,令人感觉恍若仙境。由于下着蒙蒙细雨,这里的空气愈加清新,用沁人心脾来形容诚不为过。此时,唐代诗人杜牧的《江南春》浮现在我的脑海里:“千里莺啼绿映红,水村山郭酒旗风。南朝四百八十寺,多少楼台烟雨中。”

品质卓越的温泉、贯穿数百年历史的特色建筑、欧洲五大电影节之一的“卡罗维·发利电影节”,让这座依山傍水的小镇散发出迷人的风采。

浴饮皆宜的温泉水

其实,“卡罗维”和“发利”是由两个单词构成的。“卡罗维”(Karlovy)是查理(Charles,现在倾向于译成查尔斯)在西斯拉夫-捷克语中的发音,“发利”(Vary)则是温泉山谷的意思。这个小镇直译过来就是“查理皇帝的山谷温泉”,捷克人干脆简称其为“K. V. ”小镇。

关于“查理皇帝的山谷温泉”的发现,在波希米亚有一个美丽的传说。相传,神圣罗马帝国皇帝兼波希米亚国王查理四世酷爱狩猎。一次,他在布拉格西部的山中射伤了一头小鹿。小鹿拼命奔逃,查理策马急追。来到悬崖边,慌不择路的小鹿纵身跳入山下的水中,随即,一缕白烟袅袅腾空而起。等小鹿再次出现时,伤口已经愈合,旋即消失到森林中。睿智的查理若有所思,立即吩咐御医化验这片水域。果然,这里的泉水含有诸多对人体有益的矿物成分。“查理温泉”由此得名,卡罗维·发利也成为皇家温泉疗养地。

漫步“集市回廊”之中,凝望着查理四世为指引他发现温泉的小鹿竖立的雕像,由衷赞叹上帝赐予欧洲人的福祉。回廊内有两处温泉出水口,而《发现卡罗维·发利》壁画下的出水口,正是以其帝号命名的“查理四世”温泉。在卡罗维·发利,温泉水温介于41.2摄氏度到72.2摄氏度之间,水中富含的多种化学成分可以治疗多种疾病。更为神奇的是,温泉不仅沐浴舒适,而且可以直接饮用,对人的肠胃功能起到极大的改善作用。形态各异的温泉水柱、造型独特的水龙头,方便游人用温泉杯来接用、品味不同的温泉水。卡罗维·发利专门售卖一种巧夺天工的温泉小壶,大凡来此的游人都会买一个细嘴敞口的小壶来接饮温泉水。因时间有限,享受温泉沐浴是来不及了,赶紧买一只古色古香的矿泉壶,一路细细品啜——公园温泉、自由温泉、岩石温泉、瓦茨拉夫王子温泉、磨坊温泉、72摄氏度温泉……唇齿芬芳,回味无穷!

再买一瓶卡罗维·发利特产贝赫洛夫卡温泉酒,既开胃又提神;随后品尝一份如同我们的“周村烧饼”一般的卡罗维·发利温泉薄饼,霎时香气扑鼻——那才叫不虚此行呢。

古往今来,卡罗维·发利以“温泉小镇”的独特魅力,吸引着来自五洲四海的不同种族、不同肤色、不同语言的人们。

五彩缤纷的巴洛克

“升堂坐阶新雨足，芭蕉叶大栀子肥。”唐代大诗人韩愈在《山石》诗中的精巧描摹正符合我此刻的惬意。雨过天晴，一道彩虹慵懒地挂在天边。只见，小河岸边的河床被温泉水中所含的大量矿物质经年侵蚀，留下了斑驳的绿意。

沿着小河迤逦前行，两岸遍布着数百年来风格各异的美丽建筑，希腊式、罗马式、哥特式、文艺复兴式、巴洛克风格、洛可可风格……星罗棋布、浪漫旖旎！

在卡罗维·发利温泉小镇漫步，走着走着，你就可以邂逅某位名人的遗迹。歌德、席勒、莫扎特、贝多芬、勃拉姆斯、肖邦、德沃夏克、果戈理、普希金、屠格涅夫、昆德拉……众多知名人物在卡罗维·发利留下了珍贵的足迹。

走到小镇中央，忽然一片绿草如茵，无数白鸽在草丛中觅食，还有调皮的鸽子跳到白色的长椅上抖动翅膀，真是可爱极了。不远处，捷克著名音乐家德沃夏克的铜像在树丛里默默沉思。这方碧绿的草坪，连同周遭漂亮的长廊被称为德沃夏克公园。坐在白色的长椅上，静静聆听德沃夏克的《斯拉夫舞曲》，一种爱国思绪油然而生。德沃夏克是捷克民族乐派的主要代表人物，与伟大的斯美塔那并称为捷克古典音乐的“双子星”。他在担任布拉格音乐学院院长时，音乐创作达到巅峰。他的《自新大陆交响曲》《狂欢节序曲》《奥赛罗序曲》，歌剧《水仙女》，以及交响诗《水妖》《午时女妖》《金纺车》等，令他当之无愧地跻身于巴赫、舒伯特、莫扎特、贝多芬、勃拉姆斯、亨德尔、施特劳斯、柏辽兹、斯美塔那、德彪西、柴可夫斯基、李斯特、肖邦等音乐大师的行列。如今，每年9月举办的“德沃夏克之秋”古典音乐节让卡罗维·发利引以为傲。

值得关注的是，革命导师卡尔·马克思的《资本论》的部分章节就完成于卡罗维·发利。在彼得大街附近,矗立着纪念马克思的塑像。只见年过花甲的马克思身着西装半大衣,安静地坐在苍松翠柏之间。他的双手自然地扶在膝上,似乎在凝神构思他的传世之作。碑文上刻写着这样的文字:“卡尔·马克思于1874、1875、1876年来此疗养。”肃然起敬!

诸多名人翘楚当年下榻的酒店或租住的民居,如今,被装点成五颜六色的巴洛克建筑,成为招徕全球观光客的金字招牌。请看,这里是俄罗斯沙皇彼得大帝青年时代曾经微服打工的酒店,那里是托尔斯泰《战争与和平》中一些篇章的写就地,萨多瓦温泉回廊则是纯真俏丽的茜茜公主的挚爱。再往前走,就是著名的詹姆斯·邦德系列电影《007大战皇家赌场》的取景地——普普大酒店了,硬汉克鲁格曾在这里大显雄姿。

走到小河尽头,来到卡罗维·发利的山脚下,嚯,金碧辉煌的圣·玛利亚大教堂赫然在目!这座高大的巴洛克式建筑耸立在寂静的山谷中,向我们诉说着源远流长的中欧历史。走进教堂,无比奢华的洛可可内饰将圣母玛利亚雕像衬托得庄重、神秘而安详。

蜚声中外的电影节

每年7月在“温泉小镇”举行的卡罗维·发利国际电影节,与戛纳国际电影节、威尼斯国际电影节、柏林国际电影节、莫斯科国际电影节并称“欧洲五大国际电影节”。欧洲五大国际电影节与奥斯卡金像奖垄断了全世界的优秀影片,是当今国际影坛璀璨多姿的电影大奖。

卡罗维·发利国际电影节于1948年起正式授奖,其宗旨是“为和平、为人类幸福、为各国自由而斗争,同不道德的影片做斗争”。电影节的最高奖为“水晶地球仪”大奖,其次有评委会特别奖、“利迪策玫瑰”奖。另外，还设有导演奖、男女演员奖、编剧奖、摄影奖、荣誉奖、世界进步奖、“为新人斗争”奖、“自由斗争”奖、国际友谊奖等。看，多么鲜明的布尔什维克烙印！

“利迪策玫瑰”奖来源于一个真实的故事。利迪策是捷克的一个小村庄，1942 年德国法西斯屠杀了这个村的居民并将全村一把火烧光！更令人发指的是，村中的儿童也被赶尽杀绝！战后，“六一”国际儿童节由此诞生。

冷战时期，卡罗维·发利国际电影节与莫斯科国际电影节一道，成为东西方意识形态的大校场！我国则在这个电影节上获得了巨大的丰收：中国演员石联星以在《赵一曼》中的出色表现获第 5 届（1950 年）卡罗维·发利国际电影节最佳女主角奖；电影《白毛女》获第 6 届（1951 年）电影节特别荣誉奖，导演史东山以《新儿女英雄传》获特别荣誉奖；编剧王震之获第 7 届（1952 年）电影节编剧奖；电影《梁山伯与祝英台》获第 8 届（1954 年）电影节音乐片奖；电影《祝福》获第 10 届（1957 年）电影节评委会特别奖；演员王晓棠获第 11 届（1958 年）电影节青年演员奖；电影《聂耳》获第 12 届（1960 年）电影节传记片奖；动画片《大闹天宫》获第 13 届（1962 年）电影节短片特别奖；导演史蜀君以《女大学生宿舍》获第 24 届（1984 年）电影节导演处女作奖；电影《良家妇女》获第 25 届（1986 年）电影节国际评论家奖，我的哈尔滨老乡、著名演员张伟欣（就是演员李小璐的母亲）因主演《良家妇女》获得最漂亮女明星奖（张伟欣后来主演的《飞来的仙鹤》也是经典影片）；著名导演谢晋执导的影片《芙蓉镇》获第 26 届（1988 年）卡罗维·发利国际电影节“水晶地球仪”大奖！这是迄今为止中国电影在国际上的最高荣誉，主演姜文、刘晓庆也因此走上了其电影生涯的顶峰。

值得一提的是，卡尔斯巴德（Karlsbad）是卡罗维·发利的德语发音。而在米兰·昆德拉著名小说《生命中不能承受之轻》中，男女主人公外科医生托马斯和温泉女招待特蕾莎相识、相恋，就是在这风景如画、缠绵悱恻的卡尔斯巴德。以小说《生命中不能承受之轻》改编并拍摄的经典电影《布拉格之恋》，让卡尔斯巴德（卡罗维·发利）成为又一个浪漫的“卡萨布拉卡”（源自影片《卡萨布兰卡》）或婉约的“滑铁卢桥”（源自影片《魂断蓝桥》）！

唐代大诗人王维在《山居秋暝》中唱道：“空山新雨后，天气晚来秋。”告别火红的枫林，带着几许满足、几许惬意，夹杂着几许惆怅，我依依不舍地离开了卡罗维·发利……

（2016 年 10 月）

从最美古堡到“百威”故乡

——波希米亚散记之三

南波希米亚一带多丘陵，林木茂密，山路崎岖。盘山公路两旁布满了成熟的果树，青绿色的苹果、紫红色的樱桃，加上舒缓文静地流淌的伏尔塔瓦河，从克鲁姆洛夫城堡到布杰约维采小镇，这里的初秋被装点得分外妖娆。

城堡：清幽静美

“蝉噪林逾静，鸟鸣山更幽。”这是克鲁姆洛夫给我的第一印象。碧空湛蓝如洗，几朵白云悠闲飘逸；城堡高耸入云，白墙红顶旖旎多姿。深吸一口甜丝丝的纯净空气，心情舒畅、怡然自得——我立即陶醉于这世外桃源一般的美妙景致之中。

克鲁姆洛夫位于伏尔塔瓦河上游，与布拉格相距大约160公里。据说，克鲁姆洛夫这个地名，来源于古罗马时期的拉丁文，意谓“高低不平的草地”。其后盛行于日耳曼民族神圣罗马帝国的德语以及现在单一独立的捷克共和国使用的捷克语，都继承了这种说法。千百年来，波希米亚的母亲河伏尔塔瓦河亲切地环抱着这片水草丰美的土地，赋予这里无法言说的美丽。

进入城堡大门，马上置身于宽敞而洁净的巨大庭园。只见，五彩缤纷的花草姹紫嫣红、争奇斗艳，被修剪得仿佛碧绿绒毯的大片草坪尽情地延伸到高峻壮观的城墙脚下,引导你走向庄严神秘的城堡。

在波希米亚地区,就城堡规模而言,克鲁姆洛夫城堡只比布拉格城堡略小,是响当当的亚军。进入城堡,但见,其内饰先是古朴而典雅,"曲径通幽处";随着我们的步步前行、层层深入,极尽奢华而绚丽的洛可可风格尽收眼底,"禅房花木深"! 神秘的"洛可可"仿佛在向游人讲述着它非凡的经历:公元13世纪,南波希米亚贵族维特克家族看中了伏尔塔瓦河上游深邃河谷的奇异风水,在此营建了克鲁姆洛夫城堡。孰料,幸福的日子持续了不到百年,公元14世纪,维特克家族突然销声匿迹,罗热姆韦尔克家族成为这里的新贵。到了公元18世纪,施瓦岑贝格家族雄踞克鲁姆洛夫,其影响力一直持续到现在。

施瓦岑贝格家族就是声名煊赫的"黑山家族",是德意志贵族中的佼佼者,不仅冠盖欧洲,更可谓世界闻名,其渊源一直可以上溯到公元13世纪的巴伐利亚男爵时代。后来,施瓦岑贝格家族世袭奥地利帝国亲王封号,并为奥地利帝国培养出一位首相、一位大主教和两位陆军元帅,以在莱比锡会战中打败法兰西第一帝国皇帝拿破仑·波拿巴大军的奥(地利)普(鲁士)联军总司令、第一代施瓦岑贝格亲王卡尔·菲利普,奥地利帝国首相菲利克斯·施瓦岑贝格最负盛名。施瓦岑贝格亲王成为奥地利帝国和后来的奥匈帝国的杰出贵族,与生于捷克特热布尼采的奥地利陆军元帅、民族英雄拉德茨基伯爵并称为"帝国双璧"。施瓦岑贝格家族在中欧曾拥有面积广大的领地,包括现今德国的施瓦岑贝格城堡、金伯恩城堡,奥地利维也纳的施瓦岑贝格宫,捷克的克鲁姆洛夫城堡、兹威科夫城堡、契梅利采城堡、欧赫利克城堡、特谢伯恩城堡、赫鲁伯卡城堡。在捷克蜚声全球的人骨教堂,其中就悬挂着施瓦岑贝格家族的巨型骷髅徽章。

施瓦岑贝格家族深深融入了当代捷克政治生活，当今捷克共和国外长就是世袭奥地利帝国和奥匈帝国亲王的卡雷尔·施瓦岑贝格！布拉格金融管理大学校长波沪斯拉娃·申基洛娃女士告诉我："德意志文化（譬如施瓦岑贝格家族）、犹太文化（譬如笔者在前文提到的卡夫卡）和西斯拉夫文化（譬如现在的捷克民族）的统一体，这就是当代捷克文化。"

值得一提的是，改变历史进程的"天鹅绒革命"之后，在独立的捷克新政府领导下，克鲁姆洛夫被大规模"修旧如旧"，与施瓦岑贝格家族统治时期的古镇达到了神奇的相似度。我想，无论三大家族修建克鲁姆洛夫的初衷如何，如今，这里成为了一个各个时代建筑风格的集大成者，成为人类文明史上的宝贵财富！基于此，联合国教科文组织将"世界文化和自然双重遗产"的桂冠授予了克鲁姆洛夫。

微风阵阵，风景如画的耶苏伊特大花园、雄伟巍峨的圣·维特大教堂，向我们诉说着克鲁姆洛夫的前世今生……

啤酒：首推"百威"

"到了布杰约维采，我请你喝真正的'百威'啤酒！"同行的友人对我如是说。

对于我国来说，啤酒是舶来品，哈尔滨啤酒和青岛啤酒是中国历史最悠久的两大啤酒品牌。我是"东方小巴黎"哈尔滨人，对啤酒的认知力和鉴赏力毋庸多言。"百威"啤酒（Budweiser）我喝过，那是一个美国牌子，口感不错。布杰约维采？真正的"百威"啤酒？此话怎么讲？

友人来过捷克多次，对这里的风土人情有着更大的发言权。他介绍说，布杰约维采（捷克语 Budějovice）是捷克南波希米亚洲的首府，它的德语称谓就是"百威"（Budweis）。这里的确是"百威”啤酒的故乡，而美国的“百威”啤酒还真是借了人家捷克布杰约维采的“东风”！

提到啤酒，人们的共同理念是德国可谓“正宗”，巴伐利亚州首府慕尼黑就是世界啤酒的魁首嘛。其实，无论从酿造历史、啤酒品质，还是消费量来看，捷克都是世界啤酒真正的冠军。有统计数字表明，大名鼎鼎的巴伐利亚只有像列支敦士登、奥地利、卢森堡那样从“大德意志”分离出来重新独立建国，才能拿到世界啤酒消费量第一的名次！

在捷克有一句谚语：“啤酒造就好身材。”皮尔森啤酒、赫尔德啤酒、伯纳德啤酒、黑山啤酒和百威啤酒，是捷克啤酒的五大品牌。话说当年，还是在奥匈帝国时代，捷克城市皮尔森的酿酒师约瑟夫发明了一种有着成熟麦子的颜色、有着清爽通透的视觉感官、充满麦芽香气和酒花苦味的啤酒。这种啤酒面世之后，立即横扫欧洲，从巴尔干半岛到伊比利亚半岛，从英伦三岛到俄罗斯大地，到处都在对此津津乐道。

与此相仿的啤酒在世界各地纷纷出笼，“皮尔森啤酒”作为啤酒的一大品类，得到全世界的公认。1900 年，俄罗斯商人乌卢布列夫斯基在哈尔滨开办了中国第一家啤酒厂——乌卢布列夫斯基啤酒厂；1901 年，俄罗斯人和德意志人在哈尔滨开办了哈盖迈耶尔·柳切尔曼啤酒厂；1902 年，捷克人在哈尔滨开办了东巴伐利亚啤酒厂；1903 年，英国人和德国人在青岛开办了英德啤酒有限公司。可以这样说，从哈尔滨啤酒到青岛啤酒，乃至中国所有啤酒厂出产的啤酒，都是“皮尔森啤酒”。由于这个缘故，我们中国人认为所有啤酒都是这种味道——长见识吧！

布杰约维采坐落在南波希米亚盆地的中心地带，伏尔塔瓦河和马尔谢河在此交汇。这里土质膏腴、物产丰饶，山清水秀、人杰地灵，具备了生产优质啤酒的诸多条件。正如 Pilsen（皮尔森）出产的啤酒叫作 Pilsner(皮尔森啤酒)一样,Budweis(布杰约维采)出产的啤酒也就自然而然地被称为 Budweiser(百威啤酒)了。除与皮尔森啤酒同属一个品类外,百威啤酒还具备了皮尔森啤酒所没有的特殊馨香口感。也正是基于此,在独立不久而迅速崛起的美国,密苏里州有一家啤酒制造商安海斯－布希公司,派遣技术人员来到中欧捷克的“百威”小镇考察观摩,很快就学到了捷克“百威”的酿造技术。技术人员回国之后,安海斯－布希公司马上开始以捷克“百威”的酿造技术在美国酿造啤酒,并在北美大陆销售。安海斯－布希公司的“百威”啤酒在北美大陆广受欢迎,精明的美国人便不再向捷克“百威”酒厂购买啤酒花,美国“百威”执意独立经营。波希米亚人感觉受到了欺骗,愤怒地与安海斯－布希公司打起了一场旷日持久的侵权官司。实际上,美国啤酒制造商安海斯－布希公司之所以为自己的啤酒选择“百威”品名,就因为它是“优质啤酒”的同义词啊。目前,这场官司的结果是——捷克“百威”拥有欧洲市场份额,其他地方的“百威”啤酒则由美国安海斯－布希公司来经销。看来,敦厚老实的波希米亚人还是吃了大亏!

闲话少叙,既然来到了“百威”的故乡,还是品尝一下真正的“百威”啤酒吧。普热米斯尔·奥托卡二世广场,这个 133 米 × 137 米的巨大广场成型于 13 世纪,以营建布杰约维采的波希米亚国王普热米斯尔·奥托卡二世来命名。这是捷克面积最大的广场,超过了布拉格的老城广场和瓦茨拉夫广场。广场的四周,分布着数不胜数的中世纪古典建筑,罗马式、哥特式、文艺复兴式、巴洛克式……五颜六色、赏心悦目,美轮美奂、叹为观止!广场一隅,便是著名的“布多巴扎·布多巴尔”酒吧。酒吧老板为我们每人提供了两大扎布杰约维采出产的“布多巴扎·布多巴尔”啤酒,一扎是淡爽型“皮尔森品类”的“布多巴扎·布多巴尔”,一扎是浓香型“琥珀品类”的“布多巴扎·布多巴尔”。酒吧老板得意地告诉我们,“布多巴扎·布多巴尔”就是将“百威”重重地强调两遍,意思是说捷克的“百威”啤酒才是“世界上最好的啤酒”!

果然,品尝了两种不同风格的“布多巴扎·布多巴尔”啤酒,有一种“曾经沧海难为水”的感觉!在这里,我似乎找到了啤酒的灵魂!

不知不觉中,一轮明月已然娴静地挂在天边……

（2016 年 10 月）

布拉迪斯拉发遐思

从奥地利首都维也纳出发,乘客轮沿多瑙河向东航行不到60公里,就抵达了斯洛伐克首都布拉迪斯拉发。维也纳和布拉迪斯拉发,恐怕是欧洲距离最近的两个首都了!

由于行程的安排,我在斯洛伐克只能作短暂逗留。然而,也就是对于布拉迪斯拉发的匆匆一瞥,却让我陷入了深深的思索。

普莱斯堡咏叹

幽静宜人,是布拉迪斯拉发给我的第一印象。湛蓝清澈的多瑙河穿城而过,多瑙河北岸的布拉迪斯拉发老城满眼都是五彩斑斓的巴洛克建筑。作为最古老的建筑和城市的象征,雄伟傲岸的布拉迪斯拉发城堡高高地耸立在老城侧畔的山巅。在我身后是布拉迪斯拉发新城佩特萨尔卡,冷战时期大量修建的“赫鲁晓夫式”大板楼则千篇一律、乏善可陈。但见,三三两两的布拉迪斯拉发市民悠闲地在河畔散步,自信与满足呈现在他们微笑的面庞。

横渡多瑙河,登上布拉迪斯拉发城堡。放眼望去,“一览众山小”,多瑙河两岸的秀丽风光尽收眼底。高峻的布拉迪斯拉发城堡是斯洛伐克的“故宫”,宫门前广场上矗立的斯瓦托普卢克大帝跃马挥剑的巨大塑像记录着斯洛伐克筚路蓝缕的历史,承载着它千百年来的光荣与沧桑。

公元9世纪,西斯拉夫人建立的摩拉维亚大公国(包含波希米亚、摩拉维亚和斯洛伐克)在中欧雄起。833年,斯洛伐克取代波希米亚成为摩拉维亚大公国的中心。斯瓦托普卢克大公带领西斯拉夫人皈依基督教,于875年在布拉迪斯拉发城堡加冕称帝,“大摩拉维亚国”骄傲地步入“黄金帝国”岁月。然而,昙花一现,好运难久。10世纪初,帝国解体,波希米亚和摩拉维亚组建了捷克王国,定都布拉格;斯洛伐克则被从亚洲疯狂涌入的游牧民族马扎尔人占领。匈牙利国王下令扩建布拉迪斯拉发城堡,作为匈牙利的王宫(匈牙利建都布达佩斯是几百年后的事情了),斯洛伐克全境沦陷!为抵抗奥斯曼土耳其帝国大军的侵略,1526年,灭国已久的斯洛伐克随匈牙利王国一起归属了由哈布斯堡家族领衔的神圣罗马帝国(德意志第一帝国),“普莱斯堡”则是奥地利皇室赋予布拉迪斯拉发的德语名字。到1867年奥匈帝国建立,捷克人和斯洛伐克人在彼此隔绝了数百年之后,又开始共同生活在庞大的奥匈帝国之内。

作为“普莱斯堡”的布拉迪斯拉发,在承受了匈牙利王国、奥斯曼土耳其帝国的残酷蹂躏之后,获得了难得的喘息机会。相对于疯狂屠戮的马扎尔人和突厥人,开明进步的德意志文化对斯洛伐克施加了翻天覆地的影响,造就了斯洛伐克成为与捷克一样在世界上拥有数量最多城堡的国家,从古城堡遗迹到保存完好的博物馆收集品,斯洛伐克可谓品类齐全、收获颇丰。如今,斯洛伐克散布着180处在联合国教科文组织登记受保护的城堡和遗迹,还有1200处庄园、田舍和楼阁。在斯洛伐克,很多城堡都繁衍出妙趣横生的传说和神话故事,诸如布拉迪斯拉发城堡、特伦钦城堡,都是斯洛伐克美妙传奇所在。虽然长期失去独立,然而自由的空气正在逐步发酵。对于斯洛伐克这样的弱小民族来说,正所谓失之东隅,收之桑榆。

步出布拉迪斯拉发城堡,来到多瑙河畔一爿小店,安静地品尝一道添加了斯洛伐克羊乳酪酱的匈牙利“古拉什”,惬意地享用一碟马铃薯面团加白菜糜制作的斯洛伐克蓬松糯香汤团,恬淡地轻酌一口斯洛伐克特产塔特拉山茶酒,真是气定神闲,感觉口福不浅哟!

塔特拉山暴风

午餐之后,经由飞架多瑙河南北的钢索斜拉大桥,信步回到布拉迪斯拉发新城区。虽然佩特萨尔卡俯拾皆是的“赫鲁晓夫式”大板楼无甚特色,但是,这些“东欧社会主义大家庭”的标志性建筑却是斯洛伐克重振斯瓦托普卢克大帝遗风,重新获得独立与自由的见证者。

伴随着第一次世界大战结束,地域广袤的哈布斯堡奥匈帝国土崩瓦解、寿终正寝。奥匈帝国原来的统治者奥地利单独建立了以维也纳为首都的德意志国家,匈牙利以布达佩斯为首都独立建国,巴尔干半岛的塞尔维亚、克罗地亚、斯洛文尼亚、黑山、马其顿、波斯尼亚－黑塞哥维那组成了以贝尔格莱德为首都的南斯拉夫;1918 年 10 月 28 日,斯洛伐克和捷克一起组成了以布拉格为首都的捷克斯洛伐克。

历经磨难的捷克和斯洛伐克两个西斯拉夫民族,当时真有恢复“大摩拉维亚国”之豪情。然而,“人无千日好,花无百日红”,捷克斯洛伐克共和国内的两大民族矛盾重重,贫弱的斯洛伐克的独特性被掩盖在强大的捷克的旗帜之下。捷克依仗有史以来工业发达的经济优势,对斯洛伐克进行统治和剥削,使捷克和斯洛伐克两个地区发展极度不平衡,差距迅速拉大。

第二次世界大战中,纳粹德国出兵占领并且吞并了捷克,斯洛伐克的死对头匈牙利乘机占领斯洛伐克。于是,形成了荒谬的逻辑:一方面,匈牙利作为纳粹德国的仆从国,唯希特勒的马首是瞻;另一方面,斯洛伐克又被昔日奥匈帝国海军上将霍尔蒂独裁的匈牙利领有。灾难深重、弱小无助的斯洛伐克又坠入了无底的深渊!

第二次世界大战结束后,在苏联红军帮助下,共产党取得了捷克斯洛伐克的领导权。可悲的是,它又依附于苏联,成为华沙条约组织成员国。1968 年,46 岁的杜布切克担任捷克斯洛伐克共产党中央第一书记,领导“布拉格之春”运动,进行经济改革,搞“自己类型的社会主义”。苏联于当年 8 月 20 日派兵夜袭布拉格,把杜布切克抓到莫斯科——苏联的忠实走卒胡萨克就此上台。在捷克作家米兰·昆德拉的小说《生命中不能承受之轻》中,对于这一段历史有精彩描述。杜布切克是斯洛伐克人,他的政策有倾向斯洛伐克的地方,捷克人对其颇有非议。胡萨克当政时期,1970 年代,全国经济和文化建设取得了重大成就,斯洛伐克的落后情况稍有好转。但是,对于捷克人在共和国内的领导地位,斯洛伐克人向来耿耿于怀!

1989 年东欧剧变,铺天盖地的“天鹅绒革命”兵不血刃令捷克斯洛伐克共产党失去政权。在野多年的“布拉格之春”领导人杜布切克于当年 12 月当选为捷克斯洛伐克联邦议会主席,并任斯洛伐克社会民主党主席。1992 年 9 月 1 日,杜布切克遭遇离奇车祸身负重伤,并于 11 月 7 日蹊跷去世。至于车祸原因,至今没有定论!

1993 年元旦,斯洛伐克宣布单独建国,演绎了著名的“天鹅绒分离”。从早年的“大摩拉维亚国”到如今的斯洛伐克,斯洛伐克民族经历了沧海桑田,大有凤凰涅槃、浴火重生之势。作为单一的弱小民族,斯洛伐克获得了真正的独立。

如今,独立的斯洛伐克选择两个单词——“兄弟”和“斯拉夫人”构成了自己首都的名字，这就是布拉迪斯拉发的由来。

光阴荏苒，现在的斯洛伐克怎样了？温和、善良、务实、勤奋的斯洛伐克人认为斯洛伐克地处中欧，坚决拒绝曾给他们带来巨大创伤的“东欧”的地理或政治属性。鉴于众所周知的原因，斯洛伐克人极端讳言政治，而宗教、足球、冰球、健身和音乐，都是他们热衷的话题。

在斯洛伐克，依靠喀尔巴阡山的恩赐，优质葡萄酒、梅子白兰地、塔特拉山茶酒、草药苦酒和啤酒，成为吸引外国游客的著名饮品。斯洛伐克工匠纯手工制作的工艺品也蜚声世界，木偶、织布、陶瓷、水晶等制作精良，充分体现了斯洛伐克的民族风情。发达的畜牧业为斯洛伐克人提供了丰富的肉蛋奶及其制品，大麦、小麦、玉米、油料、马铃薯、甜菜等农作物，让斯洛伐克不仅经济自给，而且可以出口创汇。2006 年，斯洛伐克由一穷二白迅速发展成为中欧的发达国家。

漫步主教宫，置身于宫内仿造法国凡尔赛宫的镜厅之中，感慨万端。这个“喀尔巴阡镜厅”见证了欧洲历史上的重要事件：当年，法兰西第一帝国皇帝拿破仑与神圣罗马帝国皇帝弗兰茨二世在这里签订《普莱斯堡和约》，提前宣告了神圣罗马帝国的落幕。

驻足斯洛伐克议会大厦前的小广场，思绪难平。但见，侧畔碧绿的草丛中杜布切克的塑像仿佛在忧伤地诉说着斯洛伐克的前世今生。这幢“赫鲁晓夫式”大板楼呆板斑驳破旧，当年“布拉格之春”的痕迹依稀可见。如果说斯瓦托普卢克大帝是斯洛伐克的“图腾”，那么，杜布切克就是斯洛伐克的“良心”。

回眸布拉迪斯拉发城堡，心潮起伏。如今，这座融合了斯拉夫、马扎尔、突厥、德意志文化的斯洛伐克国家博物馆，目光灼灼地见证了斯洛伐克由黑暗的中世纪走向朗朗当代、由贫瘠弱小走向独立富强的历史跫音。

斯洛伐克国家歌剧院、圣马丁大教堂、米歇尔门、格拉苏尔科维奇宫、大主教夏宫，无不历久弥新，在灿烂的阳光下赞颂着来之不易的独立和自由。

一切的一切，正如斯洛伐克国歌《塔特拉山上的暴风》所高唱的那样："斯洛伐克属于我们，它沉睡至今。雷和电，把它来惊醒，教她振作生命！"

（2016 年 10 月）

蓝色多瑙河

——惬意的布达佩斯之旅

"华尔兹之王"小约翰·施特劳斯以一曲蜚声世界的《蓝色多瑙河》,令世人对维也纳心驰神往、趋之若鹜。然而,当我亲身游历了维也纳之后,却觉得那里多瑙河的"蓝"有些盛名之下、其实难副。倒是布达佩斯宛若蓝色缎带一般的多瑙河让我拍案称奇,赞不绝口,这里才拥有真正的"蓝色多瑙河"!

不信?请随我来——

"多瑙河玫瑰"

匈牙利首都布达佩斯坐落于多瑙河中游两岸,从前是隔河相望的两个城市,布达雄踞地势高峻的南岸,佩斯铺排北岸的冲积平原。1873年,奥匈帝国皇帝弗兰茨·约瑟夫和伊丽莎白皇后(茜茜公主),以匈牙利国王和女王的身份宣布两城合一,"布达佩斯"由此诞生,"多瑙河玫瑰"是世人授予布达佩斯的桂冠。

走上高高的布达城堡,举目四望:灿烂的阳光洒下浓浓暖意,为多瑙河沿岸披上了秀丽的金色。碧空如洗,展开博大的胸怀,充满爱怜地拥抱着湛蓝纯净的多瑙河。九座气势磅礴、五光十色的大桥仿佛七彩霓虹连接着布达和佩斯。离我最近的融合了古罗马帝国与奥斯曼土耳其帝国建筑风格的链子桥古老弥新、活泼动人，散发出离合的神光。

顺着这离合的神光，我的视线被多瑙河北岸一处庞大恢宏的建筑群吸引了过去。大簇大簇的金色尖塔、五彩缤纷的浑圆穹顶，将和煦的阳光反射成万道彩霞瑞霭；数不胜数的垂直细长的金色廊柱，在清澈的河水衬托下如同直插水底，整座建筑群俨然从蓝色多瑙河中徐徐升起的仙山琼阁。这就是布达佩斯的地标建筑、拥有数十个大小尖顶的以新哥特风格独领风骚的匈牙利国会大厦！

对于华丽壮美的国会大厦，匈牙利人总会“谦虚”地说，他们拥有与其狭小国土极不相称的“世界第一”的立法机构。让我们来看下面这组数字吧：国会大厦于1896年开工，到1904年完工启用，历时8年。楼高96米（相当于32层楼高），除使用40万块砖和100万块珍贵石材外，还奢侈地用了重达40公斤的黄金！大厦在当时已全面采用了电灯、电梯、机械通风、冷暖空调等先进设备，“世界第一”绝非匈牙利人老王卖瓜！

这96米的高度是很有讲究的。原来，匈牙利于896年（相当于我国唐朝末期）立国，况且又在建国1000周年（1896年）为国会大厦奠基，如此这般，“96”就成为匈牙利人的吉祥数字了。难怪，观看世界足球赛事时，总是看到大批的匈牙利球迷身着印有大大的“96”字样的T恤。我以为，匈牙利国会大厦与英国伦敦的议会大厦堪称伯仲，而这里多瑙河沿岸优越的地理位置又同上海黄浦江畔的陆家嘴有异曲同工之妙。

视线收回，聚焦于身旁马加什大教堂金光闪闪的尖顶，它与布达佩斯著名建筑渔人堡一起，如同卫兵一般拱卫着巍峨的布达城堡。这座新哥特式的壮美大教堂，也是布达佩斯的地标之一。历代匈牙利国王都在马加什教堂举行加冕仪式。1867年6月7日，奥地利帝国皇帝弗兰茨·约瑟夫和伊丽莎白皇后（茜茜公主）

在布达城堡上的马加什教堂加冕，分别担任匈牙利国王和女王。然后，夫妇二人来到多瑙河畔链子桥头，向匈牙利人民庄严宣誓："有圣母玛利亚保证，我们要向对待自己的孩子一样对待匈牙利人民！"庞大而富强的奥匈帝国由此建立起来。

在奥地利不受婆婆待见的茜茜公主（见我的另一篇游记《约会"多瑙河女神"》），对匈牙利可谓一往情深。四处旅行的她喜欢这里的蓝色多瑙河，热爱勤劳质朴的匈牙利人民，最爱听欢快的《匈牙利舞曲》，迷恋匈牙利传统美食"古拉什"，认真而执着地学习匈牙利语——当然，布达佩斯还有她心爱的安德拉什伯爵。茜茜公主在匈牙利受到广泛欢迎，匈牙利人民甚至以"感激与怀念"来向这位来自巴伐利亚的美丽女人致敬，他们认为是茜茜公主让匈牙利取得了和奥地利同等的王国地位。在布达佩斯，很多地方都留下了茜茜公主的影子，多瑙河上的九座大桥，以"茜茜公主"大桥、"弗兰茨·约瑟夫皇帝"大桥和链子桥最为著名。

马加什教堂侧畔的渔人堡，是一座结合了新罗马与新哥特风格的漂亮观景台。冷眼看来，渔人堡古色古香，其实，它是 20 世纪初完成的建筑。渔人堡是恋人们的天堂，它与上海外滩的功能极其相似。从这里饱览蓝色多瑙河和对岸佩斯的秀丽景色，是一个绝佳的视角。马加什教堂和渔人堡之间的高大铜像，是匈牙利第一个天主教国王圣·伊斯特万（西方称为圣·斯蒂芬）。伊斯特万国王于 1000 年加冕，率领匈牙利人民皈依耶和华，成为匈牙利开国元勋，获封"圣人"称号。渔人堡北面山上是布达老皇宫，如今是匈牙利国家图书馆、国家画廊和布达佩斯博物馆。老皇宫旁边的桑多尔宫是当今匈牙利总统的办公地。

"江山如此多娇"，布达佩斯蓝色多瑙河两岸被联合国教科文组织命名为世界文化遗产。

“古拉什”之惑

正午，在布达佩斯安德拉什林荫大道漫步，宛若置身于巴黎的“香榭丽舍大街”。这条大街以奥匈帝国匈牙利王国首相安德拉什伯爵的名字命名，连接著名的城市花园和伊丽莎白广场，周边多是琳琅满目的巴洛克建筑。清风徐来，凉爽惬意，在大街尽头的伊丽莎白广场，怡然自得的我享用了一顿匈牙利国菜、茜茜公主酷爱的美餐“古拉什”。

大名鼎鼎的“古拉什”，就是地道的匈牙利炖牛肉！选用上好的鲜嫩牛肉，配以土豆、胡萝卜、洋葱，加上清冽微甜的多瑙河水，文火慢炖大约两小时，出锅以后点洒匈牙利红甜椒粉和白胡椒粉，一道醇香四溢的“古拉什”即大功告成。连汤带肉舀一勺赭红色的“古拉什”送入口中，那种浑厚浓郁的肉香立刻让你陶醉！这时，斟上一杯世界驰名的匈牙利托卡伊奥苏贵腐葡萄酒，轻品慢啜，“葡萄美酒夜光杯”，咱也享受一回被法国国王路易十四誉为“酒中之王、王室之酒”的欧洲王室贡酒！欣欣然！

说起“古拉什”，这里还有一个动人的故事。冷战时期，苏联是社会主义大家庭的首脑，带领中东欧的“华沙条约组织”同以美国为首的“北大西洋公约组织”相抗衡。1964 年 4 月，苏共领导人赫鲁晓夫访问匈牙利，在布达佩斯品尝了“古拉什”后赞不绝口，“共产主义就是人人都有土豆牛肉汤喝”。随后，“古拉什”被迅速引入食品严重匮乏的苏联，成为苏联人民的“共产主义”生活典范。开国领袖毛泽东嗤笑赫鲁晓夫志向太低，挥毫创作一首《念奴娇·鸟儿问答》，诙谐潇洒地唱道：“鲲鹏展翅，九万里，翻动扶摇羊角。背负青天朝下看，都是人间城郭。炮火连天，弹痕遍地，吓倒蓬间雀。怎么得了，哎呀我要飞跃。借问君去何方，雀儿答道：有仙山琼阁。不见前年秋月朗，订了三家条约。还有吃的，土豆烧熟了,再加牛肉。不须放屁!试看天地翻覆。”是啊,回首强大苏联一夜之间作鸟兽散的惨剧,正视其直接继承者俄罗斯的国民经济依然堪忧的现实,不由不钦佩当年伟大领袖毛泽东同志的远见卓识!

蜚声世界的“古拉什”,如今不仅是匈牙利的国菜,而且早已成为其周边国家诸如奥地利、捷克、斯洛伐克等国脍炙人口的经典菜肴,并推陈出新,花样颇多。在奥地利首都维也纳,我品尝到的是牛肉加上蘑菇的清炖式样的“古拉什”;在捷克首都布拉格,布拉格金融管理大学副校长罗曼·门特里克博士邀请我到他自家开办的酒庄,品尝了馒头片蘸牛肉酱式样的“古拉什”;特别是在斯洛伐克首都布拉迪斯拉发,我吃到的“古拉什”竟然是中国式疙瘩汤拌上匈牙利式炖牛肉!“古拉什”继续“发酵”,为方便喜欢“古拉什”口味的各国拥趸,在德国、法国、英国、荷兰等国的超市里,都有出售袋装“古拉什”的半成品,像牛肉加上白扁豆炖煮的素淡“古拉什”、青椒镶嵌牛肉的翡翠“古拉什”等等。值得一提的是,我国人民也借鉴了“古拉什”的做法,用牛肉加上土豆、西红柿、甘蓝炖煮,形成了中国东北风味的“古拉什”!

一阵悦耳的音乐传来,是明快活泼的《匈牙利舞曲》。但见,一群身着五色斑斓的匈牙利民族服装的少女,裙袂飘飞、翩翩舞蹈而至。美景、美食、美酒、美乐、美人……在我身旁,霎时汇成了欢乐的海洋。此刻,置身于蓝色多瑙河畔愉悦氤氲中的无比惬意的我,脑海里自然而然地闪现出《与朱元思书》中的句子:“鸢飞戾天者,望峰息心;经纶世务者,窥谷忘返!”

“西迁的匈奴”

“生命诚可贵,爱情价更高。若为自由故,两者皆可抛。”多么熟悉的诗句!是的,著名的《自由与爱情》。作者就是伟大的匈牙利爱国者、诗人、独立革命斗士裴多菲。

伫立在蓝色多瑙河上连接布达和佩斯的乳白色的“茜茜公主”大桥边，我静静地瞻仰着高大的裴多菲塑像。裴多菲可能是中国人最熟悉的匈牙利人了，他有过这样一段经典陈述：“我们那遥远的祖先，你们是怎么从亚洲走过漫长的道路，来到多瑙河边建立起国家的？”

是的，相对于日耳曼、拉丁、斯拉夫三大族群，匈牙利人是欧洲独树一帜的异类。在他们身上镌刻着深深的东方烙印，单单从匈牙利人的姓名结构就可见一斑。请看：诗人裴多菲·山陀尔、音乐家李斯特·弗兰茨、大独裁者霍尔蒂·米克洛什、匈牙利民主共和国首任总统卡罗伊·胡萨尔、改革家纳吉·伊姆雷、共产党领袖卡达尔·亚诺什……姓在前，名随后，与欧洲人大相径庭。这是典型的东方命名方式！

匈牙利人来自遥远的亚细亚已成定论。关于匈牙利的东方起源具体族群，历史学家则莫衷一是。多数历史学家压倒一切的声音：匈牙利人是中国蒙古高原的匈奴后裔，很多匈牙利人也这么看待自己的身份。而匈牙利国史则认为，自己是来自西伯利亚的马扎尔人。在匈牙利的纸币“福林”上面，我果然看到印有“马扎尔”的字样。

事实到底是怎样的呢？原来，现今的匈牙利在古代是罗马帝国的潘诺尼亚省。被中国西汉上将军卫青、骠骑大将军霍去病击败的匈奴一分为二，南匈奴内附天朝，不甘失败的北匈奴则被迫西迁。游牧民族逐水草而居，北匈奴在大单于阿提拉当政时达到极盛，横扫中东欧诸多日耳曼“蛮族”、斯拉夫“奴隶”。匈奴骑兵来时排山倒海，去时十室九空，一举占领多瑙河谷潘诺尼亚平原。阿提拉逼得日耳曼系列东哥特人、西哥特人纷纷涌入罗马帝国境内，日耳曼系列盎格鲁人、萨克森人渡海流亡到不列颠岛，森林民族斯拉夫人逃向巴尔干半岛，芬兰人去斯堪的纳维亚半岛躲避……罗马帝国由分裂走向溃败。无奈，以君士坦丁堡为首都的东罗马帝国和以罗马为首都的西罗马帝国都得向阿提拉进贡。匈奴在东方失去的面子终于在西方讨了回来。欧洲人惊恐地以为匈奴是上帝派来“惩罚”他们的虎贲，无比畏惧地称阿提拉为“上帝之鞭”。第一次“东方浪潮”！

一波未平，一波又起。公元5世纪，随着阿提拉的暴亡，匈奴汗国迅速瓦解。6世纪，阿瓦尔人（就是被中国天朝军队击败的柔然）从亚洲蜂拥而至。又是一番血腥杀戮，又是一轮凶残征服！中国人发明的马镫被阿瓦尔人从中国传入欧洲。双手操纵长矛、大杆刀的剽悍骑兵脚踩马镫，从战马上站起来冲杀，没见过这般阵势的欧洲人瑟瑟发抖，惊呼阿瓦尔可汗巴颜为“阿提拉第二”！此时的欧洲骑士还在马上一手紧紧抓着缰绳，一手挥舞十字剑呢。潘诺尼亚平原，以及散落的匈奴和斯拉夫人尽归阿瓦尔汗国。第二次“东方浪潮”！

再后，第三支东方游牧民族马扎尔人在公元9世纪重演了“匈奴—阿瓦尔式”的西征。他们风起云涌、呼啸而来，于896年攻占潘诺尼亚，并在水草丰美的多瑙河谷地定居下来。欧洲人对当年匈奴暴风骤雨般占领多瑙河流域依然心有余悸，他们胆战心惊地称多瑙河谷地潘诺尼亚平原为匈牙利——“匈奴人的土地”。第三次“东方浪潮”！

在漫长的历史进程中，大量的匈奴人、阿瓦尔人留在了匈牙利，他们与马扎尔人长期通婚形成了近现代匈牙利人的基本架构。

历史继续前行。马扎尔人的阿尔帕德王朝大公伊斯特万，于公元1000年圣诞节由罗马教皇加冕为匈牙利国王，匈牙利升格为王国。1241年，匈牙利与西征的蒙古大军激战，虽然城毁兵败，但保护了欧洲免于战火蹂躏,被誉为“基督教的捍卫者”。从1526年起,匈牙利又遭到奥斯曼土耳其帝国大军的屠戮,多亏神圣罗马帝国(德意志第一帝国)军队殊死抵抗,匈牙利才免于被奥斯曼土耳其帝国全部吞并。从此,匈牙利西部归属哈布斯堡王朝,东部被奥斯曼土耳其帝国占领。18世纪,神圣罗马帝国哈布斯堡王朝全部领有匈牙利。匈牙利在奥匈帝国弗兰茨·约瑟夫皇帝和伊丽莎白皇后(茜茜公主)时代达到空前繁盛。

长篇小说《最后一个匈奴》的作者高建群阐释:“匈牙利人吹唢呐和剪纸的情形和中国陕北的一样,他们说话的尾音也与陕北口音很相似。”很多匈牙利学者都认为匈牙利与匈奴后裔有着密切的关系。我们可以这样说,匈奴人、阿瓦尔人(柔然)、马扎尔人都是当代匈牙利人的祖先,而自认匈奴后裔的马扎尔人则是匈牙利人比较直接的前辈。

与蒙古帝国、奥斯曼土耳其帝国的长期混战,加上神圣罗马帝国、奥地利帝国、奥匈帝国的强有力统治,蒙古、突厥、日耳曼、斯拉夫血统相继混入匈牙利。直到第一次世界大战奥匈帝国败亡,匈牙利独立,亚欧混血的匈牙利民族最后形成。由于匈牙利的强行“楔入”,在欧洲才有了东斯拉夫(俄罗斯、乌克兰、白俄罗斯)与西斯拉夫(波兰、捷克、斯洛伐克、东德的索布)和南斯拉夫(塞尔维亚、克罗地亚、斯洛文尼亚、黑山、马其顿、保加利亚)的再次划分。

天高云淡,蔚蓝的、清澈的、宁静的多瑙河水,仿佛在痴情而忘我地演奏《匈牙利狂想曲》,又似乎在向我揭示着生活的真谛……

(2016年10月)

约会“多瑙河女神”

畅游维也纳的每一天，我都痴迷在她醉人的孟秋韵致里。兴味盎然地置身维也纳森林，漫步蓝色多瑙河畔，聆听天籁之音；参谒美泉宫，寻访美丽善良的茜茜公主的芳踪；踯躅霍夫堡，品味哈布斯堡王朝昔日的辉煌……万千感慨，伴随《南国玫瑰圆舞曲》飘飞曼舞。

朋友，请随我深入冰清玉洁的雪绒花的故乡，与维也纳这风情万种的“多瑙河女神”来一次浪漫约会吧。

曼妙的音乐

维也纳是誉满全球的“音乐之都”。卓越的哲学大师尼采曾经说过：“当我想以一个词来表达音乐时，我找到了维也纳……”

这就是令我一直以来心驰神往的金色大厅吗？但见，在杲杲艳阳映照之下，高贵的橘黄和绚丽的朱红两色完美交替，构成了这幢高大崔嵬的大厦的外墙，金碧辉煌的屋顶镌刻着30尊风采各异的阿波罗和缪斯女神的镀金雕像——典型的意大利文艺复兴式建筑！

金色大厅得益于酷爱音乐的哈布斯堡皇室的慷慨馈赠。1863年，奥地利帝国皇帝弗兰茨·约瑟夫将维也纳著名的环形大道旁边一块土地，赏赐给维也纳音乐爱好者协会。1867年，当以古希腊神庙为蓝本的金色大厅竣工时，弗兰茨·约瑟夫已经成为国土面积广阔的奥匈帝国的开国皇帝了。

步入金色大厅，强烈的视觉冲击让我有些眩晕——所有包厢用18根涂上金箔的巨大廊柱支撑，浮光跃金，富丽堂皇！极尽奢华之能事的洛可可风格内饰，加之金色大厅与奥匈帝国同年诞生的特殊身份，不由你不遥想当年哈布斯堡王朝的富甲天下，桂冠寰宇。

在这里，《蓝色多瑙河》《维也纳森林的故事》《春之声》《雷鸣电闪波尔卡》《拉德茨基进行曲》……年复一年，每年元旦隆重举行的“维也纳新年音乐会”，将“华尔兹之父”和“华尔兹之王”约翰·施特劳斯父子的名字传扬到五洲四海；《英雄交响曲》《命运交响曲》《田园交响曲》《合唱交响曲》……“乐圣”贝多芬的卓越才情被谱写成旷世传奇；《圣母颂》《摇篮曲》《小夜曲》……“歌曲之王”舒伯特轻歌悄吟；《惊愕交响曲》《午别交响曲》《皇帝四重奏》……深沉的海顿独树一帜；《德意志安魂曲》《匈牙利舞曲》《海顿主题变奏曲》……质朴的勃拉姆斯振聋发聩；《塔索》《普罗米修斯》《匈牙利狂想曲》……奔放的李斯特引吭高歌；《费加罗的婚礼》《唐璜》《魔笛》《土耳其进行曲》……率真的莫扎特黄钟大吕昂首傲视维也纳！众多欧洲顶级音乐家云集维也纳，星光灿烂的“维也纳新古典乐派”构筑了世界乐坛的巅峰，至今无人能够企及！

一直以来，我的生命就与音乐融为了一体，曼妙的旋律令我如醉如痴。遥想当年，与影片《卡萨布兰卡》中英格丽·褒曼的现实版、我心爱的初恋情人弗兰蒂雅携手漫步水边，为贝多芬的《命运交响曲》唏嘘不已！两张稚嫩的嘴唇喋喋不休地争论《命运交响曲》该如何演奏、怎样配器——你明眸善睐地启动皓齿，说法兰西钢琴家理查德·克莱德曼的现代钢琴曲推陈出新，配上小乐队演奏特别余音绕梁、耐人寻味；我固执己见地讲还是卡拉扬指挥庞大的交响乐队更能体现《命运交响曲》的深刻内涵。如今，在“维也纳新古典乐派”这群星荟萃之地再次聆听《命运交响曲》，不禁生发深深的感喟，正所谓“少年不识愁滋味，为赋新词强说愁”！此刻，雍容典雅、美丽温婉的弗兰蒂雅莞尔一笑，轻轻嗔道：“你怎么不说我们那时多么纯真呢！”这满城飘飞的圆舞曲、进行曲、波尔卡、奏鸣曲、回旋曲、小夜曲啊，让我对维也纳魂牵梦萦。

金色大厅的全名叫作“维也纳音乐爱好者协会大厦”，“世界第一乐团”维也纳爱乐乐团就是这里的主人，当代著名指挥大师卡拉扬长期在这里驻演。全世界音乐爱好者若想获得“三月不知肉味”的无与伦比的视听享受，是一定要来“世界首席音乐厅”金色大厅陶醉一番的。我国艺术家宋祖英、熊曼玲、谭晶、李云迪、李玉刚，都在金色大厅进行过精彩演出。

浮想联翩之际，金色大厅里播放起音乐大师维瓦尔第的《四季套曲·春天》。这明快欢愉的旋律，把阿尔卑斯山上的雪绒花衬托得愈加鲜艳夺目，把墨绿的维也纳森林装点得愈加美丽多姿，把静静流淌的蓝色多瑙河打扮得愈加妩媚动人。

音乐是维也纳的灵魂，难以想象，离开了音乐，维也纳将会是怎样的一番情境。

帝国的余晖

伫立在著名的维也纳环形大道上，极目眺望老城（内城），不禁为这里独具特色的建筑艺术所震撼，希腊式、罗马式、哥特式、文艺复兴式、巴洛克式……星罗棋布、错落有致，鳞次栉比，金碧辉煌！建于中世纪的圣·斯蒂芬大教堂的金色尖顶直刺晴空，似乎在深情地诉说着维也纳的前世今生。

拥有1800多年历史的维也纳，曾经是德意志民族神圣罗马帝国(德意志第一帝国)、奥地利帝国、奥匈帝国的首都,是“欧洲第一家族”哈布斯堡皇室的统治中心。这也是我们为什么能在维也纳品尝到纯正德意志风味的煎牛排、正宗的波希米亚丸子、地道的匈牙利辣味烧牛肉“古拉什”和炙烤梭鲈的原因所在。

听我细细道来:奥地利最初是神圣罗马帝国的一个省。1273年,哈布斯堡家族攫取奥地利。在1348年至1806年的数百年间,除一个特例外,都是由来自哈布斯堡家族的奥地利君主担任神圣罗马帝国的皇帝。在奥地利统率下,神圣罗马帝国下辖众多诸侯,奥地利、普鲁士、巴伐利亚、符滕堡、汉诺威、萨克森、卢森堡、列支敦士登、荷兰、瑞士、威尼斯、波希米亚、斯洛伐克……堪称欧洲第一大国。

1804年,拿破仑加冕法兰西第一帝国皇帝,并侵扰莱茵河以西的德意志土地。次年年底,拿破仑大军攻进维也纳,并于1806年宣布解散神圣罗马帝国!痛失皇冠的哈布斯堡家族不甘示弱,立即宣布奥地利为帝国以回敬。在英格兰、荷兰、普鲁士、奥地利、汉诺威、比利时等“反法同盟”联军的夹击下,拿破仑兵败莱比锡,再败滑铁卢!奥地利帝国再次扬眉吐气!它不仅依然在德意志诸邦一言九鼎,而且因领有捷克、斯洛伐克、匈牙利、威尼斯、斯洛文尼亚、克罗地亚,以及部分波兰和罗马尼亚,又发展成一个民族成分复杂的大帝国。

因击败拿破仑而崛起的普鲁士霍亨索伦家族对奥地利哈布斯堡家族嗤之以鼻,与奥地利争夺德意志领袖地位。1864年,普鲁士击败“北欧海盗”丹麦;1866年,击败奥地利帝国;1870年,击败法兰西第二帝国。1871年,普鲁士国王威廉一世加冕德意志帝国皇帝,史称“德意志第二帝国”,奥地利被驱逐出德意志!如果说哈布斯堡王朝统治的德意志第一帝国是“大德意志”,那么,霍亨索伦王朝领衔的德意志第二帝国就是“小德意志”。

“无可奈何花落去”，奥地利皇帝弗兰茨·约瑟夫只好与时为奥地利附庸的匈牙利一起，构建“二元”君主国“奥匈帝国”。1914年，第一次世界大战爆发，哈布斯堡家族和霍亨索伦家族毕竟同为德意志兄弟，他们并肩作战。1918年，沦为战败国的奥匈帝国解体，奥地利退缩成由德意志单一民族构成的共和国。

奥地利人阿道夫·希特勒“大德意志”思想根深蒂固，固执地认为“共同的血统属于共同的帝国”。1936年，舒士尼格宣布奥地利是“德意志国家”。1938年，希特勒将舒士尼格赶下台，奥、德合并，德意志再次“统一”。希特勒的“德意志第三帝国”几乎囊括了除苏联和英国之外的整个欧洲。“大德意志”成功复辟，因其领袖又是奥地利人了！第二次世界大战结束后，苏、美、英、法从各自利益出发，主张维持“小德意志”格局，绝对不允许再出现超级“大德意志”。奥地利再次从德国黯然分离出来，这就是我现在造访的当代奥地利了。

“夕阳无限好，只是近黄昏。”这时，我的脑海里忽然闪现出经常光临金色大厅、维也纳国家歌剧院的弗兰茨·约瑟夫皇帝和茜茜公主。当年，你们真是过着“只羡慕鸳鸯不羡仙”的幸福生活！

永远的茜茜

最早知道茜茜公主，是在青年时代观赏了著名演员罗密·施奈德主演的《茜茜公主》《年轻的皇后》《皇后的命运》三部经典电影。纯真美丽、善良活泼的巴伐利亚女公爵伊丽莎白（昵称“茜茜公主”），在维也纳度假时邂逅了年轻俊朗的奥地利帝国皇帝弗兰茨·约瑟夫，两人一见钟情并结成伉俪。一段浪漫的爱情故事为维也纳镀上了一层绯红的光环。

当年，神圣罗马帝国皇帝马蒂亚斯到维也纳西南郊狩猎，偶然喝了山坡上的泉水，顿感甘冽清爽，唇齿芬芳！一时兴起，将此泉命名为“美泉”。后来，神圣罗马帝国女皇玛丽亚·特蕾萨下令在此营建恢宏壮美的美泉宫和巴洛克式花园，总面积2.6万平方米的宫苑直逼法国凡尔赛宫。

美泉宫是神圣罗马帝国、奥地利帝国、奥匈帝国和哈布斯堡王朝的夏宫，与法国的凡尔赛宫、英国的白金汉宫、俄国的克里姆林宫并称“欧洲四大宫殿”，是世界闻名的巴洛克艺术建筑群。茜茜公主在这里留下了浓墨重彩的生活画卷。

走进美泉宫，但见，奢华优雅、纤巧华美的洛可可风格与雕琢繁复、无处不金的巴洛克风格相映成趣。哈布斯堡家族的餐厅金碧辉煌，您在《茜茜公主》《年轻的皇后》《皇后的命运》三部电影中，应该领略了皇室成员在轻柔舒缓的音乐中进餐的风采；茜茜公主的卧室富丽堂皇，弗兰茨·约瑟夫皇帝的心意是让他心爱的皇后不再眷恋巴伐利亚女公爵时代的生活；弗兰茨·约瑟夫的办公室则实在是太过古朴简约，办公桌椅后面还放着一张单人床，公务繁忙时，以勤奋著称的皇帝就在这张小床上睡个囫囵觉。在美泉宫内，还专门设计了一些东方古典式建筑，有镶嵌着紫檀、黑檀和象牙的中国式房间，也有装点了泥金和涂漆的日本式房间，显示出宫廷主人放眼世界的博大胸怀。

美泉宫依山傍水，一座卷帙浩繁的巴洛克大花园顺着碧草茵茵的缓坡一直延伸到山顶。走过几座玫瑰花园，便来到巴洛克大花园中心的“美泉”。清澈的泉水高高喷涌，吸引无数白鹭、沙鸥、红鹳，或翱翔盘旋，或悠然憩息——一副安详怡然的田园风采！此时，山顶高高耸立的“凯旋门”映入眼帘。相比巴黎的同名建筑，这座“凯旋门”更加美轮美奂、蔚为壮观。大门正中上方，一只巨大的金雕展翅欲飞，象征着哈布斯堡王朝的“雄姿英发”。站在“凯旋门”下，“一览众山小”，维也纳全城的秀丽景色尽收眼底。

弗兰茨·约瑟夫皇帝和茜茜公主对美泉宫的喜爱超过了哈

布斯堡王朝的真正皇宫——霍夫堡。这对伉俪在美泉宫留下了无尽的欢乐、吉祥和幸福，而坐落于维也纳老城中心地带的霍夫堡只好退居哈布斯堡王朝的冬宫了。每年仲夏，在这里举办的美泉宫消夏音乐节让全世界音乐爱好者如醉如痴！如今，美泉宫及其大花园被联合国教科文组织列入了《世界文化遗产名录》。

神仙佳偶，世人欣羡。然而，在哈布斯堡王朝的冬宫霍夫堡，我从茜茜公主房间的玻璃窗上看到，这个“欧洲最美丽贵妇人”的窈窕映像却透露了无尽的感伤。茜茜公主的真实生活是这样的：虽然弗兰茨·约瑟夫皇帝极其珍爱茜茜，皇太后却因这不是自己选中的儿媳而特别讨厌她。万般无奈，茜茜只好到处旅游度假以躲避暴戾的婆婆。“我是太阳的女儿/神的金光伴我坐上宝座/她用灿烂编织我的皇冠/我寄居在她的光辉中/当她逝去，即是我的死期将至……”伊丽莎白皇后（茜茜）在其诗作中忧郁地写道。长期分居的寂寥，弗兰茨·约瑟夫只好以努力工作来打发。您明白美泉宫皇帝办公室单人床的用途了吧？

不幸接踵而来：先是弗兰茨·约瑟夫的弟弟、奥地利大公、墨西哥皇帝马克西米连在美洲被反对派杀害；雪上加霜，不久，弗兰茨·约瑟夫和茜茜公主唯一的儿子、皇储鲁道夫，与他的情人一道双双自杀于维也纳森林！无奈，弗兰茨·约瑟夫只得将皇储传于侄子斐迪南。

1898 年 9 月 9 日，噩耗再来，旅游途中的伊丽莎白皇后在瑞士日内瓦被一名意大利流氓无产者刺杀身亡！68 岁的弗兰茨·约瑟夫永失至爱！茜茜当年的诗作一语成谶！

1914 年 6 月 28 日，斐迪南夫妇到波斯尼亚－黑塞哥维那首府萨拉热窝检阅军事演习，遭到塞尔维亚爱国者普林西普刺杀，皇储夫妇双双罹难！奥匈帝国老皇帝弗兰茨·约瑟夫变成了真正的“孤家寡人”！狂怒的弗兰茨·约瑟夫立即向塞尔维亚宣战！

德意志第二帝国、奥斯曼土耳其帝国、保加利亚王国纷纷响应号召并加入奥匈帝国阵营,第一次世界大战爆发!

1916年,86岁的老皇帝弗兰茨·约瑟夫凄凉地病死在美泉宫办公室那张小小的单人床上。此时,第一次世界大战刚刚进行了半程!

"沉舟侧畔千帆过,病树前头万木春。"德意志民族神圣罗马帝国、奥地利帝国、奥匈帝国早已灰飞烟灭,留给后人的是永远的茜茜!

走进陈列诸多音乐大师雕像的维也纳城市公园,独自品味着奥地利独具魅力的辉煌与寂寥——罗马文化、德意志文化、斯拉夫文化和匈牙利文化在这里巧妙融合,将维也纳推上了世界城市"首善之区"的宝座。下面这份榜单让我和定格于演奏小提琴的小约翰·施特劳斯的金色塑像一样陷入了沉思:维也纳获得"2016年全世界最宜居城市榜"冠军(北京居第118位)!

(2016年10月)

仲夏夜:与巨人对话

仲夏天将晚,熏风送爽,烟雨蒙蒙。耳机那边传来燕语莺声,温婉可人的弗兰蒂娅要为刚刚从远方飞回的我洗尘。我笑言:“那就吃你们国家的肴馔吧!”于是,她微笑着安排了法式西餐。

好别致的烛光晚餐!波尔多红葡萄酒、勃艮第香焗蜗牛、多尔多涅鹅肝酱煎鲜贝、比斯开烤牡蛎、布列塔尼红烩肉杂拌、阿尔萨斯酸菜肠、普罗旺斯鳜鱼汤、菠菜沙拉、火焰薄饼、枫糖浆吐司……配上托赛尼悠扬缠绵的小提琴独奏《小夜曲》。由鲜嫩的比斯开烤牡蛎,猛然,我想起了《我的叔叔于勒》。刚然说了一句莫泊桑,弗兰蒂娅立即宛如解语花一般嫣然笑道:“开讲吧,大师(傅)!”

“何当共剪西窗烛?却话巴山夜雨时。”如此雅致的情调,也只有弗兰蒂娅这小布尔乔亚能信手拈来。这样的情境、这样的氛围、这样的心情,最适合谈论文学艺术了。还是听俺这“大师(傅)”仔细道来吧——我国南北朝时有位著名的山水诗人谢灵运,生性豪侠,放浪形骸。他在评判文学家成就时也当仁不让,尽情畅言道(大意):曹子建(曹植)才高八斗,天下人共分一斗;另外一斗嘛,就是咱老谢的啦!此虽为笑谈,但这种三分世界的方法古今通用。19 世纪末叶,环球文坛涌现出三大短篇小说家,他们是法国的莫泊桑、俄国的契诃夫和美国的欧·亨利。这三位才华横溢的著名作家创作颇丰,从其作品到本人都以独特的形象著称于世。

最初知道莫泊桑,是初中语文课本中的《我的叔叔于勒》,它带领我神游了旖旎浪漫的英吉利海峡;而后,在高中英语课本中学习了《项链》,那爱慕虚荣的美丽少妇玛蒂尔德·卢瓦泽尔的形象栩栩如生;再后,则是上大学后疯狂阅读他的短篇小说集,爱不释手!

居伊·德·莫泊桑有"短篇小说之王"的美誉,在其短暂的一生中创作了300多篇短篇小说。说起莫泊桑的成名,那是一段有趣的佳话。1870年,法国在普法战争中战败,被迫将阿尔萨斯和洛林两地割让给了普鲁士(法国和德国至今还为这两个地方的归属龃龉不断)。年轻的莫泊桑和当时的著名作家左拉、龚古尔兄弟及侨居法国的俄国作家屠格涅夫等6人在左拉位于巴黎郊区的梅塘别墅聚会,分别以普法战争为背景,各写出一篇小说,合集为《梅塘晚会》。其中,莫泊桑的《羊脂球》被公认为最优秀。由此,莫泊桑一举成名。后来莫泊桑干脆辞掉了在法国教育部的职位,专事文学创作。在他短短43年的生命旅程中,给后世留下了《项链》《米隆老爹》《索瓦热老婆婆》《我的叔叔于勒》《菲菲小姐》《一场决斗》《俘虏》等串串闪光的珍珠。现在读来,依然琳琅满目,令人回味无穷。莫泊桑为数不多的长篇小说依然光彩夺目,《一生》和《漂亮朋友》(一译《俊友》)均可与《红与黑》《茶花女》《基督山伯爵》等巨著比肩。莫泊桑传世的代表作之多,令后世所谓高产"作家"汗颜。

法国灿烂的文化深深影响了俄罗斯,并浸润滋养了俄罗斯作家。这么说吧,俄罗斯人对法兰西文化怀有一种近乎顶礼膜拜的心理。在俄罗斯,存在一个非常有趣的现象:沙皇时代虽然延续了数百年,却只有留利克和罗曼诺夫两大王朝。两大王朝中间短短的过渡时期的沙皇戈东诺夫,则是留利克王朝的近卫军统领,曾当过著名的沙皇伊凡雷帝的伴郎；而罗曼诺夫王朝的第一个沙皇米哈伊尔·费多罗维奇·罗曼诺夫，则是伊凡雷帝的皇后阿纳斯塔西娅的侄孙——瞧，什么叫“一脉相承”！闲话少叙，在俄罗斯罗曼诺夫王朝，尤其是彼得大帝以降的俄罗斯宫廷，简直是“一切照搬法兰西”，就连那些达官贵人在举行宴会、舞会时的对话都一律以法语进行！由法兰西的莫泊桑自然联想到俄罗斯的契诃夫。

安东·巴甫洛维奇·契诃夫是俄国19世纪最后一位优秀作家，他善于从人物的精神世界入手，刻画出一系列栩栩如生的人物形象，如《变色龙》中的奥楚蔑洛夫、《套中人》里的别里科夫、《万卡》中的万卡等。短篇小说《套中人》中的别里科夫，是流传于当代都不朽的人物形象。他是一切因循守旧、墨守成规、故步自封、刚愎自用、惧怕新事物、反对任何变革的人的代名词，最后只能被鲜活有力的现实生活抛弃。即使现在，环顾我们的身边，这类人仍然不在少数。契诃夫著名的作品还有《公务员之死》《万尼亚舅舅》《樱桃园》《三姐妹》《苦恼》……由契诃夫首创的一系列言简意赅、风格独特、构思巧妙的“抒情心理小说”，抒发了作者对沙俄丑恶社会现实的强烈不满和对俄罗斯美好未来的热切憧憬。英杰遭天妒，1904年，44岁的契诃夫溘然长逝，成为世界文坛的憾事。英国现代作家萧伯纳（其姓名为乔治·伯纳·肖，萧伯纳是我们的现代作家翻译的败笔）曾经这样认为，在欧洲的文豪当中，“契诃夫是一颗一等星”。

提到萧伯纳，就联想到博大精深的英伦文化。思绪伴随着波尔多红酒飞越亚特兰蒂斯，沐浴在大西洋海岸暖风的氤氲中，“心潮逐浪高”！由契诃夫而不得不说说那位出类拔萃的美利坚才子欧·亨利。

欧·亨利是笔名，其真实姓名是威廉·西德尼·波特。欧·亨利之所以扬名于世，是与他小说结局的出人意料、发人深思分不开的。以《麦琪的礼物》为例:穷光蛋吉姆看到妻子德拉有一头瀑布般的美发,便卖掉心爱的金表,给她买了一套精巧的梳子作为圣诞节礼物;德拉见丈夫吉姆的“宝贝”金表没有表链,踟蹰再三,毅然剪掉长发,用卖得的钱买回一条昂贵的表链。当两人各自拿出礼物时,眼里噙着泪花相视苦笑……欧·亨利曾经如此议论道:“人生是个含着眼泪的微笑。”以后,人们就把这种构思奇特的“含着眼泪的微笑”的结尾称为“欧·亨利式的结尾”。从欧·亨利的其他著名小说当中,也可见到这种情况,如《警察与赞美诗》《最后一片叶子》(一译《最后的藤叶》)《爱的牺牲》《活期贷款》《醉翁之意》《红毛酋长的赎金》等。欧·亨利当之无愧地荣膺“曼哈顿桂冠散文作家”和“美国现代短篇小说之父”称号。可叹的是,这位才华横溢的作家也是英年早逝,令当时的世界文坛默然齐哀!

这三位世界文坛巨擘成就斐然,却都不能尽享天年,难道真是上帝的旨意?因为万能的耶和华既是慷慨的施与者,也是公正的裁判者,他从不允许任何人妄想享受所有幸福。从莫泊桑、契诃夫和欧·亨利三位同时代的杰出作家的作品中,我们能够管窥到19世纪末期欧美社会的全貌。他们的确无愧于世界级文学艺术大师的美誉——莫泊桑、契诃夫和欧·亨利,他们的独一无二的杰作流芳百世!

夜色阑珊,雨意正浓。忘情地凝视着弗兰蒂娅那双科涅克紫葡萄一般深邃醉人的大眼睛,我深深地陶醉了,欣然吟咏起唐人张志和的《渔歌子》来:“西塞山下白鹭飞,桃花流水鳜鱼肥。”弗兰蒂娅依然微笑着续诗:“青箬笠,绿蓑衣,斜风细雨不须归。”

这多情的夜雨啊……

(2012年7月)

埃及艳后不“埃及”

在这个落花的早春，昔日的好莱坞巨星、功成名就的伊丽莎白·泰勒老奶奶香消玉殒。伴随着她的离去，其主演的经典影片《埃及艳后》也一并飞升到辽远的天国，与同样写满人生传奇的埃及女王克莉奥佩特拉一道，继续上演无尽的悲欢离合。

提起“埃及艳后”克莉奥佩特拉，伟大的意大利诗人但丁在《地狱》、剧作家莎士比亚在《尤利乌斯·恺撒》和《安东尼和克莉奥佩特拉》中都有惟妙惟肖的描摹，“旷世的性感妖妇”是她的著名标签。戏剧大师萧伯纳更是刁钻地认为，克莉奥佩特拉身上带有“古埃及的魔法”。

埃及？在这里，我要说的是，“埃及艳后”克莉奥佩特拉可不是埃及人！她出生在埃及不假，她是埃及女王也是不争的事实，但她的民族成分的确不是埃及。

听我慢慢道来。

此埃及非彼埃及

众所周知，古代埃及、巴比伦、印度、中国，是举世公认的四大文明古国，稍后的希腊则是欧洲文明之母。除中华文明数千年来绵延至今外，埃及、巴比伦、印度的文明都出现了断层；希腊文明则被马其顿帝国、罗马帝国发扬光大，当代希腊却式微落寞几近破产。拿埃及来说，来自西亚强大的波斯帝国的野蛮征服，就让灿烂夺目的埃及文明首次被阻断！

此时，“欧洲第一天骄”、古希腊文明的传播者、马其顿帝国亚历山大大帝雄起！我们知道，古往今来，世界上曾经建立过六个横跨欧亚非三大洲的超级帝国，按建立时间顺序，分别是波斯帝国、马其顿帝国、罗马帝国、拜占庭帝国（东罗马帝国）、阿拉伯帝国和奥斯曼土耳其帝国（当然，蒙古帝国疆域最为辽阔，但它只是横跨亚欧两大洲，这里姑且忽略）。马其顿本是希腊北部的偏远城邦，有着希腊和色雷斯的混合血统，与希腊境内领袖级城邦雅典、斯巴达争雄。得益于睿智的先贤亚里士多德的谆谆教导，本就聪慧好学的亚历山大如虎添翼。作为年轻的君主，他不仅一统希腊诸城邦，而且率领马其顿－希腊大军击破波斯帝国、占领巴比伦、攻陷波斯统治下的埃及，建立了地域横跨欧亚非三大洲的马其顿帝国。古希腊文明发扬光大！

天妒英雄！亚历山大大帝英年早逝，庞大的马其顿帝国随即分裂为三部分：欧洲本土的马其顿王国、西亚的塞琉古王国和北非的埃及王国。亚历山大大帝的将军卡山德、塞琉古和托勒密分别统治这三个王国。由于这些马其顿－希腊王国继续传播古希腊文明，因此，这一历史阶段叫作“希腊化时代”。

克莉奥佩特拉是“希腊化时代”埃及国王托勒密十二世的女儿、托勒密王朝最后一位女王。现在我们的思路比较清晰了吧？“埃及艳后”克莉奥佩特拉是马其顿－希腊人！整个托勒密家族都是来自马其顿－希腊的统治者。关于“埃及艳后”克莉奥佩特拉的传奇生平，您在经典影片《埃及艳后》中已经有了充分的了解，我在这里不再赘述。我想表述的是，托勒密王朝虽然是埃及的外来统治者，但他们把希腊文明和埃及文明加以结合，在世界历史进程中是有功劳的。埃及著名海港城市亚历山大，就是“希腊化时代”的伟大结晶，至今仍然是地中海南岸的璀璨明珠。随着克莉奥佩特拉之死，长达300年的马其顿－希腊－埃及托勒密王朝也宣告结束。此后，埃及成为罗马帝国的一个行省、罗马帝国第一任元首（皇帝）屋大维的私有财产。“希腊化时代”就此终结。

其后，罗马帝国、拜占庭帝国（东罗马）、阿拉伯帝国和奥斯曼土耳其帝国轮番统治埃及，埃及文明再次遭遇断层，金字塔、狮身人面像在千里黄沙中哭泣！我们看看如今的埃及，国名叫作“阿拉伯埃及共和国”——以尼罗河畔城市开罗为首都的埃及早已是外来侵略者阿拉伯人的世界了。在当代叱咤风云的埃及枭雄纳赛尔、萨达特、穆巴拉克、塞西，都是阿拉伯人。

此马其顿非彼马其顿

这时，您一定会心生疑问：马其顿－希腊－埃及托勒密王朝、“埃及艳后”克莉奥佩特拉的族群哪里去了？

马其顿？当今世界，我们看到的东欧国家马其顿，与历史上的马其顿相比不仅大大缩水，而且大相径庭了！作为独立国家，现在的马其顿脱胎于当年的南斯拉夫。

此话怎讲？原来，“希腊化时代”结束后，强大的罗马帝国受到来自东方游牧民族的毁灭性打击。被西汉王朝大司马、上将军、长平侯卫青，骠骑大将军、冠军侯霍去病击败的强悍匈奴分裂成南北两支，南匈奴内附中国天朝，融合于浩浩中华；不甘心失败的北匈奴则被迫西遁，开始了跋涉万里的大迁徙。北匈奴在其大单于阿提拉当政时达到极盛，横扫中东欧诸多日耳曼“蛮族”、斯拉夫“奴隶”。阿提拉大军逼得日耳曼系列东哥特人、西哥特人纷纷涌入罗马帝国境内，日耳曼系列盎格鲁人、萨克森人渡海流亡到不列颠岛，森林民族斯拉夫人逃向巴尔干半岛，芬兰人北去斯堪的纳维亚半岛躲避……罗马帝国由分裂走向溃败。匈奴在东方失去的面子终于在西方讨了回来。欧洲人惊恐地以为匈奴是上帝派来"惩罚"他们的虎贲之师,无比畏惧地称阿提拉为"上帝之鞭"。

在匈奴征服者的驱赶下,从公元5世纪起,大批斯拉夫人逃入巴尔干半岛,包括了马其顿地区。于是,在当年欧洲马其顿王国的故土上,南部还是马其顿-希腊人,北部则是斯拉夫人了。纷至沓来,斯拉夫人于公元7世纪再次大量迁居马其顿。到公元10世纪下半叶至1018年,萨莫伊洛建立了第一个斯拉夫人的马其顿国家。拜来自亚洲的匈奴人、阿瓦尔(柔然)人、马扎尔人这些"上帝之鞭"们所赐,斯拉夫人正式分成三支:东斯拉夫人(俄罗斯人、乌克兰人、白俄罗斯人)信奉东正教,教宗为拜占庭(君士坦丁堡);西斯拉夫人(波兰人、捷克人、斯洛伐克人、东德的索布人)信奉天主教,教宗为罗马梵蒂冈;南斯拉夫人(塞尔维亚人、克罗地亚人、斯洛文尼亚人、黑山人、马其顿人、保加利亚人),大部分信奉东正教,少数信奉天主教、伊斯兰教。

公元15世纪初,奥斯曼土耳其帝国征服马其顿,统治时间长达500年! 1912年,挣脱突厥人魔爪的希腊、塞尔维亚、保加利亚在共同针对奥斯曼土耳其帝国的第一次巴尔干战争中获胜,没落的奥斯曼土耳其帝国被迫将马其顿一分为三,割让给这三个国家。后来,希腊、塞尔维亚、保加利亚又因马其顿具体分割方案于1913年爆发第二次巴尔干战争,最终希腊、塞尔维亚击败保加利亚,三国将马其顿重新瓜分。塞尔维亚得到的部分叫作"瓦尔达尔马其顿",就是当今马其顿共和国的领土;属于保加利亚的部分叫作"皮林马其顿",属于希腊的部分叫作"爱琴马其顿"。

第一次世界大战之后,威风八面的奥匈帝国和奥斯曼土耳其帝国土崩瓦解,塞尔维亚、克罗地亚、斯洛文尼亚、黑山、波斯尼亚－黑塞哥维那(波黑)组成南斯拉夫,保加利亚则因混有突厥成分而独立建国。

您一定看过南斯拉夫电影《瓦尔特保卫萨拉热窝》吧,“瓦尔特”就是南斯拉夫领导人约瑟普·布罗兹·铁托的化名,正如毛泽东化名“李德胜”、周恩来化名“胡必成”、刘少奇化名“胡服”一样。第二次世界大战之后,为体现南斯拉夫民族平等,铁托将马其顿从塞尔维亚分出来,与塞尔维亚、克罗地亚、斯洛文尼亚、黑山、波黑共同成为南斯拉夫的加盟共和国。1991 年南斯拉夫解体,马其顿(首都斯科普里)与塞尔维亚(首都贝尔格莱德)、克罗地亚(首都萨格勒布)、斯洛文尼亚(首都卢布尔雅那)、黑山(首都波德戈里察)、波黑(首都萨拉热窝)和平分离。

属于希腊的“爱琴马其顿”,是“埃及艳后”克莉奥佩特拉的族群之根,也是亚历山大大帝的肇兴之地,民族成分依然是马其顿－希腊。然而,南斯拉夫人建立的马其顿自称“亚历山大的继承者”,使用当年马其顿帝国的太阳普照大地国旗,这让希腊如坐针毡。希腊坚决反对“马其顿”这个国名,无奈之下,1993 年,马其顿以“前南斯拉夫马其顿共和国”的暂时名称加入联合国。同为斯拉夫兄弟,保加利亚虽然承认了马其顿的独立并与之建交,但因领有“皮林马其顿”的缘故,拒不承认马其顿民族和马其顿语。

行文至此,审视现在从南斯拉夫独立出来的贫困的袖珍国家马其顿(“瓦尔达尔马其顿”),环顾希腊的“爱琴马其顿”、保加利亚的“皮林马其顿”,遥想当年辉煌的横跨欧亚非三大洲的马其顿帝国,倘若古希腊文明的传播者亚历山大大帝、“埃及艳后”克莉奥佩特拉地下有知,恐怕也只能扼腕叹息了!

(2011 年 3 月)

隽永的“瓦良格”

2011年的金秋是一个不平凡的“捷报季”：“瓦良格”号成功试水，深海探测器寻访太平洋，“天宫一号”遨游太空……“可上九天揽月，可下五洋捉鳖”，诸多喜讯连连向共和国62周年华诞献礼，激动人心！

不说别个，单说这艘一圆中国海军远洋梦的“瓦良格”号航母，就有着意蕴深刻的话题。

我们都知道，“瓦良格”号购自乌克兰，乌克兰是当年苏联15个加盟共和国之一。这15个加盟共和国是：俄罗斯联邦、乌克兰、白俄罗斯、爱沙尼亚、拉脱维亚、立陶宛、摩尔达维亚、格鲁吉亚、亚美尼亚、阿塞拜疆、哈萨克斯坦、土库曼斯坦、塔吉克斯坦、吉尔吉斯斯坦、乌兹别克斯坦。其中，俄罗斯、乌克兰、白俄罗斯是同文同种的“斯拉夫三兄弟”。当“瓦良格”号还在襁褓中的时候，昔日无比强大的苏联解体，国力式微、百废待兴的乌克兰无力承担如此艰巨的任务，半途而废的“瓦良格”号只好在黑海一隅默默守望，那位乌克兰造船厂的老厂长也悲怆不已。当这个庞然大物远涉重洋来到中国的时候，只剩下了一具空壳，我们只能将它看成一座大大的移动的海上平台。是伟大的中国海军历经数年科研奋斗，才赋予它新的生命，建造了我国第一艘航空母舰。

“瓦良格”是一个光荣的词汇，它凝结了当今俄罗斯、乌克兰、白俄罗斯一段如《圣经·创世记》一般的历史传奇。俄罗斯、乌克兰、白俄罗斯的共同祖先是东斯拉夫人，他们因最初居住在第聂伯河的支流罗斯河两岸，而被称为罗斯人。罗斯人粗犷剽悍，经常为争夺战利品和领导权而彼此争斗。征伐过程中，在群龙无首之际，罗斯人只好“邀请”北欧斯堪的纳维亚一带日耳曼人的北支瓦良格人来做他们的首领。于是，瓦良格人（又称维京人或诺曼人）的英雄、踌躇满志的留里克大公从日德兰半岛出发，来到罗斯人在欧洲大陆西北部的定居点，顺势成为诺夫哥罗德公国的大公。他的后继者开疆拓土，建立了基辅罗斯公国。留里克成为第一个沙皇王朝——留里克王朝的鼻祖。嗣后，瓦良格人纷纷从寒冷的北方高地涌向沃野千里的东欧平原，如滚雪球一样越聚越多。他们在与罗斯人的通婚过程中，由于是人数相对少一些的族群，因而逐步被同化。因此，东斯拉夫人血统中不同程度地杂糅了日耳曼人的成分。可以这样说，瓦良格人同罗斯人的完美结合，开创了基辅罗斯并延续为后来的俄罗斯的留里克王朝。

蒙古大军铁蹄西践，东欧平原被成吉思汗的孙子拔都统领的金帐汗国“覆盖”。由于语音硬朗的关系，这些在东欧平原享受胜利成果的蒙古人把罗斯称为“俄罗斯”；这个语音又传到留在中国元朝的蒙古人耳朵里，于是，元朝的各色人等——蒙古人、汉人、色目人和南人，就都把罗斯称为“俄罗斯”了。经历了明、清、民国至今，我们也这么称呼这个国家了。其实，如果我们熟知“Rusia”这个词汇，就知道在西方“俄罗斯”还是标准的“罗斯”，而“俄罗斯”只是中华民族对“罗斯”的独特诠释。这个现象很有趣吧？正如当年统治中国北方的强大的契丹人被俄罗斯人熟知，俄语里至今还称呼我们中国为“契丹”一样。击败金帐汗国后，留里克大公的后裔伊凡三世在莫斯科继承了基辅罗斯政权，并以古罗马独裁者恺撒大帝的名义自称“沙皇”。自此，我们开始称呼这个国家为

"沙皇俄国"。

基于血液中的"瓦良格"精髓,更有向西方学习使沙俄强大起来的缘故,到罗曼诺夫王朝时期,俄国与日耳曼人,尤其是德意志的联系更加紧密。彼得大帝在波罗的海之滨兴建的新都圣彼得堡,就是一个响亮的德意志城市名字。他还把女儿嫁给一位德意志亲王,两人的儿子成为后来的沙皇彼得三世。彼得三世的皇后是另一位德意志亲王的公主,她就是处死自己的丈夫、一跃成为沙俄女皇的叶卡捷琳娜二世。在叶卡捷琳娜二世时期,俄国的强大达到了巅峰;继彼得大帝之后,俄国又出现了叶卡捷琳娜大帝。到叶卡捷琳娜大帝的儿子保罗继位为新沙皇时,站在俄罗斯人民面前的,活脱脱一个典型的普鲁士军事独裁者。哈!沙俄皇族再次"日耳曼化"。

更可笑的是,第一次世界大战中,德国和俄国互为交战国,而两国的君主——德意志帝国皇帝威廉二世与俄罗斯帝国末代沙皇尼古拉二世,本来就是一对堂兄弟!尼古拉二世的皇后,又是一位德国公主。这才是"同室操戈,相煎何急"呢!

东斯拉夫人血液中的日耳曼基因,可以作为演变至今的俄罗斯人、乌克兰人和白俄罗斯人中金发碧眼者比其他斯拉夫人,尤其是南斯拉夫人多,并且民族素质和历史地位更高一些的明证之一。俄罗斯人才辈出,一直在斯拉夫人中扮演领袖角色,这里不用我赘述;而赫梅尔尼茨基、果戈理、奥斯特洛夫斯基、布勃卡、舍甫琴科则是乌克兰人的骄傲,乌克兰首都基辅更是被尊为"俄罗斯城市之母";冬妮娅、安娜·卡列尼娜、阿克尼西娅、普希金娜、肖明娜、霍尔金娜、库尔尼科娃、莎拉波娃、卡巴耶娃们早已使俄罗斯、乌克兰美女名扬四海。可是,你知道吗?血统纯正而高贵的白俄罗斯美女更胜一筹,其天姿国色堪称天下独步。白俄罗斯总统卢卡申科干脆宣布她们是"国宝",不许"外国佬染指"!这些都是不争的事实。

乌克兰(俄罗斯人称其为“小俄罗斯”)和白俄罗斯(意谓“纯粹俄罗斯”),在相当长的一段历史时期内淹没在沙皇俄国和庞大苏联的汪洋大海中,直到20世纪90年代苏联解体,才获得独立。在国土广袤无垠的俄罗斯联邦,一直就有狂热的民族主义者,譬如斯特鲁威、日里诺夫斯基等人,不承认乌克兰和白俄罗斯是独立的民族,而只是俄罗斯的小小分支。日里诺夫斯基更是直截了当地说:“乌克兰人是由于塔塔尔－蒙古人、奥斯曼土耳其人、波兰－立陶宛人和其他侵略者劫掠俄罗斯而离散数百年的、全俄民族的南俄分支。”

说到这里,对于俄罗斯、乌克兰和白俄罗斯而言,“瓦良格”所代表的特殊符号,不用我多聒噪了吧。

坊间强烈呼吁命名新航母为“施琅”号,而施琅是帮助大清王朝攻占台湾统一中国的著名的功臣“海霹雳”——这对于熟知康熙皇帝与台湾郑氏家族关系的人们来说,其用意不言而喻;也有舆论希望命名新航母为“郑和”号,这对于通晓大明王朝永乐皇帝派遣郑和船队友好和平远洋历史的人们来说,正体现了华夏子孙海纳百川的博大胸怀。而在我心底,则更属意这样来命名新航母——不妨顺着“瓦良格”号由来已久的非凡的象征意义,就把它叫作“轩辕”号好了。如此这般,不仅慰藉了长眠于黑海之滨的那位乌克兰老厂长孤独的灵魂,也向全球昭示了中华民族和平崛起的美好意愿。

“我以我血荐轩辕”,并在此,告诉您一个隽永的“瓦良格”。

(2011年10月)

在布拉戈维申斯克徘徊

从黑河出发，在清澈见底的黑龙江上缓缓航行，只需吸半支哈瓦那雪茄的工夫，弃舟登岸，我就踏上了“异国”的土地。

也许是自幼就受到爱国主义教育熏陶的缘故吧，一直以来，在地图上多次凝视黑龙江以北和乌苏里江以东的土地时，内心总是怀有一种说不出来的涩涩的感觉。这回我却“亲自”来了！

异样隐痛

黑龙江，俄罗斯人称之为阿穆尔河，来自满语，“黑色的河流”之意。北岸这座郁郁葱葱的同黑河市隔黑龙江相望的城市，是如今的俄罗斯联邦阿穆尔州首府布拉戈维申斯克。从导游那里得知，布拉戈维申斯克，俄文的意思是“喜讯”。由于是俄罗斯人在殖民地上奠基的新城，“报喜城”的称号由此而来。不过，遵循中国人的传统习惯，我还是愿意称它为“海兰泡”或“黑龙江城”。现在，它是中俄两国漫长的国境线上唯一的对等城市，有大约二十来万人口，是俄罗斯远东地区第三大城市，也是一座著名的大学城。

漫步“异国”的江畔，心里一阵阵隐隐作痛。本来嘛，从古至今，我们伟大的祖国都是以幅员辽阔和地大物博而闻名遐迩的。遗憾的是，到了“落花流水春去也”的清朝末年，长期的愚昧专制结党营私贪污腐败祸国殃民导致国家积贫积弱。由腐朽的清王朝统治的泱泱大国,迅速落后于世界民族之林,直接后果就是分崩离析任人宰割丧权辱国!于是,即使是抛开外蒙古和西域丧失的辽阔土地不谈,抛开贝加尔湖和巴尔喀什湖不论,仅就我的家乡东北而言,我们不但失去了黑龙江以北和乌苏里江以东的大片土地,也痛失了东北亚辽阔的海洋——当然,那些优质的海港,譬如符拉迪沃斯托克(海参崴)更是令人扼腕叹息!

我们现在虽然把那些割让国土的屈辱的文字叫作“不平等条约”,然而,那毕竟是当时的清俄两国政府签订的,是有法律效力的。这就是历史,历史就是这样残酷!您一定还记得吧,即使是让我们扬眉吐气的香港和澳门回归,也是要等到清英、清葡的“不平等条约”到期才行。唉!“前事不忘,后事之师”吧。

异域风情

“天街小雨润如酥”,真没想到,布拉戈维申斯克的春天是如此曼妙多姿。这个城市被拥抱在外兴安岭和黑龙江之间,林木茂密,水草丰美,森林覆盖率居全俄罗斯之冠,是个天然的大“氧吧”。当然,这是我们曾经的国土啊!这里同黑龙江南岸依然山水相连,气候也极其相似,我的心情获得了极大的宽慰。

极目远眺,心生思索,久居现代都市,终日在钢筋混凝土的丛林里奔忙的人们,到这里来几口深呼吸,忘情于山水间,倒不失为一种美不胜收的享受。

客观地讲,俄罗斯人已经在这里经营一百多年,布拉戈维申斯克早已俨然典型的东欧风范了。仔细审视一番,但见,这里的建筑以圆顶的拜占庭式为主,统一呈耀眼的金黄色调,唯有那恢宏的东正教堂墨绿色的“洋葱头”,仿佛镶嵌在金色缎子上的高贵的祖母绿。远远望去，整座城市恰如丰收时节的滚滚麦浪一般，秀美而温柔，煞是令人惬意。城市是金色的，城市里人们的头发多是金色的，尤其是美丽的俄罗斯少女那拖曳瀑布般的长发，给布拉戈维申斯克平添了诸多律动的生机。

俄罗斯人受教育程度普遍较高，在这座大学城里，80% 以上的青年接受过或正在接受高等教育。在公共场所见不到有人大声喧哗，城市的街道干净整洁，给人以心情愉快的感觉。我在阿穆尔河畔看到一对青年夫妇，领着一个可爱的金发小女孩，有说有笑地款款走来——真是一个幸福快乐的三口之家！忍不住产生了要怀抱小女孩拍照的念头，我上前尝试着问夫妇俩是否懂得华语，他们说稍微能讲一些，但实在是“结结巴巴”。我没学过俄语，只好用英语表达了要抱他们的孩子合影的意思。那叫作“伊凡”的父亲显然不懂英语，急得抓耳挠腮，仓促间不知所措的样子煞是可爱；倒是那位叫作“尤丽娅”的温婉的年轻母亲非常高兴，立即用清脆悦耳的美式英语同我聊了几句，便爽快地将孩子送到我的怀里。啊！我心里痛快极了！

夜幕降临，静谧中，从同阿穆尔河（黑龙江）交汇的结雅河（精奇里江）口，隐隐传来悠扬的乐声。侧耳聆听，啊！那不是经典影片《日瓦戈医生》中动听的主旋律《拉尼娅》嘛。本来，帕斯捷尔纳克已经凭借他的《日瓦戈医生》荣获了诺贝尔文学奖，然而，却由于极“左”的政治高压，不得不违心地宣布拒绝领奖！唉！那伏尔加河畔才华横溢的才子帕斯捷尔纳克，那高压之下痛苦不堪的作家帕斯捷尔纳克，那流芳百世的不朽的杰作《日瓦戈医生》！猛然，由帕斯捷尔纳克的不幸遭遇，我想起了著名诗人普希金的《鲁斯兰和柳德米拉》、莱蒙托夫的《帆》……

异珍俄餐

在我所知道的西餐之中，法国大菜和俄式大餐是两大极品。也许是我所在的城市哈尔滨受俄罗斯影响更多一些的缘故吧，相比之下，我更喜欢如俄罗斯人一样敦厚朴实的俄罗斯食品。

即使从第一位沙皇伊凡雷帝时代算起（同我国明朝中期大体相当），俄罗斯的餐饮也可以称得上历史悠久了。并且，由于经历了漫长的帝俄时代和七十多年的“大苏联”时期，俄式大餐早已兼收并蓄了其境内许多民族的佳肴美馔。因此，在偏处远东的布拉戈维申斯克，你既能吃到西伯利亚腹地伊尔库茨克的奶油山鸡脯，也能品尝到日本海港口海参崴（俄罗斯名字叫作符拉迪沃斯托克）的奶汁鲍鱼；既能大嚼亚欧交界高加索山地的里脊扒，也能对纯正俄罗斯风味的烤乳猪情有独钟。品一品香喷喷的罐闷牛尾，呷一口番茄“苏波”汤，尝尝炸板虾，往口中放两只美味鹌鹑蛋，就着咸口的“沙伊克”和开胃的酸黄瓜，将大锅盖一般的大圆“列巴”掰一块，浸泡到浓郁香甜的红茶里，再来一节香喷喷的“里道斯”红肠……这时，一定别忘了喝点酒来助兴。我的建议是，不要喝俄罗斯的伏特加，那充满呛人气味的烈酒远不如中国的茅台酒来得醇郁芳香；也不要喝俄罗斯的啤酒，那种说不出来的奇怪味道也不如我们的青岛啤酒、燕京啤酒或哈尔滨啤酒饮来那么酣畅淋漓。兴致正浓的时候，还是品味一下高加索山国格鲁吉亚的干红葡萄酒吧，这种来自斯大林、谢瓦尔德纳泽和萨卡什维利故乡的佳酿，世界公认的评价是：它同法兰西的科涅克白兰地一样纯正！伴随着哀婉缠绵的格鲁吉亚民歌《苏丽珂》，不知怎么，陆放翁的《钗头凤》悄然而至……

南雁北归，又是一个明媚的春天！黑河市将迎来又一个旅游的黄金季节。碧空如洗，春阳杲杲。万山嫩绿，林郁生机。这时到黑龙江北岸原始森林腹地的穆欣旅游基地走一走，幽静清洁、平滑如镜面的穆欣湖及其沿岸优美的风光将呈现给中外游客。届时，您将更加真切地感受到“别是一番滋味在心头”的情境。

（2000 年 10 月）

从星条旗认识“山姆大叔”

刚刚落幕的2011年，“山姆大叔”颇为得意，从击毙本·拉登到决胜“阿拉伯之春”……国际形势出现了美国独大的雪地冰天。这不，悬挂星条旗的航母又开到了中东，气势汹汹地将炮口瞄准了阿拉伯“异类”叙利亚和波斯枭雄伊朗。不料，四处指手画脚的美国后院突然起火，爱好和平的反战国民如火如荼的“占领”运动搞得奥巴马政府狼狈不堪。

在我们这个并不太平的星球上，美国是一个异常奇怪的国家，它对中国、埃及、巴比伦、印度这四大古国的璀璨文明视而不见，对古希腊、古罗马悠久的历史文化嗤之以鼻，蛮横地认为马其顿帝国、阿拉伯帝国、奥斯曼土耳其帝国、蒙古帝国这些尚武勇士的“霸业”更是不值一提，如风之过耳！

翻开历史典籍，我们便恍然大悟！原来，美国是个历史最短促的大国，从建国到现在才200多年！它没有令其光荣自豪的历史文明，只有侵略成性的记录——将国土从最初的北美13州扩充到如今的濒临大西洋、北冰洋、太平洋，并在两次世界大战中迅速崛起，在“冷战”中拖垮了强大的苏联，于是，充当“国际警察”成为它的“本职工作”！如今，美国顺理成章地取代了鼎盛时期的大英帝国，全球到处飘扬着并不壮观耐看的星条棋。

众所周知，星条旗是美国国旗，正是在这缀着50颗星的旗帜上，演出了一幕幕四处劫掠的活剧。

镜头一：欧洲列强瓜分北美

美国是简称，大名叫作“美利坚合众国”，是以英国移民为主体而建立的“新”国家。奇怪吧，英国人建立了“美国”？

是的。在航海家哥伦布、亚美利哥到达美洲之前，北美大陆的主人是棕红色的印第安人。印第安人在美洲大陆的不同分支——玛雅人、阿兹特克人、印加人、易洛魁人……建立了灿烂的古代文明。西方人所谓的美洲“新大陆”被发现之后，国土极端狭小的欧洲列强派出大批殖民者源源不断地涌向这块“未开垦的处女地”。

16 世纪上半叶，西班牙殖民者占领了佛罗里达半岛、墨西哥湾毗连地带和旧金山海湾，并把这里冠名为“新西班牙”。知道著名的义侠佐罗的传奇故事吧？不要因为法国电影明星阿兰·德隆出演的《佐罗》闻名遐迩，就想当然地认为故事发生在法国。其实，欧美关于佐罗的文艺作品特别多，“佐罗”就活跃在美洲大陆的“新西班牙”这块辽阔的西班牙殖民地上。以后，荷兰人也横渡大西洋，迅速登陆北美，建立了新尼德兰（即荷兰新领地）和新阿姆斯特丹（即在荷兰首都名字前面加一个“新”字）。法国人也不甘落后，强大的殖民军领有了北美北部的加拿大和中南部的路易斯安那。到 17 世纪，英国人大批杀入北美大陆，于 60 年代称霸海洋，进而将荷兰人驱逐出北美，改新阿姆斯特丹为新约克（New York，即纽约，盖因英国有个约克郡；翻译为“纽约”真是败笔，但现在已约定俗成，说新约克倒让人如坠五里雾中了）。18 世纪 60 年代，势如破竹的英国殖民军又从法国人手中抢走了加拿大和北美除路易斯安那外的法属殖民地。

此时，印第安人的身份由美洲主人变成了大肆屠杀的对象和地位卑微的奴隶。据史料记载，西方列强发现“新大陆”前夜，北美大陆有100万印第安人。到19世纪末的美国，那里只剩24万印第安人了。而且，他们被流放到贫瘠荒凉的西部地区——这就是你总能在美国西部片中看到“邪恶”的印第安人的原因。到1775年左右，英国在北美的殖民地已经拥有250万居民，以英国人为主体，另有德意志人、瑞典人、爱尔兰人、法兰西人、犹太人等，通用语言为英语。

镜头二：立山寨北美十三州

经济最发达的英属北美殖民地是阿巴拉契亚山脉以东的13块领地，它们是：罗德艾兰、康涅狄格、马萨诸塞、新罕布什尔、纽约、新泽西、宾夕法尼亚、马里兰、特拉华、弗吉尼亚、佐治亚、北卡罗莱纳和南卡罗莱纳。

1776年，华盛顿与杰斐逊、富兰克林等人领导北美大陆军同英军激战，宣布成立“美利坚合众国”(the United States of America)，这就是美国在世界上通用简称“U. S. A”的由来。到1783年，英军总司令康华利率军向北美大陆军投降，英美签订和约，大英帝国被迫承认美国独立。

这13块殖民地就是美国最初的全部领土，成为合众国的13个州。这13个州，由星条旗上的13个条代表。

“美利坚合众国”，国名霸道得很呐！本来，美洲大陆是从航海家亚美利哥的名字得名的，叫作“亚美利加”，覆盖整个美洲。“美利坚合众国”，这个新生的国家从建立的那一天起，就把贪婪的目光觊觎着幅员辽阔的美洲大陆了。

镜头三：羽翼渐丰野心勃勃

历史就是这样演进的，刚获独立的美国迅速走上了对外扩张的道路。"美利坚合众国"第二届总统亚当斯就扬言,美国的领土是"预先注定"要扩展到整个北美的。1783 年,英国承认新生只有 7 年的美国时,美国人已经越过阿巴拉契亚山,打到了密西西比河东岸,将原来的"北美 13 州"扩大了百分之百!

1803 年,美国乘法国拿破仑疲于欧洲战事之机,以低廉的价格从法国手里购买了面积 200 多万平方公里的路易斯安那,使其国土扩充到墨西哥湾沿岸。1810—1819 年,美国出兵强占了佛罗里达,然后低价"购买",弄得无暇西顾的西班牙无可奈何,只得拱手相让。1823 年,美国总统门罗宣称:美国不干涉欧洲列强的事务,也不容许欧洲列强干预美洲的事务。他的身份俨然美洲的"主人"。《门罗宣言》暴露了美国要统治整个美洲的野心。美国以南的美洲地区,由于大部分是当年属于拉丁语系的西班牙、葡萄牙、法兰西等国的殖民地,所以习惯上叫作"拉丁美洲"。拉美被称为"美国后院",就是来自《门罗宣言》这个掌故。

中国清朝末年,沙俄和大英帝国怂恿中亚浩罕(今乌兹别克斯坦)国的将军阿古柏率军侵占新疆大片土地,建立"哲德沙尔国",企图分裂中国,后来被左宗棠率领的西征大军剿灭,维护了祖国的统一。从历史时代推断,这个阿古柏的"老师"是否就是 19 世纪 30 年代的美国呢?我们知道盛产石油的得克萨斯吧?这可是当年的"新西班牙",后来的墨西哥的领土。当时,美国策动得克萨斯脱离墨西哥,建立了"孤星共和国",并在 1845 年将其作为"州"并入美国。以后,美国又于 1848 年抢走了幅员辽阔的新墨西哥和加利福尼亚。1853 年,又从墨西哥手中夺走格兰德河以北大片土地。你说这墨西哥,做美国的邻居有多倒霉!即使是现在,墨西哥人提起美国,也是怀有极其复杂的情感。我还清晰地记得,少年时代看过一部墨西哥电影《白玫瑰》,讲述的就是美国继续疯狂掠夺墨西哥石油资源的故事。再说 1846 年,美国进一步挤压“乃祖”英国在美洲的存在空间，蛮横地从英国手中劫掠了太平洋沿岸的殖民地俄勒冈，著名的波特兰就坐落在这块膏腴的土地上。至此，美国领土从大西洋西岸一跃来到太平洋东岸，占有了北美大陆的二分之一（同样广袤辽阔的加拿大依然是大英帝国的殖民地），真正变成了“新大陆”上地地道道的暴发户。

阿拉斯加，多么雄奇壮美的名字！这块连接太平洋和北冰洋，扼白令海峡咽喉的神奇冻土，让我们充满了奇妙的遐想。在当地土著爱斯基摩人的分支阿留申人的语言中，阿拉斯加就是“辽阔的土地”的意思。这方面积相当于沙特阿拉伯的当今美国的“飞地”，历史上却首先是俄罗斯沙皇的“战利品”。1867 年，乘沙俄国内财政赤字、危机四伏，难以继续经营遥远的殖民地阿拉斯加之机，美国以 720 万美元的超低价格从昏庸的俄罗斯沙皇手中购买了广袤富饶的阿拉斯加，每平方公里平均价格才 4.19 美元！待后来沙皇明白过来时，连后悔都来不及啦！阿拉斯加面积 152 万平方公里，和我国的新疆差不多，由此，美国领土扩张了 20%！如今，这里出产的石油和天然气总量占美国的 1/4，仅仅这笔资源总价就超过了 2 万亿美元！俄罗斯这才叫痛失战略要地和丰富资源，哑巴吃黄连！俄罗斯也因此由国土无垠绵亘欧洲、亚洲和北美洲，变成了现在双头鹰东西环顾的“欧亚国家”。阿拉斯加如今也是美国面积最大的州。贪婪的美国人继续进行领土扩张——1898 年，在美国同西班牙的战争中，美国又夺取了太平洋波利尼西亚群岛的明珠夏威夷，“美利坚合众国”的国土“腾空而起”，一下子“飞”到了太平洋腹地。从此，星条旗缀上了第 50 颗星。至此，美国拥有了两大块“飞地”州——阿拉斯加和夏威夷。夏威夷又是一个战略要冲，在第二次世界大战中，山本五十六率领日本海军舰队偷袭珍珠港，一举捣毁实力强劲的美国太平洋舰队的空前惨烈的激战，我们应当不陌生吧。

一般来说,国旗方案制定出来以后,国旗就不再改变了。然而,颇具讽刺意味的是,星条旗的图案却总是在变动中的。美国国土每增加1个州,星条旗上就会多1颗星;那增添的每1颗星,都是侵略扩张的历史见证!现在,美国拥有936万平方公里国土,其中的五分之四是掠夺来的。当一些人还陶醉于美国经济高度发达的时候,还是让我们仔细审视一下星条旗,从中了解美国“发财致富”的真正原因吧。

(2012年1月)

附录

Fu Lu

作者拍摄的游踪图片选

国内部分

参演土家族婚礼(张家界)

草原晨曲(内蒙古)

承德磬锤峰(棒槌山)

承德小布达拉宫局部

大禹治水

橄榄坝丛林(西双版纳)

鼓浪屿上眺晃岩

接天莲叶无穷碧(杭州西湖)

晋祠千年古木

浓雾海潮即将淹没笔架山与大陆之间的通道

攀登玉龙雪山

厦门大学校园一隅

上海世博会花车巡游

上海世博园

神州北极（漠河）

武昌户部巷(武汉)

西双版纳野象谷

西塘古镇

长白山暮冬

长白山雪坡速降

长沙城南书院故址

驻足厦门大学鲁迅纪念馆

祖国东极(抚远)

国外部分

彼得大帝青年时代打工的酒店(卡罗维·发利)

《007 皇家赌场》拍摄地(卡罗维·发利)

布达佩斯街景

布拉迪斯拉发城堡(斯洛伐克)

布拉格城堡

查理大桥上的布拉格艺人

从布拉迪斯拉发城堡眺望全城

从美泉宫花园山顶眺望维也纳

多瑙河畔的匈牙利国会大厦(布达佩斯)

伏尔塔瓦河(布拉格)

霍夫堡皇宫(维也纳)

接饮温泉水(卡罗·维发利)

金色布拉格

金色大厅(维也纳)

卡尔斯巴德大厦(卡罗维·发利)

卡罗维·发利街景

克鲁姆洛夫城堡(捷克)

蓝色多瑙河(布达佩斯)

美泉宫(维也纳)

马加什教堂(布达佩斯)

马克思曾下榻的日耳曼尼亚酒店(现在是卡罗维·发利的罗曼司酒店)

莫扎特雕像(维也纳)

啤酒圣地比尔森(捷克)

施瓦岑贝格家族族徽(克鲁姆洛夫)

维也纳市政厅

香醇的波希米亚啤酒

耶苏伊特大花园(克鲁姆洛夫)

马克思塑像(卡罗维·发利)

《黑龙江电力报》出版许可证

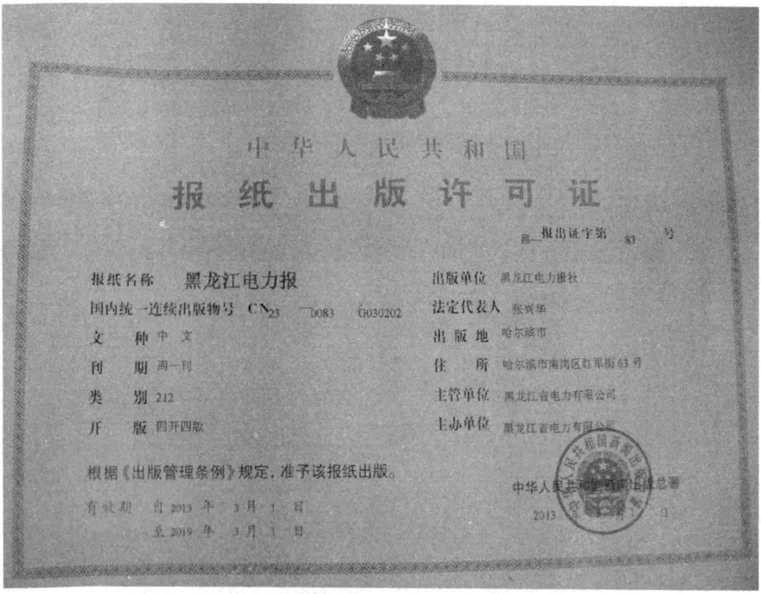
中华人民共和国

报纸出版许可证

黑报出证字第 83 号

报纸名称 黑龙江电力报

国内统一连续出版物号 CN23—0083/G030202

文　　种 中文

刊　　期 周一刊

类　　别 212

开　　版 四开四版

出版单位 黑龙江电力报社

法定代表人 张兴华

出 版 地 哈尔滨市

住　　所 哈尔滨市南岗区红军街63号

主管单位 黑龙江省电力有限公司

主办单位 黑龙江省电力有限公司

根据《出版管理条例》规定，准予该报纸出版。

有效期 自2013年3月1日
至2019年3月1日

中华人民共和国新闻出版总署
2013年 月 日

写在后面

从作品单行本的角度来讲,《一蓑烟雨》是我继《五虎定乾坤》《海问》《鸡尾酒会》《信马由缰》《红尘龙蛇》《醉里挑灯》之后创作出版的第七本书,为散文作品的结集。“一蓑烟雨”取自北宋大文豪苏东坡的《定风波》:“莫听穿林打叶声,何妨吟啸且徐行。竹杖芒鞋轻胜马,谁怕? 一蓑烟雨任平生。”

“边塞雄风”部分——游历祖国北方大地所写的游记散文,雄浑、壮美、豪放为其特色。

“旖旎丽水”部分——游历祖国南方美妙山水所写的游记散文,绮丽、柔美、婉约为其特色。

“左岸沙龙”部分——对于文学、艺术、人生的相关思考所写的一些随笔,思辨、冷峻、洒脱为其特色。

“沪上流连”部分——游历“东方第一都”上海所写的游记散文,奇异、绸缪、悱恻为其特色。

“域外撷芳”部分——游历境外部分国家所写的游记散文,典雅、庄重、神秘为其特色。

因自身水平所限，书中缺点不足乃至错误之处在所难免，敬请方家不吝指正，以利作者进步。

谢谢！

作　者

2018年4月17日于哈尔滨虹剑轩